Adolf von Menzel: Der Faun der Barberini und Fußstudie

Rolf Hochhuth

Alan Turing

Erzählung

Mit Beiträgen von
Dietmar Dath, Otto F. Beer
Toni Meissner, Lucien F. Trueb

Rowohlt Taschenbuch Verlag

Erweiterte Neuausgabe

Veröffentlicht im Rowohlt Taschenbuch Verlag,

Reinbek bei Hamburg, Februar 2015

Copyright © 1987 by Rowohlt Verlag GmbH,

Reinbek bei Hamburg

Bild Seite 2: © bpk/Kupferstichkabinett, SMB/Volker-H. Schneider

Umschlaggestaltung any.way, Walter Hellmann

Umschlagabbildung (Alan Mathison Turing by Elliott & Fry, 29 March 1951)

Copyright © National Portrait Gallery, London

Satz Adobe Jenson PostScript (InDesign)

Gesamtherstellung CPI books GmbH, Leck, Germany

ISBN 978 3 499 26997 4

«Unbekannter Unsterblicher. Der Naturwissenschafter, dessen Name mit einem Effekt oder einem Prinzip verbunden ist, kann für alle Zeiten als *unsterblich* gelten. Wer aber zum eigentlichen Begriff wird (Abelsche Gruppe, Riemannsche Mannigfaltigkeit), dringt in das wissenschaftliche Kollektivbewußtsein ein und erreicht annähernd den Status eines vom Körper abstrahierten Geistes. Es ist dies eine Auszeichnung, die nur ganz wenigen zuteil wird ... *Alan Turing* gehört zu diesen Auserwählten: das Konzept der *Turing-Maschine* gehört für jeden Logiker, Kybernetiker und Computerwissenschafter zum elementaren beruflichen Rüstzeug. Turings universelle Maschine, mit der jede andere Maschine simuliert werden kann, blieb aber nicht wie im Falle seiner genialen Vorgänger ... ein rein abstraktes ... Gebilde. Turing wußte seine Idee in funktionierende Hardware umzusetzen ... Drei Jahrzehnte nach Turings Freitod gibt es in den Industrieländern wohl kaum einen Menschen mehr, der nicht direkt oder indirekt mit dem Computer – der Turing-Maschine – konfrontiert würde.

Turings ... Verdienste im Zweiten Weltkrieg wogen mindestens ebenso schwer wie diejenigen der britischen Feldmarschälle und Admirale, gelang es ihm doch, die Geheimnisse der *deutschen Chiffriermaschinen* zu ergründen, so daß fast der gesamte Funkverkehr der Wehrmacht im Echtzeitbetrieb ... entziffert werden konnte. »

Neue Zürcher Zeitung, Lucien F. Trueb

Ohne das Buch der Mutter Alan Turings hätte diese Phantasie über die Kriegs-Tätigkeit des genialen Mathematikers, der nur in «Schacht und Treppe» wörtlich zitiert wird – alle Tagebücher sind Fiktion –, nicht geschrieben werden können; ebensowenig ohne die Werke von Cave Brown, Patrick Beesley, Gustave Bertrand, Andrew Hodges, Ronald Lewin, Jürgen Rohwers, Alberto Santoni, Joseph Weizenbaum, Gordon Welchman und F. C. Winterbotham. Ihnen allen, vor allem jedoch zwei Mitarbeitern Turings aus Hütte 8 während des Krieges und zahlreichen Mathematikern, die mich angeregt und beraten haben, meinen herzlichen Dank!

R. H.

Inhalt

I	Per Post ein Journal	9
II	Wilder Honig und Silberbarren	19
III	Das sehen Generale nicht gern	31
IV	Der Faun der Barberini	41
V	Churchill kommt	56
VI	Schacht und Treppe	88
VII	Seetrümmer	
	Reisenotizen Turings 1	139
VIII	Archimedes	155
IX	Eine moralisch gute Zeit?	
	Reisenotizen Turings 2	165
X	Carnevale	
	Reisenotizen Turings 3	175
XI	Balmé und Lemp	212
XII	Ein Apfel voller Zyankali	227
XIII	Der schwarze Spiegel	239

Dietmar Dath
Ausgerechnet:
Die Grenzen der Wahrheit   245

Otto F. Beer
Krieg der Geheimnisse   254

Toni Meissner
Eine tragische Figur   258

Lucien F. Trueb
Ein englischer, atheistischer,
homosexueller Mathematiker   261

I   Per Post ein Journal

Weil heute einer meiner Söhne die Post holte – ich habe Postfächer –, ist mir auch ein Paket aus London ins Haus gekommen, obgleich es eingeschrieben zugesandt worden ist: wäre ich selber zur Post geradelt, ich hätte es wie alle eingeschriebenen Sendungen ungeöffnet zurückgehen lassen an den Absender. Denn seit ich vor zwanzig Jahren mehrfach erleben mußte, daß gerichtliche Klagen auf Schadenersatz angekündigt wurden, weil ich Manuskripte verschmissen hatte, die mir zum Lektorieren und zur Empfehlung an Verlage von Unbekannten zugesandt worden waren, habe ich ein striktes Verbot erlassen an alle Familienmitglieder, jemals für mich einen Einschreibebrief anzunehmen. Ich kriege täglich ungefähr ein Dutzend Briefe oder Schriften, die ich nicht beantworten kann, denn entweder man schreibt – oder man schreibt Briefe; noch schlimmer: antwortet man doch – schreibt der andere sofort wieder! Also geht hier viel unter an Post. Da Söhne aber von Natur das Gegenteil dessen tun, was Väter wollen – Töchter halten das so mit den Wünschen der Mütter –, hat also der Junge heute das Päckchen angenommen. Während ich ihn schimpfe, öffne ich es und bin ihm Minuten später sehr dankbar, daß er nicht «Zurück an Absender» draufgeschrieben hat. Denn der beiliegende Brief, dessen Verfasserin ich hier nicht mit Namen nenne, weil sie das so wünscht – nur dumme Autoren geben Informanten preis –, der Brief lautet fehlerfrei in deutscher Sprache:

«… seit ich in London Ihre Sikorski-Churchill-Tragödie sah, die Mutter Ihres Übersetzers, des Stückeschreibers MacDonald, hatte mich zur Premiere mitgenommen, dachte ich daran, Robert David MacDonald meine Aufzeichnungen aus dem Krieg – keine Journale, wenn man darunter tägliche Notizen versteht – zu hinterlassen. Denn wohin damit, wenn ich demnächst an Krebs sterbe? In Familien geht ja alles verloren, weil in Briefen und Tagebüchern immer auch Dinge stehen, Finanzielles und Erotisches, die Kinder oder Enkel, sofern sie das überhaupt ansehen, oder überlebende Ehegatten lieber vernichten als veröffentlichen. Noch bösartiger ist ja hier in England der Staat, der alles Interessante aus dem Kriege aussiebt vor dem Druck oder es auf ewig in Archiven begräbt. Denn ich will durchaus, daß wenigstens jene Passagen meines Geheimdienst-Journals publiziert werden, die meinen damaligen Chef, Professor Alan Turing, skizzieren. Zwar kannte ich ihn noch nicht 1936, als er ‹On Computable Numbers› schrieb, jene 35 Seiten, die den Vierundzwanzigjährigen zum Vater des Computers machten. Ich war während der entscheidenden Jahre 1940 bis Kriegsende eine seiner engsten Mitarbeiterinnen, war auch nach dem Krieg seine Vertraute und stand ihm zeitweise persönlich so nahe, wie überhaupt eine Frau diesem sehr unglücklichen Homosexuellen nahe sein konnte. Da dieses Schicksal, homosexuell zu sein, Turings gewaltsamen

Tod verschuldet hat, ist die Tragödie dieses Genies mit seinem Intimleben so verknüpft, daß ihre öffentliche Darstellung Vorrang hat gegenüber familiären Empfindlichkeiten. Ihr Freund MacDonald gab mir Ihre Anschrift. Ich habe – heikel geworden wie alle Alten – meine vierzig Jahre alten Aufzeichnungen nicht noch einmal gelesen, weil ich sonst vermutlich mit der Schere zu viel beseitigt hätte, obgleich ich seit vier Monaten weiß, wie bald ich sterbe – das macht einen endlich rücksichtslos gegenüber der Konvention und gibt einem erst alle bürgerlichen Freiheiten; angesichts des Krematoriums wird alles so relativ. Immerhin gebe ich Ihnen den Rat, wenn Sie meine Schriften verwenden – ändern Sie meinen Namen. Denn meine beiden Söhne sind Anwälte, wozu sollten Sie sich Unannehmlichkeiten zuziehen? Zwar haben die beiden nie nach meinen Kriegstagebüchern gefragt, obgleich sie von ihnen wußten – keine Generation hat so wenig Interesse an unsrer wie die nächste; die übernächste, die der Enkel, ist dann schon wieder interessierter; auch ist mein Mann tot. Dennoch lassen Sie meinen Namen weg, es ist ja Alan Turings, nicht meine Geschichte.

Die bedrohlichen juristischen Albernheiten durch das Bestehen des ‹Official Secrets Act›, die sich in Großbritannien jedermann zuzieht, der über die Kriegszeit berichten will, haben Herrn MacDonald vermutlich auch bestimmt, mein Tagebuch Ihnen abzutreten. Denn kein Manuskript, das wissen Sie, erhält auf der Insel, die angeblich das freie Wort schützt, das Imprimatur, bevor nicht Ihrer Majestät Geheimes Kabinettsamt oft das Wertvollste eliminiert hat! Einer der zwei Gründe für Alan Turings Selbstmord. Denn nie erlaubte ihm der Staat – uns allen hat er das bis

1974 verboten –, öffentlich darzustellen, daß Turings Abteilung des Geheimdienstes ebenso viel für Englands Sieg geleistet hat wie die Downing Street. Die Unanständigkeit unseres militärischen und ministeriellen Establishments gegen die Wissenschaftler, die ihm durch den Einbruch in Hitlers Funkverkehr die Siege ermöglicht haben, wird ja nur übertroffen durch die groteske Illusion dieser ‹Herren›, daß sie der Nachwelt auf *ewig* unterschlagen könnten, Alan Turing habe als einzelner soviel für England geleistet wie nur der andere einzelne noch: Winston Churchill. Hätte nicht der französische Nachrichtenchef Capitaine Gustave Bertrand endlich Memoiren geschrieben und der Welt zu guter Letzt gesagt, wodurch der Krieg doch immerhin *auch* gewonnen wurde, dann wäre selbst der fast achtzigjährige Colonel Winterbotham noch eingesperrt worden, als er sich endlich dreißig Jahre nach Hitlers Tod über das Verbot hinwegsetzte, uns Kryptologen von Bletchley Park jemals in der Geschichtsschreibung zuzulassen! (Den Franzosen Bertrand konnten sie in England nicht ins Gefängnis setzen.) Doch – ach: fast war ich erleichtert, daß Alan Turing 1974 das Erscheinen von Winterbothams Buch *The Ultra Secret* nicht mehr erlebt hat. Denn wenn dieses Buch auch unendlich viel Gedrucktes über den Zweiten Weltkrieg makuliert und die Historie revolutioniert: der Name Alan Turing kommt nicht vor!

Gern hätte ich Sie noch gesehen, lieber Herr Hochhuth, aber Sie können mich ja nicht besuchen, weil Sie hier im Fahndungsbuch stehen – und ich kann nicht mehr nach Basel reisen (bringe es ja nur noch mit Pausen fertig, diesen langen Brief zu schreiben), sondern gehe morgen ins Spital, um meinen Angehörigen die Scherereien der letzten Wochen zu ersparen. Es beruhigt mich, meine Notizen über Alan Turing in Ihren Händen zu wissen, den allein neben meinem gefallenen Verlobten und meinen Kindern und Enkeln ich geliebt habe. Er lebte noch, hätte er meine Liebe erwidern – oder mich auch nur in seinen letzten Tagen erreichen können, was er telefonisch versuchte, doch ich war auf einem Schiff.

Leben Sie wohl!   Ihre …

PS. Sie finden in meinem fünften Heft eine letztwillige Verfügung Alan Turings, der zufolge alle mir von ihm überlassenen Notizen, auch Briefe, mir gehören samt den damit verbundenen Urheberrechten. Alan schrieb das von Hand, also ist es ein gültiger Teil seines Testaments, wenn überhaupt eines existiert, was ich nicht weiß. Die Echtheit ist belegt durch den Stempel unseres Instituts – jetzt Alan Turing-Institut – der Universität Cambridge, dem damals Alan vorstand; ein Fellow, Professor David Cohn, und eine Sekretärin, Patricia Burke, haben durch ihre Unterschrift bestätigt, daß Alan Turing dies in mein Heft von eigener Hand hineingeschrieben hat.»

Da die Absenderin nicht hinzugefügt hatte, wie das Spital heißt, wollte ich ein Telegramm an ihre Wohnung aufgeben, die Söhne würden es lesen, ihr aushändigen – ich wollte nur für ihr Vertrauen danken, nicht aber ihre Tagebücher erwähnen. Doch sogar dies schien mir riskant: Familien bringen fertig, nachträglich einer Sterbenden die volle Zurechnungsfähigkeit «abzuerkennen» und noch mit einer einstweiligen Verfügung zu drohen, wenn man Papiere publiziert, für deren Erbe sie sich halten. So rief ich David MacDonald an, der im Namen seiner Mutter die Anwälte fragen wird, in welches Krankenhaus die Verkrebste sich sterben legte – dorthin wird er ihr meine Blumen und Grüße bringen. Und hoffentlich ausfindig machen, wie ich sie anrufen kann; sicherlich hat sie Telefon am Bett ...

Schon am Nachmittag nimmt in meiner Anwesenheit die Repro-Abteilung der Universitätsbibliothek Basel die Sendung aus England auf Mikrofilm auf; dann bringe ich das Paket ins Safe, bis ich es demnächst mitnehmen kann nach Marbach ins Handschriften-Archiv des Schiller-National-museums. Denn auch meine Familie wird natürlich das Safe gar nicht finden, bevor irgendwann nach meinem Tode eine Bank die Bezahlung von Safegebühren anmahnt ...

Gleich als begonnen worden war, das zweite Heft zu reproduzieren, begann ich im ersten zu lesen. Ob doch wahr ist, was Balzac gesagt und Gottfried Benn mehrfach zitiert hat? «Es gibt Existenzen, in die greift der Zufall *nicht* ein»: Denn wie könnte es Zufall sein, daß Alan Turing diese Monica (so nenne ich fortan die Übersenderin der Tagebücher) deshalb 1939 in sein Institut bittet, um ihr dort für die Kriegszeit einen Vertrauensposten anzubieten, weil er im *Times Literary Supplement* – drei Tage nach Kriegsbe-ginn – Monicas Rezension der neuen Biographie Castle-reaghs gelesen hat? Der Lord, Großbritanniens Außenmi-nister während der napoleonischen Ära, brachte es fertig, daß England, das er auf dem Wiener Kongreß vertrat, als der eigentliche Sieger über Napoleon das 19. Jahrhundert beherrscht hat. Castlereagh tötete sich mit einem Brief-öffner, weil man ihn mit einem Jungen erwischte; als die

Hexenjagd ihn zum Selbstmord gezwungen hatte, gaben sie offiziell an, er habe sich in geistiger Umnachtung das Leben genommen, zerrüttet von Melancholie. Und um den Schein zu wahren, überführten sie die Leiche in die Westminster Abbey ...

Die Asche Alan Turings, der sich am 7. Juni 1954 umbrachte, vielleicht aus dem gleichen Grund wie einst der Lord, wurde von Mutter und Bruder in einem Garten verstreut.

Monicas Rezension ist dem Tagebuch, das sie am 3. September 1939 beginnt, mit einer jetzt rostigen Büroklammer angeheftet. Während ich lese, stelle ich mir vor, wie Alan Turing seelisch aufgewühlt gewesen sein wird durch Monicas Besprechung der Castlereagh-Biographie. Denn schon 1939 – und von einer Frau geschrieben! – zu lesen, daß Homosexualität, die doch damals und noch fünfzehn Jahre lang mit Gefängnis bestraft wurde, keineswegs ehrenrührig sei: das muß Turing sehr bewegt haben. Als habe Alan sein eigenes Geschick, vielmehr Ungeschick in dieser Besprechung gelesen: Alan war ebenso ungeschickt wie der Außenminister, als er – mit einem Jungen «ertappt» wurde, das kann man leider nicht sagen; natürlich wußte der Geheimdienst, zweifellos auch der amerikanische, seit 1939, daß Alan Jungen liebte; nein – er *ging hin*, selber, zur Polizei und meldete, ein Junge habe ihm ein Hemd und ein wenig Geld gestohlen: Ist also wirklich jeder so blöd, wie er klug ist?

Als ich für Monica die Blumen bestelle, frage ich David MacDonald, wie sie heute aussieht, denn die Fotos, die sie zuweilen in ihre Hefte klebte – auch einige Akte, Badebilder und sieben aus einem Bildhaueratelier, so wie ich in den unveröffentlichten Tagebüchern des Grafen Kessler in Marbach Aktfotos fand; Tagebücher offenbar als die einzigen Orte, an denen Menschen sie aufbewahren –, diese Fotos zeigen Monica jung, aus der Kriegs- und unmittelbaren Nachkriegszeit. David antwortete: «Eine dicke alte Frau war sie bis vor drei Monaten, kolossal wie eine Hebamme, Hände so groß wie Bauernbrotscheiben; dick schon, als ich sie mit meiner Mutter sah, nach der Premiere deiner *Soldaten*; jetzt im Krankenhaus kein glattes Gesicht, keinen glatten Hals mehr, sondern verschrumpelt; der Gewichtsverlust kam offenbar ganz rasch. Nur weil sie wunderbar spricht, gescheit und schön wie Eliot, kommst du auf die Idee, eine Intellektuelle rede zu dir. Wie Äpfel, die innen völlig verfault im Gras liegen, oft besonders rot sind und süß aussehen, so Monica jetzt auch noch. Ihre Schultern sind sehr breit ... natürlich klar, daß sie den homosexuellen Turing so sehr erotisiert hat mit ihren Mann-Schultern.»

So beschreibt mir der Freund, der genaueste Beobachter, den ich kenne, jetzt die Sterbende. Ammenwärme muß in der Tat ihre Aura gewesen sein, als Alan sie zuerst sah; und wie ich sie jetzt auf Jugendfotos sehe: dunkel, rund, denkmalgroß, älter als ihre 26 Jahre, herzlich; breiter Kiefer – auf einem Foto lacht sie: Zähne weiß und groß wie bei Schwarzen ... Dies Besondere wird es gewesen sein, das einen Bildhauer veranlaßte, sie zu bitten, ihm Modell zu stehen.

Weil Monica, dienstverpflichtet nach Kriegsausbruch, ihr Dolmetscher-Examen in Deutsch und Italienisch so glänzend abgelegt hatte, waren Alan ihre Papiere vorgelegt worden. Da sie, Deutsch zu lernen, lange in Deutschland gereist war und in Berlin und Wien in Hotels gearbeitet hatte, dann auch in Italien, wurde das junge Mädchen, so schreibt sie, «samt meiner Familie ganz entwürdigend gefilzt», ehe sie als Sekretärin, angeblich, am Mathematischen Institut des King's College – so ihre offizielle Bezeichnung, um ihre wahre Aufgabe im Geheimdienst zu tarnen – endlich angestellt wurde, Oktober 1939. Das lese ich alles schon im ersten ihrer Hefte.

Es ist mir übrigens noch nicht geglückt, mit ihr zu telefonieren, bisher: Sie sei, wird mir im Krankenhaus gesagt, dauernd unterwegs in der Röntgenabteilung ... Daß man sie also noch mit Bestrahlungen quält – bedeutet das Hoffnung? MacDonald, dessen Mutter ja Ärztin ist, hält es für ausgeschlossen, daß Monica das Spital noch einmal lebend verlassen wird; läßt mich indessen wissen, daß die alte Frau – wie wir alle, wenn es dahin kommt – durchaus *nicht* sterbensmüde ist, auch keineswegs mit ihrem Tod rechnet, sondern stets davon redet, *damit* man ihr heftig widerspricht – sie will nicht nur leben, sondern glaubt nicht, daß sie «an der Reihe» ist. (Wieviel genauer könnte ich sie charakterisieren, käme ich an die Rapporte der Geheimdienste über sie heran; vielleicht glückt das Irving; ich bat ihn heute darum, es zu versuchen.)

Natürlich habe ich David MacDonald gefragt, ob er wirklich *mir* die Journale überlassen will; und so bestätigt er, daß er ihr gesagt hat, nichts sei so öde für einen Autor, wie zweimal im gleichen Wasser zu baden; er mache seit Jahren Skizzen zu einer Castlereagh-Tragödie; trotz der noch immer spektakulär bekannten Hexenjagd auf Oscar Wilde und obgleich auch Isaac Newton 1727 an «einem Jungen gestorben ist», bleibt MacDonald der Ansicht, das Ende des britischen Außenministers der Napoleon-Zeit sei sein

Thema. «Einer unserer Parteivorsitzenden, schreib's nicht, wirst verklagt, starb zwar auch an einem Jungen – aber schneller, direkt: Der schlug ihn mit einer Wasserkaraffe tot!»

II Wilder Honig und Silberbarren

Was ich mich zuerst frage: Warum Monica, die 30 Jahre Zeit hatte dazu seit Alan Turings Tod, nicht selber das Buch über ihn verfaßte? Immerhin konnte sie so gut schreiben, daß sie bereits Mitte ihrer Zwanzigerjahre in dem doch ziemlich exklusiven *Times Literary Supplement* Rezensionen veröffentlichen durfte – wenn sie das auch kokett herunterspielt, in ihrem Tagebuch: «Das war die mir zu plumpe Methode Cliffs, mir den Hof zu machen.» Cliff muß der Redakteur gewesen sein, der Monica dort schreiben ließ, damals nannte das *TLS* die Rezensenten noch nicht mit Namen. Monica schrieb, wenn ich das als Deutscher auch nicht beurteilen kann, nach Meinung MacDonalds ganz ausgezeichnet. Also warum nicht auch Turings Biographie?

Denn dafür *auch* – keine Frage – hat Alan sie angestellt. Notiert sie doch, anläßlich ihrer ersten Gespräche noch während der Probewochen über ihren «Prof» – abkürzend nennt sie wie alle ihren Chef nicht Professor –: Er gab mir das *Heptameron* der Königin von Navarra, während ich eine Dienstanweisung erwartet hatte, und sagte mit schiefem

Lächeln: «Ich will Ihnen nicht zumuten, es zu lesen. Aber diesen Satz hier in der Einleitung, den finde ich aufschlußreich, auch für uns, hören Sie.» Er bedeutete mir, ich solle Platz nehmen, blieb selber stehen und las mir vor: «Die beiden Damen und mit ihnen mehrere vom Hofe erwogen, ebensolche Geschichten zu schreiben, doch sollte zum Unterschied von Boccaccio keine Novelle aufgezeichnet werden, die nicht auf einer wahren Begebenheit beruhte. Und die genannten Damen wie auch der Herr Dauphin versprachen, daß sie jeder zehn Novellen verfassen. Und wenn es euch recht ist, gehen wir alle Tage um die Mittagsstunde bis um vier Uhr auf die schöne Wiese –» Alan unterbrach: «Vier Stunden Mittag können *wir* uns nicht leisten», las lächelnd weiter: «… auf die Wiese längs des Flusses, wo die Bäume so dichtes Laub tragen, daß die Sonne nicht durch den Schatten dringen noch die Kühle erwärmen kann. Dort setzen wir uns gemütlich hin, und jeder erzählt …» Alan ließ das Buch sinken und sagte: «Schon diese Verfasserin des *Heptameron*, die 1492 geboren wurde, also in dem Jahr, in dem Kolumbus Amerika entdeckte, hat den Gelehrten *mißtraut*. Denn hören Sie, ausdrücklich legte sie fest, daß ‹keine Gelehrten und Schriftkundigen› die Geschichten erzählen dürften: Ganz ausdrücklich sagt sie: ‹Doch sollten Gelehrte und Schriftkundige davon ausgeschlossen sein; der gnädige Herr Dauphin will nicht, daß deren Kunst darin zutage tritt, denn er fürchtet, die … kunstvolle Rede (dieser Professoren) werde an manchen Stellen der Wahrhaftigkeit der Geschichten Abbruch tun.›» Turing legte mir das *Heptameron* hin und sagte ganz ernst: «Werden Sie unsere Chronistin – Gelehrte würden die Wahrheit beschädigen, weil jeder hier von uns *seinen*

Anteil an der Entschlüsselung der Nazi-Maschine überbewerten will. Denn sehen Sie, eingebrochen sind wir schon in Hitlers Funksprüche; sobald uns glückt – ich hoffe, in wenigen Wochen –, sie so rasch zu dechiffrieren, daß die Entschlüsselung bei unseren Kommandierenden eintrifft, *bevor* Hitlers Truppen nach seinen Funksprüchen handeln: *entscheiden wir den Krieg* – können aber niemals darüber reden! Denn unsere Abteilung steht ja auf einer höheren Geheimhaltungsstufe als die drüben, die eine Uranbombe bauen soll: was ich auch vor Ihnen nur erwähnen darf, weil *Sie* es sind, die jetzt alle Nazi-Funkereien darauf prüfen werden, ob die eine Uran- oder Atombombe erwähnen; der Däne Niels Bohr hat mitgeteilt, daß die in Berlin ebenfalls daran herumbosseln, er weiß das von Heisenberg … Lange muß der Krieg dauern, das ist ein Trost, wenn diese Bombe noch fertig werden soll. Also, Bletchley Park und alles, was wir hier tun, ist das geheimste aller Geheimnisse Großbritanniens – kein Amerikaner wird je ein Wort darüber erfahren, bevor die USA in den Krieg eintreten, was sie ja offensichtlich nicht vorhaben. Sieben Engländer, außer uns wenigen hier in B.P., sieben, eingeschlossen den Verteidigungs- und Premierminister Churchill und den König, wissen davon; Churchill hat sogar verboten, daß sein Privatsekretär Sir John Colville und der Erste Lord der Admiralität, Alexander, davon erfahren. Es genüge, wenn Pound, der Erste Seelord, wenn Alanbrooke als Chef des Empire-Generalstabs und Portal für die Luftwaffe davon erfahren: Zweimal täglich trifft Churchill diese drei zur Auswertung unserer Sendungen, die ihnen Winterbotham hinträgt in seinem ans Handgelenk geketteten Köfferchen. Das heißt aber auch, Monica: es wird uns niemals gegeben haben, sollte England diesen Kampf bestehen. Denn welcher General will sich schon nachsagen lassen, nicht sein Genie – sondern unser Aushorchen deutscher Geheimnisse habe die Schlacht entschieden!»

Ich fragte: «Wenn nur sieben in Whitehall von uns erfahren – was erfahren die Hunderte, die doch *handeln* müssen nach dem, was unsere Entschlüsselung der Hunnen-Funksprüche ihnen enthüllt?» Turing lachte, fragte, ob ich das wirklich nicht raten könne? «Nun, allen anderen außer jenen sieben wird einfach befohlen, so oder so zu handeln, oder man stellt ihnen als Vermutung oder als Ergebnis der Spionage dar oder eines Aufklärungsflugs, was zu wissen ihnen not tut. Niemand außer diesen sieben Weisen kriegt einen Originalfunkspruch der Deutschen zu sehen; niemand erhält so detaillierte Angaben, daß er zu dem Schluß kommt, die Deutschen seien abgehört worden. Wenn wir wissen, daß 21 Uhr 13 ihr Konvoi den oder den Hafen verlassen wird, wird befohlen, ihn anzugreifen, nicht aber hinzugefügt, woher wir wissen, daß der Konvoi ausläuft.»

Er lachte, ich dachte: wie schön er ist – was mir wieder im Magen zu schaffen machte. Es ist sehr schwer, diesen Mann nicht zu lieben. Verwirrung ist ein sehr blasses Wort für das, was mich anfällt, wenn ich in seiner Nähe bin oder er mich ansieht. Geist und Sport im selben Menschen: wann gab es das in diesem Maß! Die gewölbte, beherrschende, ihn sicher auch bedrückende Stirn ragt fast wie ein Helm über die leuchtendblauen, aber ganz tief liegenden Augen. So blaue Augen bei so schwarzem Haar! Mathematik und Schönheit – wie nahe kam hier die Natur dem Vollkommenen, das sie aber offensichtlich doch nicht

will. Denn warum sonst könnte dieser Mensch nur Gleich-
geschlechtliche lieben? Was heißt übrigens «nur» – hört
sich ja an, als sei der Akt mit einer Frau höheren Ranges als der eines Mannes mit einem Mann. Wir denken
in Entwicklungen, doch es könnte sein, daß die Natur gar
nicht am Werden, sondern nur am Sein interessiert ist und
die Vollkommenheit: Einheit von Geist und Leib, wie sie
sich in Turing verkörpert, nicht fortzupflanzen wünscht.
Schmerzend jedenfalls, als Frau an seiner Seite zu spüren,
welche Grenze zwischen uns bleibt. Wie er da heute in der
Sonne auf der Aschenbahn stand, nur Turnzeug an, ehe er
losrannte, da wurde mir schlecht ...

Alan sagte noch, ehe er mir das *Heptameron* aushändigte:
«Notieren Sie also, Monica, was in unserer Abteilung
geschieht. Abgesehen davon, daß viele Gelehrte, ich zum
Beispiel, gar nicht schreiben können – ich könnte mich
doch, führte ich Tagebuch, auf keine Zeile konzentrieren – nicht mal einen Brief kriege ich jetzt hin –, die nicht
die technischen Unzulänglichkeiten meiner verdammten
Bombas betrifft. Die ich buchstäblich wegschmeißen muß,
wenn sie nicht in spätestens einem Vierteljahr anfangen zu
reden, das heißt: diese Nazi-Funksprüche so *rasch* übersetzen, wie wir Zeitung lesen ... Sie aber, weil Sie davon
nichts verstehen, Gott sei Dank, haben den Kopf frei,
unsere Chronistin zu sein. Sie werden allerdings wie jeder
von uns gehängt im Tower, wenn Sie ein Papier, auf das Sie
hier etwas schreiben, jemals mit heimnehmen, das wissen
Sie!»

Er sagte das ohne eine Spur von Lächeln. Und fügte an:
«Seit ich vor sechs Wochen Ihre Rezension der Biographie
des armen, dummen Castlereagh gelesen habe – dumm,

weil er sich erwischen ließ mit einem Knaben –, weiß ich, wie gern und gut Sie schreiben. Bitte, tun Sie's. Unsere Bullen hier, die uns ja dauernd observieren, haben mir längst mitgeteilt, daß Sie private Aufzeichnungen machen – und ich sagte: Ja, weil ich darum gebeten habe, sie führt das Tagebuch meiner Abteilung.»

Als Alan mir anvertraute, daß ich überwacht werde – natürlich hatte ich damit gerechnet –, wurde ich heiß und vermutlich so rot bis unter die Haarspitzen, als sei ich bei einem Ladendiebstahl erwischt worden. Ehrlich konnte ich ihm antworten: «Dann wissen Sie ja auch, daß ich peinlich das Verbot beachte, etwas mit heimzunehmen, und alles abends hier einschließe im Institut, sogar das, was ich privat notiere. Ich respektiere die Verbote.» Alan sagte: «Weiß ich, ja – sonst wären Sie auch von unseren Bullen schon in der ersten Woche heimgeschickt worden … hier, ich gebe Ihnen beide – es gibt nur zwei –, beide Schlüssel zu dem Stahlschrank in Ihrem Zimmer, dann sind Sie sicher, selbst ich kann nicht lesen, was Sie in Ihr Journal schreiben …» Ich antwortete: «Nein, Prof, ich nehme natürlich nur einen der Schlüssel, anordnungsgemäß.» Er lachte laut: «Übertreiben Sie nicht, Sie wissen, ich bin ein Ausbund von Unordentlichkeit und vergesse oft meinen Namen – in drei Tagen wüßte ich bestimmt nicht mehr, wo der zweite Schlüssel ist!» Ich sagte: «Gut, geben wir den zweiten Ihrer Mutter, ohne ihr zu sagen, wo der Schrank steht, zu dem er paßt: dann verletzen wir keine Anordnung, sind aber trotzdem sicher, daß kein Fremder an das Safe herankann.» Ich freue mich übrigens, daß ich nun offiziell von meinem Prof die Lizenz habe, Journal zu schreiben. «Ich rufe Ihre Mutter an und frage, ob ich ihr heute einen Besuch machen darf. Und dieses *Heptameron* da lese ich sehr gern oder sehe wenigstens hinein, es hat ja achthundert Seiten.»

Mein erster Besuch bei Alans Mutter, keine fünfzig Meilen von hier, erlaubt mir noch nicht, eine Skizze dieser Frau zu versuchen, so lange war ich nicht bei ihr. Doch immerhin konnte ich zwei charakterisierende Anekdoten aus Alans Jugend herausfragen aus der Endfünfzigerin. Wann zuerst, wollte ich wissen, sie oder Alans Vater gemerkt habe, daß Alan ein Genie sei? Nicht ungeschmeichelt lachte sie mich aus und sagte dann sehr kühl, aber nicht herzlos: «Ein Genie! – Alan? Sie haben doch seine immer unbeschreiblich schmutzigen Fingernägel gesehen, und trägt er eigentlich auch im Institut einen Bindfaden an Stelle eines Gürtels und kommt morgens angeradelt, ohne seine Pyjama-Jacke ausgezogen zu haben – was deshalb so schlimm ist, weil das beweist, er hat sich nach dem Aufstehen nicht gewaschen?» Ich antwortete: «Da Professor Turing immer ausgezeichnet rasiert ist, halte ich es für ausgeschlossen, daß er sich nicht auch gewaschen hat. Er mag Pyjama-Jacken, sagte er mir, weil die im Gegensatz zu Hemden – denn einen Rock hat er ja nie an, auch nicht, wenn's kalt ist – genug Taschen haben. Und nur was er in Taschen auf der Brust hat, läßt er nicht irgendwo liegen …» Die Mutter sagte, bekümmert, sympathisch: «Sie sind eine Frau, so muß ich Ihnen nicht sagen, wie ich *leide*, daß er als Clochard umherläuft. Ich bitte Sie: ein Professor, den man nicht vorzeigen kann!»

Und dann forderte sie mich auf, mich seiner anzunehmen … Sie ahnt sicherlich, würde das aber nicht einmal sich selbst eingestehen, daß er homosexuell ist, und erhofft sich wie wohl die meisten Mütter in dieser Situation eine «Bekehrung» durch eine Frau: Als ich ihr den Schlüssel gab, machte sie das vergnügt, weil sie so erfuhr, daß Alan mit einer Frau wenigstens einen Geheimschlüssel ‹teilt› – wenigstens *ein* intimes Geheimnis ... Sie ist lebhaft, erzählte wohl nicht nur deshalb, sondern auch aus Stolz, daß einer ihrer Onkel bereits als Naturwissenschaftler im Lexikon ist – denn ich hatte ihr gesagt, ich sei von Alan auch als die Journalschreiberin seiner Abteilung angeheuert worden.

Genauer: der Cousin ihres Großvaters – also von Alan ziemlich weit weg – hat das Wort ‹Elektron› in die Physik eingeführt als Fellow der Royal Society, 1894. «Sie halten Alan für ein Genie?», so nahm sie wieder auf, was ich gesagt hatte. «Nun, hört man ja gern als Mutter, vielleicht stimmt es, denn da er mir seit Ende '38 nicht verraten darf, woran er da forscht in Cambridge, kann ich auch nicht beurteilen, wie sollte ich's können, ob genial ist, was er macht. Ich fürchte, er ist genial, doch unbrauchbar – und jetzt können wir sogar Genies nur gebrauchen, die wir für den Kriegseinsatz verwenden können, nicht wahr?» Sie hatte «Cambridge» gesagt – wußte also nicht einmal, so dicht hielt ihr Sohn, daß Alan seit länger als einem Jahr gar nicht in Cambridge arbeitete, sondern im Gutshaus Bletchley Park, das im Dreieck London–Cambridge–Oxford gelegen ist – und wo allein ich bisher gewesen bin: Nie habe ich das Cambridger Mathematische Institut auch nur gesehen, dessen Sekretärin ich laut Kennkarte und Einwohnermeldeamt bin ... Sanft sagte ich zu Alans Mutter, mehr sagen durfte ich nicht: «Natürlich sind wir im Kriegseinsatz, Frau

Turing.» Und ich wiederholte meine Frage; nun antwortete sie: «Mein Mann hat mit Bestürzung gemerkt, daß Alan anders ... war, weil er fast exakt die Höhe von Hügeln und Bergen berechnen konnte, mit neun. Und ich weiß nicht, wie man das benennen soll. Wir waren zum Urlaub in Frankreich, Alan sagte zu seinem älteren Bruder, ohne zu wissen, daß ihr Vater es hörte: Heute hole ich uns Honig! Der Bruder fragte, womit willst du den bezahlen? Alan sagte, doch nicht beim Imker hole ich Honig – ich weiß jetzt, wo die Bienen den wilden Honig verstecken, Papa sagt, der schmeckt besser. Und dann kam's. Alan sagte, ich beobachte seit zwei Tagen die Flugbahn der Bienen – erst dachte ich, was für ein Wirrwarr. Aber dann sah ich, diese Flugbahnen überschneiden sich häufig über einem ganz bestimmten Strauch in der Heide, und ich wette, wo die Bahnen sich schneiden, dort landen sie, um ihren Honig abzusondern ... Und abends um sechs brachte er die Wabe. Da war er sieben. Mit zwölf, auch am Meer, destillierte er im Keller der Ferienpension aus Tang, den er aus dem Meer gezogen hatte, Jod ... Ein Jahr später hat dann sein Bruder John ihm den größten Dienst erwiesen, den er Alan leisten konnte. Er verhinderte, daß wir Eltern – Eltern sind dumm – Alan aufs gleiche College schickten, auf dem sein Bruder war. John sagte uns: hier geht es um Sprachen und Literatur, doch das langweilt Alan so unbeschreiblich, daß die ihn fertigmachen; die prügeln ihn bunt wie einen Farbkasten, weil er nie zuhört, wenn er herkommt – er muß auf eine Schule, die Mathematik ernster nimmt als Englisch und Latein. Und so geschah's. Er versuchte trotzdem Deutsch zu lernen, war aber völlig unbegabt. Warum er das lernen wollte mit dreizehn? Um David Hilbert zu besuchen, denn interessante Leute, fand er, wohnten ausschließlich in Göttingen ... Erst als die Nazis am Ruder waren, kamen ebenso interessante nach Cambridge. Sie wissen, wie ungeschickt Alan ist – er hat nie gelernt, mit dem Füllfederhalter zu schreiben, ohne sich sogar *am Hals* – wie macht er das nur! – mit Tinte vollzuschmieren. Insofern hat uns dann doch überrascht, daß er mit diesen Händen wie Füßen ein Radio basteln konnte ... Was ihn in der Schule rettete, war immer nur seine Schnelläuferei; zwar Plattfüße, doch stets der College-Schnellste: solche Sportler bleiben Gott sei Dank in England nicht sitzen. Denn nicht einmal in Mathematik gab man ihm Preise, weil die Lehrer glaubhaft versicherten, seiner Tintenflecke wegen die Resultate seiner Rechnung oft nicht lesen zu können. Nennt man ihn denn», fragte mich seine Mutter zum Schluß, «auch als Professor noch ebenso wie als Schüler?» Woher sollte ich seinen Spitznamen kennen? Die Mutter vertraute ihn mir an; er sei auch von seinen Lehrern benutzt worden und lautete «Dirty» ... Dann nahm sie plötzlich ihren Sohn in Schutz und erläuterte: «Seine Teetasse hat er früher nicht deshalb an eine Kette angeschlossen, weil sie ihm gestohlen werden könnte, sondern weil er sie nur so wiederfand.»

Zur Verabschiedung erzählte sie mir noch, als ich schon zum Wagen ging: «Wenn er heute wieder religiös ist – genau weiß ich's natürlich nicht, wer spricht schon zu seiner Mutter darüber –, verdankt er's jedenfalls dem Tod seines ihm liebsten Freundes, auf dem College, fragen Sie ihn gelegentlich nach Christopher Morcom, Sie können ihm ruhig erzählen, daß ich Ihnen gesagt hätte, der Tod dieses Sechzehnjährigen habe ihn umgewandelt. Denn einige Jahre früher hatte ihn der Religionslehrer dabei

erwischt, daß er Mathematik machte, statt bei der Ausle-
gung des Neuen Testaments zuzuhören – und wollte ihn
von der Schule werfen. Daß Alan die Relativitätstheorie
von 1905 las, als er sechzehn war, denn dazu genügt die
einfache Mathematik, hat auch fast dazu geführt, daß sie
ihn wegtaten aus der Schule: Mein Mann mußte hinreisen
und um gut Wetter bitten; der Mathematiklehrer schrieb
uns, wolle Alan auf einer Public School bleiben, so müsse
er sich um eine allgemeine Erziehung bemühen – ‹wenn
er aber nur ein Spezialist werden will, so verschwendet
er bei uns seine Zeit›. Wohin hätte man ihn stecken sollen, ohne Schulabschluß? Heute haben wir leicht darüber
lachen – aber damals? Was konnte man hoffen für einen
Jungen, der zwar mit sieben alle sechsstelligen Seriennum-
mern der Straßenlaternen auswendig wußte – sich aber
einen Punkt auf den Daumen machen mußte, um sich zu
merken, wo links und rechts ist! Von der sechsten Klasse
an mußte er am Griechischunterricht nicht mehr teilneh-
men, die Lehrer hatten sich damit abgefunden, daß er doch
nie hinhörte.» Dann unvermittelt: «Fragen Sie ihn doch
bitte, ob ich ihm endlich ein neues Fahrrad kaufen darf.»
Ich antwortete: «Er sagt, wenn er *dieses* fährt, muß er nie
Angst haben, es könne ihm gestohlen werden! Er zählt ja
immer mit, weil er genau weiß, nach welcher Umdrehung
die Kette abspringt. Vorher steigt er dann ab, richtet sie an
der Stelle, an der das Zahnrad defekt ist, und fährt weiter.»
  Ich habe der Mutter verschwiegen, daß Alan mich fragte,
ob ich ihn im Wald beobachtet hätte, zufällig, als er dort
vor zehn Tagen zwei Silberbarren vergraben hat. Immerhin
250 Pfund wert. Er hat sie mit einem Kinderwagen hinge-
bracht, «weil die Banken bestimmt nicht mehr zugänglich

sind, wenn den Hunnen eine Invasion geglückt ist»! Und hat nun natürlich vergessen, wo er sie versteckt hat. Einer, der drei Minuten braucht, einen Brief zu schreiben – aber anderthalb Stunden, um ein Kuvert dafür zu suchen. Und dann abermals anderthalb Stunden, um den Brief wieder-zufinden, den er aus der Hand legte, um ein Kuvert zu suchen … Übrigens gehört Turing zu jenen, die im ersten Flugzeug nach Kanada weggebracht würden, landeten die Deutschen.

III Das sehen Generale nicht gern

Der Professor muß mir mehr erläutern von dem, was wir, schon mehr als viertausend Frauen und siebenhundert Männer, hier tun. So selbstverständlich ich Auto fahre – Turing will nicht einmal Auto fahren *können* –, so selbstverständlich ist es für ihn, daß wir Hitlers Chiffriermaschine Enigma, die kaum noch ein Rätsel für uns ist – enigma ist griechisch und heißt Rätsel –, ungefähr wenigstens verstehen, obgleich das keine Voraussetzung für unsere Mitarbeit hier in Bletchley Park ist; ich kürze künftig auch B. P. ab.

Polen zuerst, das weiß ich nun, polnische Geheimdienst-Mathematiker haben den Deutschen diese Maschine entwendet, offenbar schon vor zehn Jahren, um 1930 – direkt aus der Fabrik in Berlin, die sie herstellt. Sie scheinen auch mit der Entschlüsselung auf gutem Wege gewesen zu sein. Ein Oberst Guido Langer, der Chef dieser Polen, ist mit seiner Crew nach Hitlers Eroberung Warschaus via Rumänien mit Hilfe der Franzosen entkommen und arbeitet jetzt – nach Hitlers Einzug in Paris – in England bei uns. So zahlen die Polen den Deutschen heim, was die ihnen antun. Die polnische Mitgift für die große Koalition: Turing schätzt, daß die Vorarbeit in Warschau ihn sieben Monate früher den Code der deutschen Luftwaffe knacken ließ – gerade noch rechtzeitig zum Beginn von Görings Bomberoffensive.

1938 hatten die Deutschen ihre frühen Apparate so weit verbessert – in diesem Fall heißt das: kompliziert –, daß die Polen anfingen zu verzweifeln. Sie konnten nun nichts mehr entschlüsseln, wie sie es vorher, wenn auch mit wochenlangen Verspätungen, immerhin schon gekonnt hatten. Und nun trat das Schicksal, was immer das ist, in die Arena. Die Deutschen bauten zwei zusätzliche – zu den dreien eine vierte und fünfte – Verschlüsselungswalzen ein. Und die Polen teilten den Franzosen resigniert mit, nun kämen sie nicht mehr weiter. Capitaine Bertrand, der Franzose – seit Dünkirchen nun auch hier bei uns, ich sehe ihn oft –, machte den Vorschlag, man solle den Deutschen einen ihrer alten, von den Polen entschlüsselten Funksprüche in Berlin zuspielen und sie so glauben machen, daß sie die Enigma wegschmeißen könnten, weil sie nun kein Geheimnis mehr sei … Daß die Entschlüsselung, die ja auch nur in Einzelfällen den Polen schon geglückt war, praktisch wertlos gewesen ist, weil sie Monate dauerte, hätte man den Deutschen ja verheimlichen können. Die Polen schwankten. Immerhin hatten sie schon zwei oder drei Enigmas, wenn auch nur eine überholte Vorform. Und sie hatten die Funksprüche schon zuweilen dechiffrieren können. Bertrand versuchte damals den Polen zu suggerieren: Wenn wir Alliierten bei Enigma nun doch wieder vor einem Rätsel stehen, und Krieg wird sehr bald ausbrechen, dann ist es gescheiter, wir machen den Deutschen weis, wir hätten Enigma enträtselt, und sie könnten sie wegräumen ins Museum. Denn, so argumentierte Bertrand, es werde die Deutschen erheblich ins Stolpern bringen, wenn sie sich jetzt eine neue Chiffriermethode ausdenken müßten. Doch den Polen war das nicht einzureden. Und so einigte man sich, lieber mit der Enttarnung des neuen Enigma-Modells neu zu beginnen. Es ist nicht auszudenken – wäre der französische Vorschlag bei den Polen durchgedrungen!

Übrigens sagte der Prof sarkastisch: «Laßt sie uns nicht Enigma nennen, rätselhaft ist sie ja nicht mehr – sondern Nemesis: Göttin der Rache. Denn wie die Deutschen jetzt das arme Polen notzüchtigen – das können wir ihnen nur heimzahlen, weil uns die Polen Enigma herüberbrachten ... Genau wie 1914: ex oriente lux!»

Ich fragte, was er damit sagen wolle. Turing grinste und antwortete: «‹Zimmer 40› hat zwar am ersten Kriegstag 1914 bereits sämtliche deutschen Überseekabel unter dem Kanal und dem Atlantik zerschnitten» – ich wußte, Zimmer 40 war der Geheimdienstraum in der Admiralität –, «doch das entscheidende Geschenk machten uns 1914 zweimal die Russen, so wie es uns 1939 die Polen gemacht haben. 1914 marschierten zwei russische Armeekorps so rasch in Ostpreußen ein, daß der deutsche Drachen, der sich zuerst auf Frankreich stürzte, von den Russen am Schwanz gepackt und festgehalten wurde, zwar nicht wirklich, aber doch seinem Gefühl nach. Und die Russen starben sozusagen an diesem Kraftakt; denn die Deutschen vernichteten beide russischen Armeen in Ostpreußen. Übrigens deshalb» – wieder zeigte Alan seine großen schönen Zähne, sein breites Lachen –, «weil die Deutschen den russischen Funkschlüssel besaßen in der Schlacht bei Tannenberg!

Vor allem aber besaßen alsbald *wir* den deutschen Funk-schlüssel, und zwar dank der Russen. Die Russen räumten in der Ostsee den auf Grund gelaufenen deutschen Kreu-zer ‹Magdeburg› aus – genauer: schossen den Matrosen tot, der mit einem Boot, als der Kreuzer gestrandet war, in tie-fes Wasser ruderte, um dort – er war der Signalgast – den deutschen Marine-Code ins Meer zu werfen. Das Buch war in einem Bleikasten, damit es rasch unterging! Als die Russen überlebende Deutsche retteten, fischten sie auch die Leiche dieses Funkers auf, dessen Hände noch immer das Bleikistchen mit dem geheimsten Geheimnis des kai-serlichen Deutschlands umklammerten: Am 13. Oktober 1914 händigte der russische Marine-Attaché in London es der Admiralität aus … ex oriente lux, zweimal in einem Vierteljahrhundert, unbestreitbar! Ich sag's nur, weil bei uns so viele murren, wenn wir den Russen Waffen schik-ken. Wir sind ihnen einiges schuldig, nicht nur, weil die Rote Armee pro Tag jetzt zehntausend Mann opfert …»

Zuerst hatte ich von Ronald Lewin gehört, was die Polen an entscheidenden Vorleistungen in unsere gemeinsame Sache eingebracht haben. Lewin geht gern nach Tisch mit mir am Fluß spazieren, er ist der literarisch Interessierte hier in B. P. Sicherlich auch Professor für irgendwas, doch ich weiß das nicht – hier soll, ja darf doch jeder vom ande-ren nur wissen, was er für die eigene Tätigkeit von ihm wis-sen muß. «Wir sind hier alle wie jene Neurotiker, die vor lauter Sucht, diskret zu sein, beim Duschen den eigenen Körper lieber nicht anschauen», sagte neulich einer wäh-rend der Siesta, als wir zu fünft am Ufer grasten. Ronald Lewin ist hier der einzige – nach meiner natürlich begrenz-ten Kenntnis –, der ein Gefühl für Rangfragen hat: Er weiß,

34

daß Knox und Turing B. P. möglich machen, nicht jedoch alle die aberhundert Stabsoffiziere bis hinauf in die Admiralsränge und Luftmarschallwürden, die es übernehmen, Whitehall von den Resultaten unserer Dechiffriermühsal zu unterrichten. Diese ‹Herren›, im Grunde nur Briefträger, begegnen den oft wirklich ein wenig unzureichend rasierten und selten Schlips tragenden Zivilisten, also den Wissenschaftlern, mit einem geradezu verletzenden Wohlwollen. Immerzu deuten sie an, aha, das war aber wieder einmal pfiffig, was euch da eingefallen ist, davon muß ich vielleicht gelegentlich sogar «Winston» unterrichten; denn es gilt als ganz besonders schick, anzudeuten – aussprechen kann man so dicke Lügen natürlich nicht –, daß man durchaus Zugang zu Churchill selber habe, nur weil man übers Zerhacker-Telefon Nachrichten in die Admiralität oder ins Luftfahrtministerium durchsagen oder sie im roten, ans Handgelenk geketteten Köfferchen selber hintragen darf. Lewin erzählt, daß es enorm schwierig war, den Herren von Raum 40 – wie der Entzifferungsdienst noch immer genannt wurde – endlich die Einsicht abzutrotzen, um 1937, als Polen und Franzosen und ein Deutscher namens Thilo Schmidt uns eine Enigma schenkten, daß *die* guten Eigenschaften, die einen Menschen befähigen, ein hoher Offizier auf dem Lande, auf dem Meere, in der Luft zu werden – daß *sie es sind*, die ihm den Weg zu der Erkenntnis verlegen, daß es Dinge gibt, die er nicht kann! Generalstab ist nicht eingebildete Ausbildung, sondern ausgebildete Einbildung. Offenbar hat nur einer aus dem Ersten Weltkrieg, Alistair Denniston, der dann zum Glück sich durchzusetzen vermochte und Leiter der dem Foreign Office angeschlossenen Chiffrier- und Dechiffrier-Schule wurde, dem Establishment klarmachen können, daß ein *Mathematiker*-Team den kommenden Krieg mit Deutschland gewinnen muß. Lewin sagt sarkastisch: «Daß so ein Admiral mit dem Genie Turing niemals auch nur redet – nach dem Siege werden sie ihn totschweigen, wenn sie ihn nicht totmachen als Person –, ist ödipushaft-mörderisch. Denn warum haßt der Sohn den Erzeuger? Jeder haßt den bekanntlich, dem er etwas verdankt. Dem einer nun sogar das Leben verdankt, das Größte, was er besitzt, den haßt er existentiell, klar. Wir Mathematiker haben den Herren Offizieren zwar nicht das Leben geschenkt – aber doch ihr Überleben angesichts eines militärisch so unvergleichlich viel stärkeren Gegners, wie es die Hunnen sind. Da die Rettung bei Dünkirchen schon Turings rechtzeitiger Enigma-Entschlüsselung zu verdanken ist, so wäre Hitler vermutlich die Invasion Englands geglückt, gäbe es unseren Melancholikus nicht! Das sehen Generale nicht gern!»

Nur wer Neigung hat zu philosophieren, versucht wie Lewin der Frage nachzugehen, warum genau in *dem* Moment ein Fünfundzwanzigjähriger am King's College in Cambridge seine erste wissenschaftliche Arbeit ‹On Computable Numbers› schreibt, in dem in Berlin ein Dr. Scherbius der Wehrmacht seine Enigma als Verschlüsselungsapparat verkauft. «Zweiundvierzigtausend Jahre rund um die Uhr müßte jemand rechnen, um alle Kombinationsmöglichkeiten der Enigma auszuforschen.» Es sei denn, er hat Alans Maschine …

Einen Trost also hält die Geschichte offenbar immerhin bereit: Gegner tauschen ihre Intelligenzen aus, daher die Art vielleicht am Ende doch überleben kann, trotz der nun perfekten Vernichtungswaffen. Lewin sagt, er verstehe keineswegs Einblick zu nehmen in die weltgeschichtliche Ökonomie – frage sich aber doch, ob da nicht ein uns Menschen unauslotbarer Zusammenhang sei: daß die nach der Besetzung Frankreichs durch die Deutschen abnorme militärische Schwäche Großbritanniens schließlich aufgewogen ist durch Hitlers Antisemitismus: «Göttingen war das Zentrum der Naturwissenschaft, bevor Hitler die Juden fortjagte, jene, die schlau genug waren, rechtzeitig zu gehen – nach Princeton mehr oder weniger, das nun das Mekka der Physik und Mathematik ist; schon gewesen ist, als Turing 1937 dorthin ging mit seinem Stipendium. Zufall, daß der Siebenundzwanzigjährige vor Kriegsausbruch 1939 heimkehrte, um sich den Kryptologen im Foreign Office zur Verfügung zu stellen? Natürlich aus Patriotismus: jedes Kind sah voraus, daß Hitler seinen Krieg machen und England gegen ihn marschieren werde. Bevor Turing nach den USA reiste, hatte er schon in Cambridge Entscheidendes auch bei Juden gelernt, die allein Hitlers Ausrottungslust nach Cambridge hat aus Göttingen vertreiben können, bei Born, Courant, Schrödinger; ob der Altösterreicher John von Neumann und der Philosoph Ludwig Wittgenstein, die beide Turing sehr gefördert haben, Juden gewesen sind, weiß ich nicht – es kamen ja auch bedeutende nichtjüdische Wissenschaftler herüber, weil sie bei Juden, wie zum Beispiel bei dem aus Berlin vertriebenen Einstein, lernen wollten. Und hätte Hitler wenigstens die Homosexuellen in Frieden gelassen! (Homosexuelle SS-Männer läßt er neuerdings sogar hinrichten, wie wir aus einem Funkspruch wissen.) Daß Hitler seinen schwulen SA-Chef Röhm und dessen Trabanten 1934 liquidiert hat, erschreckte natürlich Turing sehr. Sonst wäre er mit

Sicherheit nach Göttingen gegangen statt nach Princeton, denn in Göttingen residierte der in aller Welt berühmteste der Mathematiker, David Hilbert. Hilberts ‹dritte Frage›, Mathematikern ein Begriff als das sogenannte ‹Entscheidungsproblem›, widmete Turing seine erste bedeutende Publikation. Hilbert lehrte noch. Zweifellos hat nur Hitler verhindert, daß Turing zu Hilbert ging. Weltgeschichtliche Ökonomie oder Zufall?» Menschenwitz wie Gottesfurcht machten Lewin für eine Weile stumm. Dann sagte er mit Vorsicht:

«Und ein Trost aus der Geschichte ist doch auch die Tatsache, daß die Nazis nicht merkten, daß man ihnen in der Berliner Fabrik ein Exemplar der Enigma gestohlen hat – es offensichtlich nur deshalb nicht merkten, weil der für Sicherheit Verantwortliche in dieser Fabrik nicht wagte, es zu melden, aus berechtigter Furcht, in der Diktatur barbarisch bestraft, vermutlich ermordet zu werden: also hält er's Maul. Die Diktatur straft sich selber durch die Härte der Strafen, die sie über andere verhängt!»

Ich weiß nicht viel von Enigma, die fast so harmlos aussieht wie eine ganz ordinäre Schreibmaschine – ich höre nur von Alan und allen anderen, sie sei schlechthin fabelhaft gefährlich noch immer, weil sie so sehr wandlungs- und erweiterungsfähig ist, dank ihres Systems elektrisch angetriebener Zylinder. «So kann es uns nicht *allein* helfen, die Enigma bloß zu simulieren, weil heute noch keine Maschine in der Lage ist, die *dreihundertzehnhochacht* möglichen Einstellungen durchzurechnen in einer Zeit, die noch sinnvoll ist, um einen gegnerischen Befehl auszuwerten für unsere Fronten. Was hinzugefügt wurde, teils von Professor Gordon Welchman, teils von Turing, kann ich

Ihnen nicht erklären», sagt Good. «Vielleicht kann Turing selbst es formulieren. *Das* kann ich sagen, daß Turings Beitrag, seine ureigene Idee, derart war – daß … wie soll ich sagen?» Lewin, der dabeistand, lachte und fuhr fort, und Good nickte ihm zu, denn genauso hatte er es offenbar mir sagen wollen: «Alans Idee war derart, daß eine ganze Zeitlang kein anderer sie gehabt haben könnte. Und jedenfalls nicht gehabt *hat* – vor allem, offenbar, auch kein Deutscher; sonst hielten die ja nicht, was sie doch offenbar tun, ihre Enigma für schlüsselsicher. Ein Glück, daß ihr David Hilbert nun achtzig ist – sehr Alte neigen dazu, nur noch abzuschließen. Wer weiß, ob Hilbert Turings Aufsatz über ihn überhaupt noch zu Gesicht bekam!» Ich gebe Professor Good mein Journal und bitte ihn, exakter zu notieren, was ich nur zu zehn Prozent verstehe. Er schreibt mir hinein:

«John von Neumann erzählte mir, daß der Aufsatz ‹On Computable Numbers. With an Application to the Entscheidungsproblem› Turings Leben vom April 1935 bis ins folgende Jahr hinein beherrscht hat. Im April 1936 gab er sein Typoskript in einer ersten Fassung an John von Neumann, der es im Mai las und es am 28. Mai 1936 der Londoner Mathematischen Gesellschaft vorlegte. Turing – um es so kurz wie möglich anzudeuten – analysiert hier die Prozesse, die beim Berechnen einer Zahl ausgeführt werden, und gelangt so zu dem Konzept einer theoretischen ‹universellen› Maschine, der Turing-Maschine, die fähig ist, mit *jeder* berechenbaren Zahlenfolge zu operieren – das heißt mit jeder Folge von 0 und 1.

Die Arbeit enthielt zudem den Beweis, daß mit dieser Methode Hilberts ‹Entscheidungsproblem› nicht lösbar ist.»

Ich bedankte mich bei Good überschwenglich für seinen Eintrag in mein Journal, um ihn nicht merken zu lassen, daß er mich nicht klüger gemacht hat.

IV   Der Faun der Barberini

Turing kommt gar nicht auf die Idee, es könne eine Frau verletzen, wenn er plötzlich, während man denkt, daß er an seinen endlosen Zahlenreihen rechnet, ausruft: «Was haben Sie für Hände, gepflegt, aber so groß wie die eines Bergmanns!» Das ist dann eben der Moment, wo er zum erstenmal die Hände eines Menschen, der monatelang den ganzen Tag um ihn ist, wahrnimmt. Denn eigentlich nimmt er nichts wahr. Schon seine Mutter sagte mir, nur daß er radfahre, lasse hoffen, daß er dreißig wird und nicht vorher umkommt im Straßenverkehr, denn ginge er zu Fuß, müsse also auf gar nichts achten, werde er binnen kurzem ins nächste Auto hineintrotteln ... Seit hier Heu auf den Wiesen lag, kennt ihn nun in B. P. jeder, denn wegen seines Heuschnupfens trug er plötzlich die Gasmaske auf dem Rad. Und wunderte sich, daß er schwitzte. Er hat selber mitgeschaufelt, hier eine Aschenbahn anzulegen, und ist deren eifrigster Benutzer – er rennt, als hinge mehr ab von seinen Langstreckenrekorden als von dem, was wir aus seinen Dechiffrier-‹Bomben› an deutschen Funksprüchen im Klartext herausholen. Noch stottern Maschinen, streiken auch – doch Alan behebt das so rasch (nicht Alan allein), daß es anfängt, ihn anzuöden, «hier dauernd den Chauffeur zu machen», wie er das nennt. Unsere Obrigkeit behandelt ihn wie ein rohes Ei. Alan wollte kürzlich nach Amerika, um seine 1937 in Princeton begründeten Kontakte mit Amerikanern zu erneuern – sein Antrag wurde abgelehnt; man fürchtet, er könne unterwegs torpediert oder abgeschossen werden. Doch der Respekt, mit dem man dann in ihn drang, bitte zu sagen, wen er in Princeton sprechen wolle, man hole diese Amerikaner herüber oder eröffne ihm Kurierpost zu den geistigen Honoratioren drüben, hat Alan sehr geniert und verstimmt.

Wir saßen beim Tee, zu zweit – und da kam's heraus: «Der Vogel im goldenen Käfig hat ja wohl wenigstens ein Vögelchen – ich habe nur die Aschenbahn für meine Libido. Oder, Monica, sagt man, *gegen* die Libido?» Zum erstenmal hatte er davon gesprochen, was ihn nachts bedrückte, es machte mich glücklich – und half sogar den Schlag übern Kopf zu mildern, den mir wieder einmal seine geradezu barbarische Direktheit verpaßt hatte. Denn ich antwortete das Nächstliegende: «In B. P. arbeiten neunmal mehr Frauen als Männer – da würde sich ja wohl ein Vögelchen finden für den Vogel. Und außerhalb von B. P. sind die jungen Männer auch fort, beim Militär.» Alan sah mich an, als könne ich nicht bis drei zählen: «Für wie dumm halten Sie mich, daß ich Sie für so dumm halten könnte, noch nicht zu wissen, daß ich schwul bin?»

Als gäbe es nicht, wo britische Wissenschaftler sind, immer auch Homosexuelle – log ich: «Wußte ich nicht, nein!» Diese Feigheit hat ihn verletzt, weil er selber total unfähig ist zu lügen; erstens aus Stolz, zweitens, weil er keine Ahnung hat, was die Konvention will: Er ist der Wirklichkeit viel zu weit entrückt, um wissen zu können, wann man, weil sich das so «schickt», lügen müßte. Denn Alan hat ja niemals unter normalverbrauchten Leuten gelebt, sondern stets in Internaten oder auf dem Campus einer Universität, wo schwul sein kein Problem ist, das auffällt … So kränkte ihn denn, daß ich auswich, statt zuzugeben: Natürlich weiß ich das – und warum suchen Sie nicht wieder einen Freund! Ärgerlich war er aufgestanden, sich Tee nachzuschenken, und sagte über die Schulter hin: «Das weiß doch das ganze doofe Dorf hier, daß ich verlobt war mit Joan Clarke!» Nun hatte ich eine Ausrede: «Weiß ich. Aber Verlobungen gehen nicht nur zurück, weil einer homosexuell ist.» Und so traurig, daß ich den Eindruck hatte, sogar seine so tief unter der Stirn liegenden hellen Augen würden dabei schwarz, sagte er und ging aus dem Raum: «Joan war schon richtig – wäre ich richtig …» Ist er schlimmer dran als Schwule sonst, da er offenbar einer Frau nachtrauert, anstatt in Gottes Namen sein Anderssein zu bejahen?

Nachts um drei.

Ich schrieb das heute vor dem Schlafengehen, schlief auch gut – doch nun liege ich wach und überlege, ob ich nicht versuchen darf (oder es muß), Alan zu helfen. Ich liebe ihn – bin also keineswegs unvoreingenommen und fähig herauszufinden, ob ich ihm helfen soll. Und kann. Denn vielleicht bin ich nur egoistisch, vermutlich fände er's zum Erbrechen, drängte ich mich auf. Wie gern riefe ich ihn jetzt an. Unmöglich. Er hat in seiner Bude nicht einmal Telefon, das Gasthaus würde geweckt. Immerhin kenne ich sein Fenster – und wüßte ich, daß auch er wach läge, ich radelte hin.

Zwischen diesen Zeilen und meiner ersten Notiz heute ist eine halbe Stunde; ich war wieder aufgestanden, als ich das Licht ausgemacht hatte, um das Verdunkelungsrouleau hochzulassen – denn es ist zu heiß, ich liege nackt auf dem Bett, und das Bett ist ein gefährlicher Kuppler. Wenn ich schreibe, muß ich – so geschah's – erneut verdunkeln, die Vorschriften sind streng. Daß ich Licht anknipste, um zu schreiben, bewahrte mich davor, eine Dummheit zu machen und zu Turing zu radeln. Ich weiß ja nicht einmal, ob ich das nicht vor allem mir selber zuliebe tun würde, erstens weil Alan – Alan ist; zweitens, weil ich mich möglicherweise an ihn dränge, um meinen gefallenen Freund zu vergessen. Drängt man die aus seinen Gefühlen hinaus, die einen am stärksten lähmen, weil sie einem am nächsten standen? Was hilft's, sich selber zu tief auszuloten: das müßte man sich leisten können. Wer sagt mir, ob ich mich nicht deshalb um Turing kümmere, weil ich eine *samariterische* Begründung brauche, wenn ich mich so bald nach dem Tod meines Verlobten einem anderen zuwende! Ein Jahr ist Stephen tot, ich hätte es für eine Verleumdung gehalten, hätte jemand angedeutet, daß ich kaum das Trauerjahr abwarten kann und mir schon eingestehen muß, daß ich gern mit einem anderen schliefe – gewiß nicht mit irgendeinem. Doch dieses tagtägliche Zusammensein mit Alan, seine Schönheit, liebenswürdige Hilflosigkeit, ja auch die Notwendigkeit, sich seiner anzunehmen, um so mehr, seit ich weiß, daß er unglücklich ist und seine phänomenalen Berufserfolge für gar nichts erachtet, ja sich *wundert*, daß nicht zehntausend andere Mathematiker auch aushecken konnten, was ihm einfiel: das alles läßt mich abends traurig werden, wenn er aus B. P. davonradelt in seine Bude, um so allein (und aus dem Papier) sein Abendbrot zu essen, wie ich mir meines mache; wie gern würde ich ihm seines, lieber noch unser gemeinsames auf einen Teller und mit Serviette hinstellen! Und dabei mit ihm sprechen, vor allem ihn bei seinen faszinierenden Monologen ansehen – oder auch wegsehen, wenn ihn seine Sprachhemmung/ überkommt. Mein Verlangen nach ihm hat eine mir peinliche Steigerung erfahren, seit ich in seiner Bude im Gasthaus *Krone* war, um ihm seinen schwarzen Anzug zu bügeln, er mußte zu einer Beerdigung. Da sah ich an der Wand gegenüber seinem Bett das große Foto eines nackten Mannes, auf den ersten Blick Alans Sportlerkörper. Es war aber eine Plastik, so konnte ich, als ich nach einiger Zeit merkte, wie immer erneut beim Bügeln mein Blick darauf festgenagelt wurde, fragen: «Woher kommt diese Figur, Barock natürlich?»

Alan sagte: «Griechisch – das Prunkstück der Münchner Glyptothek, die zweifellos unsere Bomber bald hinmachen, sofern das nicht bereits passiert ist. Der Faun der Barberini! Barock, sagen Sie? – bestätigt nur, daß auch die Antike die Epochen hatte, die ungefähr unseren seit 800 entsprechen. Denn dieser Satyr wurde im 17. Jahrhundert bei der Engelsburg ausgegraben, ist aber aus dem dritten Jahrhundert vor Christus. Er wurde einst von den Römern nach Italien verschleppt. Den Christen später müssen diese weitgespreizten Schenkel, empörend griechisch, ‹heidnisch›, ein so großes Ärgernis gewesen sein, daß sie den Faun nur als Brunnenfigur ertragen haben – da Wasser unter ihnen hervorschoß, waren die geöffneten Schenkel durch einen praktischen Zweck geheiligt. Gott sei Dank fand man den Faun erst so spät: zwei, drei Jahrhunderte früher hätten die frommen Brüder ihn mit dem Hammer vernichtet wie das meiste Schöne aus dem Altertum, das ihnen in die Pranken fiel. Dieser herrliche Junge überlebte natürlich nicht in der Öffentlichkeit – stellen Sie sich vor, wie Fronleichnams-Prozessierende sich an ihm vergangen hätten –, sondern versteckt im Palazzo der Barberini: Weil zufällig ein Sohn dieses Hauses Papst wurde, Urban VIII., und seine Familie – wie neulich Pacelli die seine – in den Fürstenstand erheben ließ, konnte dieser aufreizend ketzerische Schöne überdauern. Als die Familie ausgestorben war – war der Nackte wieder eine Verlegenheit in Rom. So konnte der erste König von Bayern dieses Hauptwerk der Antike für München kaufen ... Gefällt er Ihnen wie mir?»

Ich sagte: «Von hier sehe ich nicht: schläft er, oder wurde er umgebracht? Ein Faun ist kein Krieger – aber weiß man denn so genau, daß er als Faun geschaffen worden ist? Sieht ja aus wie ein Erschlagener.»

Alan sagte: «Instinkt haben Sie – zu fragen, ob er umgebracht wurde, ich denke das auch manchmal; oder daß er sich umgebracht hat: Ich brauche zuweilen für meine Lieblingsmelodie eine andere Persönlichkeit als die, der diese Melodie vom Komponisten zugedacht war.» Und er summte, was er siebenmal Tag für Tag in unserer Hütte vor sich hinsummt, nichts, was mir wert gewesen wäre, bisher, nach dem Komponisten zu fragen. Nun sagte er's ungefragt: «Geht mir nicht aus dem Sinn, seit ich das 1938 drüben gehört und gesehen habe, Walt Disney's *Schneewittchen*-Film. Der Text zu dieser Melodie ist auch beeindruckend, finden Sie nicht:

‹Tauche den Apfel in des Giftes Brühe,
lasse den schlafenden Tod eindringen!›

Was sagen Sie dazu, Monica?»

Ich überlegte nicht, sofort widersprach ich: «Erstens hinkt das grammatikalisch: müßte doch heißen, laß den Tod, wenn ich schlafe, eindringen, nicht aber: den schlafenden Tod – wer schläft, dringt ja nirgendwo ein, selbst der Tod nicht. Und ich mag nicht in einer Zeit, in der sowieso der Tod überall zuschlägt, daß man ihn sich auch noch wünscht. Und gar nicht glaube ich, daß so Junge wie dieser Faun oder Krieger ihn sich wünschen – *leben* wollen die, um so stärker, je weniger sie's heute noch dürfen. Warum, Alan, mögen sie diesen *Text*? Denn Sie wollen mir ja nicht weismachen, diese ziemlich läppische Melodie hätte's Ihnen angetan!»

Er erwiderte, verdammt kritisch sei ich: «So jung und schön wie der Faun – und dann an einem vergifteten Apfel sterben oder sich einen Apfel vergiften, um nach zwei Bissen schmerzlos weg zu sein – weg, nicht tot: woher wissen wir, ob das nicht ganz verschiedene Zustände sind –, das ist doch immerhin, wenigstens als geistiges Abenteuer, sehr erwägenswert. Oder?»

Leichthin sagte ich: «Sie gehören nicht sich selber und dürften einfach der Nation so nicht wegsterben; doch abgesehen davon, ich – ich mag vom Tod nicht reden … schon gar nicht, wenn ich einen Anzug für eine Beerdigung bügle. Gehen wir *essen*, Alan – ich habe Hunger wie ein Pferd bei der Ernte! Ich will über diesen schönen nackten Mann da etwas Gescheites lesen –»

Denn da ich es vermutet hatte, daß er ein Buch mit Plastik-Fotos und auch mit einem von diesem aufregenden Mann da besitze, so sah ich das Buch auch schon im Regal. Ich wollte mir eine Kopie des Faun-Fotos machen. Alan zog die Oxford-Phaidon-Geschichte der antiken Plastik aus dem Bücherbord, gab mir das Buch und sagte: «Da können Sie alles über ihn lesen.»

Ich nahm's mit und brachte es zum Fotografen, was ich Turing nicht erzählt habe. Ich wollte dieses Bild, weil dieser so schamlos ‹aufgetane› Jüngling nicht nur in seiner Körperhaltung Alan gleicht, wenn er nach Tisch am Fluß liegt mit uns; das Unerlöste im Gesicht – der Satyr soll ein Schlafender sein; wer so schläft, der hat am Tage nichts zu lachen ... Mit diesem offenen Mund, den Kopf auf der linken Schulter, wird – leider wirklich – eher ein Gefallener daliegen. Womit ich mich im Kreis drehe, so daß ich abbreche. In neunzig Minuten ist ohnehin die Nacht herum. Immerhin merkte ich heute: wer Licht macht und schreibt, kommt besser schlaflos über das nebelziehende verdammte Morgengrauen hin ...

Ende Juli '41.

Es war ohne Krampf zu machen, daß ich Alans einstige Verlobte ins Gespräch zog. Ich hatte ihr gesagt, Alan wolle, daß ich eine Art Chronik unserer Tätigkeit vorbereite.

«Du warst ja seine Verlobte», sagte ich. Sie nickte: «Gehört das auch in deine Chronik?» Ich sagte, wer weiß, was daraus werden wird – ob die uns hier überhaupt gestatten, nach dem Krieg zu sagen, wie wir geholfen haben, ihn zu gewinnen! Sie runzelte die hohe Stirn: «Gewinnen wir ihn denn?» Wir lachten beide, ich sagte: «Wenn nicht – schreiben wir auch nicht mehr!» Sie mußte aufbrechen: «Frag Alan selber, wenn du willst, nach unserer Verlobungszeit; bist du etwa auch in ihn verliebt?» Natürlich gab ich es zu. Darauf sie: «Das erleichtert mich, denn ich mag ihn immer noch sehr, und er muß eine Frau haben, die sich seiner annimmt – in Grenzen! Ich hoffe, daß du dich ein bißchen um unseren gefallenen Engel kümmerst ... ja, so kommt Alan mir oft vor: ein mit sich allein eingesperrter, verstoßener Engel, jedenfalls ganz fremd unter uns Sterblichen, die er ja nur sehr partiell begreift – und die von ihm wohl fast gar nichts begreifen.»

Joan hatte mir noch erzählt, lachend, Alan habe auch sie mit seinen Fragen von so drastischer Naivität und geradezu antikonventioneller Direktheit oft schockiert, zum Beispiel: «Ich möchte so gern ein Kind – Sie auch? Dann könnten wir uns doch verloben!» Diese Bekundung seiner Sympathie als erste seiner Liebeserklärungen sei schon zum Lachen gewesen. Joan: «Aber natürlich sagte ich ja! *Wer* könnte ihm etwas abschlagen!» Ich erzählte, so weit sei er bei mir nicht gegangen, immerhin habe er – wieder auffahrend aus Formelkolonnen – plötzlich gesagt und natürlich keine Spur von Ahnung gehabt, wie mich das verletzte: «Haben Sie ein breites Becken! Ihnen kann das doch gar nicht weh tun, Kinder zu kriegen!» Meine «Breite» ist aber auch meine Dicke, die mir ‹schweren› Kummer macht. Doch dergleichen könnte Turing nicht einmal *sehen*! Würde ich ihm diesen Kummer klagen, er nähme Zettel und Bleistift und rechnete aus, daß beim Volumen meiner Oberschenkel oder der Breite meiner Kniescheiben gar keine Rede davon sein könne, ich trüge zu schwer an meiner Schwere! Wie er lachte, als er aus einem Propaganda-Bericht der Deutschen deren Illusion herauslas, im Jahre 1917 sei das Empire wegen der Versenkungen britischer Handelsdampfer durch Hunnen-U-Boote «beinahe zusammengebrochen». Alan wieherte und sagte: «Geradezu *die* Definition für Propaganda ist das – wenn man von einer Brücke, die 14 Tonnen trägt, behauptet, die breche ‹beinahe› zusammen, wenn 11 Tonnen drüberfahren!»

Überhaupt seine Sprüche. «Man sollte bei so vielen Unfalltoten gesetzlich verankern, daß niemand in Großbritannien eine Straße überqueren darf, ohne einen Hund an der Leine zu führen. Denn kein Brite wird jemals einen Hund überfahren.»

Nachzutragen bleibt: Joan erzählte mir, Alan habe ihr bei der Verlobung «homosexuelle Tendenzen» eingestanden. Mehr nicht – vermutlich, weil er selber Genaueres von sich noch nicht wußte. Denn da er radikal ehrlich ist, hätte er sonst auch mehr gesagt. So ließ Joan sich den Verlobungsring gefallen und glaubte, was Alan homosexuelle Tendenzen nannte, sei nichts, was einer Ehe im Wege wäre. Sie stellte ihn in London ihrem Vater vor, einem Pfarrer, der von ihm angetan war. Alan brachte Joan nach Guildford zu seinen Eltern; mit seiner Mutter ging sie zur Kirche und nahm das Abendmahl. Alan ging nicht mit, weil «Kirchen schlecht riechen».

«Du weißt», sagte Joan, «schon damals kam er mit den Marinehelferinnen an seinen ‹Bomben› und in Hütte 6 so wenig ohne mich zurecht, wie er heute mit ihnen ohne dich einig ist. So gab er mir, wie er ironisch sagte, den Status des ‹Mannes ehrenhalber›. Dafür wollte er stricken lernen, ‹Schäfer tun das auch›. Er hatte ja immer Schwierigkeiten, in seiner Freizeit nicht an seine Arbeit zu denken, doch beim Stricken – er brachte sogar Handschuhe zustande, allerdings ohne die Fingerkuppen – ging sein Gehirn auch viel zuwenig auf die Weide. Er brauchte keine manuelle, absurd, er brauchte eine geistige Ablenkung. So machte er uns ein Schachbrett, auch Tonfiguren, die wir selber brannten auf dem Kohlefeuer in seiner Bude im Gasthof *Zur Krone.*»

Mit diesen Figuren – ganz brauchbar, doch sehr zerbrechlich – spielen Alan und ich heute. Seit die Schachmeister in B. P. sind, um beim Dechiffrieren zu helfen, ist Schach hier eine der Freizeitbeschäftigungen. Hugh Alexander gibt Unterricht für Anfänger. Turing ist weniger am Schach als Schach interessiert, sondern am Schach als Modell für das Denken. Ich fragte ihn, ob je eine Maschine wird Schach spielen können. Er sagte: «Keine Kunst, sie dazu zu bringen, daß sie schlecht Schach spielt, weil man nämlich zum Schachspielen Intelligenz braucht. Und die Maschine hat noch keine; doch wird es möglich werden, sie intelligent zu machen, allerdings auf das Risiko hin, daß sie dann auch Fehler begeht, wie schließlich auch der intelligenteste Mensch. Eine solche Maschine wird man dazu bringen können, vermutlich, daß sie sehr gut spielt …»

Joan Clarke hat mir noch erzählt, daß Turing ihr das einzige Buch gab, das jemals biologische Strukturen auf mathematischer Grundlage untersucht hat, 1917 erschienen, das von D'Arcy Thompson. Denn da sie von Hause an der Seite ihres Vaters Botanik praktiziert hatte, konnte Joan Turing bei seinem Studium von Form und Wachstum der Pflanzen nützlich sein.

Turing dagegen lehrte sie, bei Tannenzapfen auf das Arrangement der Schuppen zu achten: Die Zapfen richten sich streng nach den Fibonacci-Zahlen. Ich habe mich erkundigt, diese nach einem Italiener benannte Zahlenreihe entsteht, wenn man in ihr die beiden jeweils vorhergehenden Zahlen addiert: 1, 1, 2, 3, 5, 8, 13. Und so weiter.

Ich fragte Turing, was er dazu sage, daß in Blättern, Blüten, Früchten die abstrakten Gebilde der Mathematik so oft vorgebildet sind. Er lachte: «Abstrakt? – Das ist doch auch nur eine Abstraktion, mit der wir unsere – geringer werdende! – Unwissenheit umschreiben …»

Dienstag nacht.

Mit Joan, versteht sich, könnte ich noch weniger als mit anderen besprechen – doch wozu überhaupt mit jemandem darüber reden –, ob es eine Frau gibt mit einiger Erfahrung, die sich nicht zutraut, einen Mann, den sie liebt, obgleich er homosexuell ist, auf den Weg *zu sich* zu bringen. Ich sage nicht, daß ich mir zutraue, Turings ‹homosexuelle Tendenzen› zu überspielen, weil das selbstverständlich nicht nur ‹Tendenzen› sind: das Homosexuelle ist zentral bei ihm, existentiell. Doch da er mich darauf ansprach, ja fast verhöhnte, weil ich so tat neulich, als wisse ich das nicht, so nehme auch ich mir das Recht, ihn darauf anzusprechen. Neugier, ein blöder Voyeurismus sind weiß Gott nicht im Spiel. Er selbst, dank seiner Unart, mitten aus einer wissenschaftlichen Arbeit heraus, drastisch deutliche Fragen zu stellen und Feststellungen zu treffen, sagte neulich, als wir gemeinsam heimradelten – immerhin radelt er jetzt oft mit mir –, wieso ich beim Bügeln in seinem Zimmer den Faun der Barberini «schockierend erotisch» genannt hätte. «Habe ich das?» fragte ich. Er: Ich sei doch sicher mit der Liebe vertraut, da ich erzählt hätte, wenigstens habe mein Freund mit mir noch eine Motorrad-Reise durch die Cotswolds gemacht, ehe er dann gefallen ist: Wieso also Erotik mich noch schockieren könne? Erotik nicht, gab ich zur Antwort, aber Schönheit, *die* habe mich schockiert … Und übrigens auch, fügte ich an, wie dieser Faun sie ausstelle, *sich* ausstelle, sein Geschlecht – nie in der Kunstgeschichte, außer auf einem weiblichen Torso von Courbet, hätte ich das sonst so drastisch gesehen. Alan sagte düster – und sah wieder aus, wie ich mir einen verstoßenen Erzengel vorstelle: «Als ich in Princeton war, wurde mir einmal feierlich verboten, dieses Bild in meinem Zimmer zu haben, das ‹gehöre› sich nicht; ja schlimmer: Mit diesem Foto riskiere ich, für schwul gehalten zu werden! Sie können sich die Prüderie der Amerikaner, mindestens vor dem Krieg, nicht vorstellen, Monica – Prüderie und Bigotterie. Der alte Bertrand Russell verlor 1939 drüben seinen Lehrstuhl, weil er seinem Aufsatz ‹Warum ich kein Kommunist bin› den Aufsatz hatte folgen lassen ‹Warum ich kein Christ bin› – und auch weil er als vielgeprüfter Familienvater die Ehe als Lebensform mit einem Fragezeichen versehen hatte … Nie war ich einsamer als in Princeton. Ich riskierte es einfach nicht, mich drüben einem Jungen zu nähern, und trieb Sport bis zum Exzeß: war ja auch die einzige Gelegenheit, einen Jungen wenigstens ohne Hemd zu sehen …»

«Frauen ohne Hemd», konnte ich direkt anfügen und nahm diese Gelegenheit natürlich wahr, «mochten Sie die nie sehen?» Er: «Mädchen gab's auf dem Campus fast keine – Frauen studierten noch kaum, wenigstens nicht Mathematik. Und da ich ja auf dem Campus auch wohnte – und wo damals Studenten und Fellows wohnten, wohnten bestimmt nicht auch Frauen –, wie hätte ich Mädchen kennen können?» Wir radelten, ich sagte: «Ich dachte auch gar nicht an Princeton, sondern an heute und hier – ich hätte große Lust zu schwimmen, es ist ja noch so heiß geworden, aber ich hab keinen Badeanzug dabei: Stört Sie's?»

Ganz einfach sagte er: «Wieso, ich hab doch auch keine Badehose mit, und es ist dunkel genug, die Polizei wird uns kaum aufstöbern.»

So geschah's. Der Fluß ist ziemlich sauber. Und was ich in seiner Bude in der *Krone* beim Anblick des Griechen wie einen Überfall empfunden hatte, war ja nicht einfach *dessen* Schönheit – wen rührt schon eine Plastik so in der Tiefe auf –, sondern daß sein Leib wie auch sein offener, gleichsam unerlöster Mund mir nach Turing modelliert schienen. Das hätte ich ihm so gern gesagt, jetzt endlich, als sein Nacktsein das bestätigte. Doch gibt es bekanntlich Sätze, und wären sie einem die selbstverständlichen – dieser war es nicht –, die man nur über die Lippen bringt, wenn man einander berührt; so wählte ich vorsätzlich eine so steile Uferstrecke, daß er mir helfen mußte, ins Wasser zu kommen. Ich band mir noch die Haare hoch, er wandte sich um und verweilte. «Du bist sehr schön!» sagte er. «Viel dicker als deine Jungen!» sagte ich und streckte den Arm nach ihm aus, er gab mir seine Hand, so kam ich den steinigen, verwurzelten Rain hinab zum Fluß, dankte ihm, hielt ihn fest und küßte – höher war ich nicht, er stand auch höher als ich – das bei vielen Männern Unempfindlichste, seine Brustwarzen. Er küßte mich nicht, doch hatte es offenbar auch nicht eilig, ins Wasser zu kommen. Ich auch nicht: «Der Flußwind kühlt uns erst ein bißchen ab.» Ich zog ihn ins Gras, nahe den Uferbäumen. Er war nicht befangen, er war – fern, ich richtete mich auf und küßte seine Schultern, den Hals – atmender Basalt, ein wunderbarer Mann. Jetzt konnte, jetzt mußte ich ihm das sagen, was ich oft gedacht hatte: «Du bist so *schön*, daß es … meinesgleichen hemmt. Und hier ist nicht mal ein Handtuch, mit dem ich mich

54

vor dir verbergen könnte.» Er hielt mich im Arm und sagte so sachlich wie zärtlich: «Mein Hemd ist ganz frisch – mit dem werde ich dich ab trocknen.»

Das half uns dann sehr, einander so nahe zu kommen – wie man ihm kommen *konnte*, dem mutterlosen, verstoßenen Engel: und seinem gräßlichen Alleinbleiben, als er abgewandt sagte: «Werde ich also doch kein Kind haben.»

V   Churchill kommt

Man sollte keine Tagebücher lesen, wenn man selber eines
schreibt; doch ich las in dem von Stendhal und richte mich
danach: «Das Ich-Selber, was lohnt sich sonst noch in der
Welt?» Könnte wahr sein, daß der Egotismus nie so viel
Pflege verlangt wie in einer Zeit, da der einzelne, wie jetzt
im Kriege, nichts mehr gilt: nur was der Mensch tut – nicht:
was er ist, wird heute noch gefragt. Dem ordne ich mich in
patriotischer Ergebenheit unter, indem ich hier eine Hilfs-
tätigkeit ausübe, die ich kaum verstehe und gar nicht liebe.
B.P. mit seinem Haupt- und seinen dreißig Nebengebäu-
den in dem waldgroßen Park, B.P. ist freundlich gesagt
unser Campus, genauer gesagt unser Camposanto – und
wir verlassen ihn kaum, und so gefällt das unserer Behörde.
Turing nennt seine Apparate weiterhin Dechiffrier-Bombas
im Gedenken an die Polen, die uns als Pioniere vorangin-
gen. Wie beklemmend, daß der entscheidende Pole nun weg
ist, spurlos verschwunden, den samt seiner Frau und seiner
Enigma Commander Dunderdale am 18. Mai vorigen Jahres
von Orly, unmittelbar bevor die Deutschen ihn schnappen
konnten, ausgeflogen hat. Der Pole bekam in London ein
Haus, einen Polizisten und ist dennoch vom Erdboden weg,

als habe es ihn nie gegeben, verschwunden wie ein Knopf, den man vom Mantel verliert, nicht einmal seinen Namen fand ich heraus, finde ihn aber noch heraus. Also, Turing nennt seinen und Gordon Welchmans Apparat «Bomba»: aus Opposition, um unser hochnäsiges Establishment an die Polen zu erinnern, die zuerst entdeckten, daß Enigma Hitlers Verschlüsselungsgerät ist. Und die Turing-Bombas – wir haben jetzt vier – sind so weit verstreut in den Nissen-hütten des Parks, daß selbst ein abstürzendes, explodierendes Flugzeug nicht alle vier zerstören könnte.

Verlassen wir unseren Camposanto, um im öden Bletchley in noch öderen Teestuben zu trinken, sind wir bald wieder da, selten fahren wir die dreißig Meilen nach London, Benzin ist knapp, wir haben Räder, Autofahrten müssen bewilligt werden. «Wissenschafts-Nonnen und -Mönche» nannte uns einer und bekam prompt die Antwort: «Dann wäre ich vor sechshundert Jahren auch Mönch geworden – wären damals die Nonnen so nahe gewesen wie heute hier uns ‹Mönchen›!»

Tatsächlich ist unser Nachtleben eher dem in Lungensanatorien vergleichbar, wo die Bettlägerigen angeblich einander über die rundumlaufenden Balkons besuchen sollen, damit sie keine Lust verspürten, zu rasch heimzureisen; genauso wünscht sich das unsere Obrigkeit: Wir *sollen*, die hier arbeiten, unter uns bleiben, auch privat. Einsperren kann man uns nicht, doch wie schon vor dem Krieg für die Geheimdienstler eigene Clubs gegründet worden sind, damit keiner, der quatscht, wenn er ein Glas übern Durst getrunken hat, es vor anderen als vor Insidern tut: ebenso wird hier ein Ehepaar, wenn neue Mitarbeiter gebraucht werden, zwei anderen vorgezogen, die nicht miteinander verheiratet sind und außerhalb von B. P. ihre Partner haben. Fand ich das anfangs kindisch – muß ich heute doch sagen: Ich habe Verständnis für diese Umsicht. Denn wo wären wir eigentlich militärisch, verlören die Hunnen ihre Zuversicht, Enigma sei einbruchsicher! («Hunnen» nannte Churchill gestern die Deutschen wieder, den Hitler nennt er Prolet, Flegel oder den Kranken oder meist nur: den Mann da drüben.) Wo wären wir, flöge auf, daß Turing Enigma entschlüsselt hat? Undenkbar ohne ihn und seine Maschine und ohne Alfred Dilwyn Knox' Berechnungen unsere zwei entscheidenden Siege bisher: der am 23. Mai und 15. September im vorigen Jahr. Das vergesse ich nie, wie wir morgens um elf am 23. Mai in Panik gelesen haben, Brauchitsch befehle Rundstedt und Bock den ‹Sichelschnitt›, den Panzervorstoß zwischen die Küste und unsere Kontinent-Armee. Eine Stunde später gab Lord Gort das Kennwort ‹Dynamo› aus, den Befehl zur Evakuierung: So entkamen immerhin 225 000 Briten und 110 000 Polen und Franzosen nach Dünkirchen und auf die Boote. Und der zweite Sieg: Görings Unternehmen ‹Adlertag›, als er uns – dank Turing – vorankündigte, er werde am 15. September mit tausend Maschinen die Entscheidung erzwingen, aber jeder seiner Einsatzbefehle war dann so rasch entschlüsselt, daß Dowdings Jäger ausnahmslos schon in der Luft waren, wenn eine neue deutsche Welle die Küste überflog. Kaum eine stieß bis London durch. Am selben Abend hat Hitler – Göring noch nicht – begriffen, daß er die Battle of Britain verloren hatte; und am 17. September brachte Winterbotham aus Turings Bomba den Befehl Hitlers in die Downing Street, in Holland die Laderampen für die Invasion Englands abzubauen.

Gestern nun kam Churchill, Turing zu danken – ich hoffe, ich schreibe das ungefähr wortgetreu auf. Dem armen Knox kann der PM nicht mehr danken, es sei denn, er reise an dessen Sterbebett: Er hat ihm, dem der Krebs bereits allen Appetit genommen hat, durch die amerikanische Botschaft Südfrüchte, die hier keiner bekommt, ans Bett bringen lassen; der König schickte Knox den Michaels- und Georgsorden, aber Familie Knox darf das keinem erzählen.

Peinlich und interessant das Gedrängel: Wer empfängt den Primeminister, wer geleitet ihn für wie lange in wessen Arbeitshütte; natürlich Edward Travis – aber komisch war doch, daß außer ihm, dem das zukommt, noch ein halbes Dutzend Mitläufer in Verwaltung und Militär das Gefühl hatte, ohne sie als seine Suite finde Churchill weder zu Turing noch zu Gordon Welchman. Militärs, die wie wir alle Churchill bisher auch nur aus den Wochenschauen kennen, hielten für nötig, darauf hinzuweisen, länger als zehn Minuten habe er sowieso keine Zeit, ‹man› müsse sich also beim Vortrag kurz fassen – sie hatten übersehen, daß *sie* zum Vortrag ja gar nicht gebeten waren. Sie sortieren mit uns die deutschen Funksprüche, vorsortieren, nachsortieren, übersetzen und geben sie ab nach Whitehall an die Stäbe – und weil *sie* das tun, halten sie dieses Tun für schlachtenentscheidend. Alan gleichgültig: «Wie werden die sich erst nach dem Sieg aufspielen, sofern uns die Deutschen nicht doch noch auf die Schliche kommen!»

Keiner wird sich aufspielen, weil hierzulande Geheimes – wenn es harmlos und ruhmreich ist – fünfzig Jahre geheim bleibt; ist es schändlich: bleibt's das für immer …

Die Macht, besser: Wucht der Autorität dieses einen

Zivilisten Churchill ist unbeschreiblich. Sein Arzt sagte meinem Großvater, Alanbrooke allein sei in Whitehall unentbehrlich, keineswegs als Empire-Stabschef, sondern als der allein im Vereinigten Königreich noch «premierministerfeste» Mensch – sonst widerspricht ihm keiner mehr. Keiner. Selbst Roosevelt, wie Harry Hopkins ausplauderte, fürchtet Churchills Anrufe durchs Zerhacker-Telefon wegen der abgefeimten Überredungskunst des Älteren, aber schließlich doch immer Bittenden. Das fiel auch einem (hier nicht zu nennenden) Teilnehmer des Treffens zwischen Roosevelt und Churchill im September in Argentia Bay, Neufundland, auf – er lachte, als er erzählte, Churchill habe gestöhnt: «Ich kann doch der Kuh nicht das Euter abreißen», als ihn die R.A.F. bat, auch dies und das noch vom Präsidenten zu erbitten, der ja bereit ist, mit allem zu helfen, außer mit der Kriegserklärung an Hitler, weil er voriges Jahr wiedergewählt wurde für das Versprechen, keine Soldaten nach Europa zu entsenden.

Daß keiner Churchill mehr widerspricht, kam nicht von selbst. Es ist so, seit er seine beiden einzigen zählenden Rivalen um den Job, wie er das Amt nennt, weggelobt hat – Halifax, den er Holyfox nennt, als Botschafter nach Washington, Cripps als Botschafter zu Stalin. Cripps ging nicht ungern; Halifax aber war als Außenminister nur loszuwerden, weil Churchill nach dem Tod unseres Washingtoner Botschafters unseren gefeierten Weltkriegs-Premier, «den ersten Bürger Großbritanniens», wie er öffentlich Lloyd George nannte, gebeten hatte, unser Botschafter bei Roosevelt zu werden. Der PM war sicher, Lloyd George werde das aus Altersgründen nicht mehr tun. Aber nachdem er diesem Sieger von 1918 Washington angeboten hatte, mußte der Außenminister Halifax zähneknirschend die Abschiebung akzeptieren oder genauer: er konnte sie nicht mehr ausschlagen. Churchill kann ihm natürlich nie vergessen, daß die Partei, Chamberlain *und* der König voriges Jahr am 10. Mai lieber Halifax als ihm den Job gegeben hätten – und daß allein die von Labour ihn zum Prime-minister gemacht haben, indem Attlee erklärte, daß er nicht mit Halifax, einem der «Männer von München», koaliere.

Wie's kam, weiß ich nicht: Churchill ging erst zu Gordon Welchman für sieben Minuten; ich vermute, unser Chef wollte ihm Turings Anblick ersparen, bevor er sah, daß Turing heute gekämmt und sogar beschlipst war. Denn obgleich Churchill nie angemeldet werden darf – heute war er's! So konnte ich Turing überreden, sich seinen Anzug anzuziehen. Und da ich ihn telefonisch geweckt und ihn noch einmal daran erinnert hatte, hatte er nicht einmal vergessen, sich heute «als Bestattungsunternehmer zu verkleiden», wie er das nannte. Natürlich weiß ich, daß es nicht Bügelfalten sind, durch die er beeindruckt, sondern sein Stirn-Gewölbe, das wie ein Dach vorspringt, daher die abnorm tief liegenden Augen, verwirrend genug in ihrer intensiven feuerblauen Bläue bei spanisch-schwarzem Haar. Er meint, wir – mein Haar ist auch so schwarz – stammten alle von Spaniern ab, die von Queen Elizabeth die Erlaubnis bekamen, sich in Wales anzusiedeln, als 1588 die Armada vernichtet worden war; keiner der Schiffbrüchigen kehrte heim nach Spanien, keiner wurde aber auch, wie sonst damals üblich bei Gefangenen, ermordet. Churchill, der für Außerordentliche den Blick hat – was ich von ihm weiß, weiß ich nur durch seinen Arzt: Sir Charles Wilson, mit dem mein Großvater zum Vor-

stand der medizinischen Gesellschaft gehört –, der Primeminister ging auf Alan zu, als kenne er ihn; das Genie fand
sofort das Genie zwischen allen anderen, ich war fasziniert.
Denn wir standen, dann – auf sein Geheiß, natürlich auf
sein Geheiß, sonst hätte das niemand riskiert – saßen wir,
sicher dreißig, um ihn herum auf dem Rasen, und er hatte
gerade seinen Witz losgelassen, B.P. sei der Stall, in dem
«die kostbarste Henne, die je gefüttert worden ist, goldene
Eier legt, ohne jemals zu gackern!». Er spaßte außerdem:
«Wenn ich früher zuweilen dem aufsaß, was man Horoskope nennt – allerdings nie in Diensten der Regierung
Seiner Majestät –, wenn ich aber inzwischen gelernt habe,
mich gänzlich von Astrologie abzuwenden, um allein *Ihren*
Voraussagen aus der Mathematik von Bletchley Park noch
zu trauen, denen aber unbedingt: dann ist das nicht nur
der Qualität Ihrer Nachrichten zu danken, sondern auch
der Entdeckung, daß Charlie Chaplin und Adolf Hitler das
gleiche Horoskop haben! Ich bitte Sie, mein langjähriger
liebenswürdiger Freund Chaplin und *der* Mann da drüben,
was könnten denn die gemeinsam haben außer dem radier-
gummikleinen Bart? (Es gibt allerdings Gerüchte, Chaplin
habe aus Widerwillen gegen diesen gemeinsamen 20. April
'89 seinen Geburtstag um vier Tage vorverschoben.) Was
soll man also von den Sternen halten, wenn astrologisch
der Lehrer des Lachens und der des Grauens so identisch
sind wie eineiige Zwillinge, der große Menschenfreund
und der kranke Menschenausrotter?»

   Churchill bedauerte, daß wir hier quasi als Internierte
lebten – «aber wenn Sie das leid sind, verständlicherweise, dann denken Sie bitte an unsere Kameraden an der
Front, die nie oder selten ein Bett haben, oder denken Sie

an unsere Matrosen ...» Und dann sprach er von seiner Erleichterung darüber, daß wir dank Turings Entschlüsselung seit Mai auch die ‹Hydra›, wie die Deutschen ihren meistbenutzten Marine-Schlüssel nennen, lesen können.

Und er sagte feierlich: «Bitte unterschätzen Sie nie, daß Ihnen nach 31 Stunden die Wiederauffindung der ‹Bismarck› geglückt ist, die wir in diesen Stunden vergebens mit 74 Schiffen gesucht haben, Flugzeuge, die auch den Atlantik absuchten, nicht mitgezählt – der Prestige-Verlust für Großbritannien, speziell in Washington, hätte die ‹Bismarck› Brest erreicht, wäre kaum je wiedergutzumachen gewesen, denn immerhin hatte diese Bestie unser Flaggschiff in die Luft gejagt. Wir danken Ihnen, daß wir die vernichten konnten, mehr freilich noch dem Obertölpel Lütjens, der es nicht unterlassen konnte, von Bord seinem Führer armlange Liebesbriefe zu funken. Erstaunlich, daß einer irgendwo auf der Welt Admiral werden kann, dem nicht einmal der Verdacht kommt, sein Schiff werde nur deshalb 31 Stunden lang von der größten Flotte der Welt, nach Versenkung ihres Flaggschiffs, nicht verfolgt, weil die nicht weiß, wo der Gegner ist!»

In das Lachen hinein sagte er plötzlich ganz trostlos: «Herr Turing, wieso dann doch, trotz Ihrer genialen Entschlüsselungserfolge im Mai, anfangs September wieder die Katastrophe von SC 42 – sechzehn Schiffe aus *einem* Konvoi verloren, während wir nur zwei U-Boote vernichtet haben!»

Turings Antwort: «Die Deutschen, wie Sie wissen, ändern täglich die Einstellungen ihrer Verschlüsselungswalzen. Zwar haben wir ‹Hydra› grundsätzlich enträtselt – müssen aber alle 24 Stunden die abgeänderte Einstellung der Chiffrierwalzen neu entschlüsseln; das kann – muß nicht – zu Verzögerungen führen, die unsere Resultate für eine aktuelle Operation zu spät kommen lassen. Wir hatten, zu Ihrer Frage, zwar von einer U-Boot-Konzentration südlich von Grönland erfahren, doch den exakten Standort des U-Boot-Rudels fanden wir nicht, weil die Deutschen erst im September mit einer zusätzlichen Überschlüsselung der Buchstaben in den Quadratangaben unsere Arbeit sehr verlangsamt haben – bis heute ... Wenn ich auch noch anmerken darf, Primeminister», schloß Turing verlegen, «unser sehr langsamer Konvoi SC 42 war von nur einem Zerstörer und drei Korvetten begleitet ...» Churchill lachte, stieß ihn jungenhaft ans Schulterblatt, dann lustig, impetuos: «Das war doch kein Vorwurf: Verwechseln Sie mich nicht mit der Frau, die einem Matrosen, der ihren Sohn vor dem Ertrinken gerettet hat, mit den Worten dankte: ‹Und wo ist seine Mütze?›»

Alle lachten, einige klatschten. Churchill, ohne Übergang: «Daß Sie das Fehlen eines ausreichenden Geleitschutzes beanstanden, berührt natürlich eine unserer Hauptsorgen: Dönitz steigert die Zahl seiner Boote erheblich schneller als wir die unserer Geleitschiffe. Wir können – lächerlich – sechs, manchmal acht pro Monat bauen. So bat ich den Ersten Seelord, den Präsidenten auf diesen katastrophalen Mangel anzusprechen. Ergebnis: Roosevelt versprach ihm, noch in diesem Jahr seiner Marine zu befehlen – und ich weiß nicht, wie er fertigbringen will, das vor seiner Nation zu rechtfertigen, es ist fast ein halber Kriegseintritt –, daß sie unsere Konvois im westlichen Atlantik zwischen den Häfen der USA und Island begleitet. Nie hatte Großbritannien», als Churchill das sagte, bekam er nasse Augen, «in seiner langen Geschichte einen so uneigennützigen Freund wie Roosevelt ...» Und er murmelte: «Auch nie so nötig.» Lauter dann: «Gewinnen wir die Schlacht um den Atlantik nicht, gibt es keine Rückkehr auf den Kontinent, gibt es überhaupt ...» Er brach ab. Er schwieg.

Beklommen, selbst eingeschüchtert, spürte ich mehr, als ich beobachten konnte, wie Macht einschüchtert – aber auch erotisiert. Was ist, woher kommt das? Ist das platter Darwinismus? Es müßte ja deshalb nicht falsch sein, daran zu erinnern, daß auch bei Schimpansen der Jüngere dem Älteren, vor allem aber dem Leitaffen sich so zu nähern hat, daß er ihm dabei nicht in die Augen schaut, weil das vom Älteren als Herausforderung aufgefaßt wird. Es müssen die urältesten Unterwerfungsrituale, ja Ängste in uns Herdentieren sein, die auch gegenüber dem Premier das Verhalten des Rudels dem Leitbullen gegenüber steuern. Und der Eros, der ausgeht von der Macht, ist unübersehbar, er drückt sich immer auch sehr äußerlich aus und ist keineswegs personengebunden. Denn dieser runde Siebzigjährige, fast kahl, bemächtigt sich auch aller männlichen Untergebenen, deren jeder einzelne sichtbar ‹wächst› in genau dem Maß, in dem Churchill ihn beachtet und heranzieht; und zwar auch wächst in den Augen der anderen, nicht nur in seinen eigenen. Churchill überwältigt nicht oder nicht in erster Linie als Person, sondern als Inhaber der absoluten Gewalt: er ist der Staat, ist England in diesem historischen Augenblick.

Und wie ist das bei uns Frauen? Schön wär's, imponierte uns mehr (als den Männern) nur der Mensch, nicht sein Amt. Da würden wir uns aber etwas vormachen, glaubten wir das: Ich bin überzeugt, er bekäme jede, hätte er überhaupt einen Blick für uns. Er hat ihn nicht, hatte ihn wohl niemals. Schon über den fünfunddreißigjährigen Churchill schrieb ein Lord: «Churchills einzige Mätresse: die Macht.» Und so schloß denn Churchill seine früheste Autobiographie *Die Abenteuer meiner Jugend* mit der trockenen Feststellung: «… heiratete ich und lebte fortan immer glücklich.» Er hatte seine vier Kinder, das Erotische scheint ihm nie mehr zum Problem geworden zu sein.

Er lebte stets nur in Politik und Geschichte und hat nie irgend etwas wahrgenommen von der Welt: Sein einziger Versuch, ein öffentliches Verkehrsmittel zu benutzen, endete damit, daß man ihm mühsam aus der U-Bahn wieder heraufhelfen mußte; er fand den Ausgang nicht zum Straßenlicht. Eines Tages besuchte er eine Freundin in Frankreich und begrüßte sie mit den Worten: «Stellen Sie sich vor, ich bin ohne Diener gereist, und es ging alles ganz reibungslos!» Sie antwortete: «Wie tapfer von Ihnen, Winston!»

Geradezu komisch, sich vorzustellen, Erotisches könne ihn auch nur zehn Minuten von der Leitung des Staates ablenken; natürlich wird auch ihm, wie beinahe jedem hierzulande, eine homoerotische Phase nachgesagt, in seinen frühen Jahren als Kolonial-Journalist und als Soldat in Übersee. Und dennoch geht wie ein Sog Eros aus von ihm, dem Träger der schrankenlosen Gewalt, die ihm ja immerhin – Ruhm unserer Staatsform – freiwillig übertragen ist; sein Volk kann ihn durch Parlamentsbeschluß jeden Tag entlassen. Und er sagte: «Wenn ich mir anmaße, dies Land zu führen, erkläre ich mich einverstanden, auf dem Tower Hill geköpft zu werden, wenn wir den Krieg verlieren …»

Undenkbar, spüre auch ich, daß *der* ihn verliert.

Was ist dieses Erotische, wo es eins ist mit der Macht? Ich las im Stendhal, daß Napoleon «vermutlich sämtliche Frauen des Hofes hatte». Er war jung, aber das erklärt allenfalls *sein* Bedürfnis – erklärt keineswegs die Selbstverständlichkeit, mit der alle Frauen zu ihm gingen, und das auch voneinander wußten, und auch ihre Ehemänner wußten es –, ohne im Zweifel zu sein, was allein er von ihnen wolle. Nur ‹das› von ihnen zu wollen, sonst gar nichts: Verletzend – doch er verletzte sie keineswegs. Warum? Es war der Sog der Macht, dem sie folgten. Stendhal: «Eine Jungverheiratete sagte am Tage ihrer Vorstellung bei Hofe zu einer Freundin: ‹Großer Gott, was will der Kaiser von mir? Ich habe die Einladung bekommen, mich heute abend um acht in seinen Privatgemächern einzufinden.› Andern Tags fragten sie die Damen – denn sofort wußte das jede –: ‹Haben Sie den Kaiser gesehen?› Sie ward rot und gab keine Antwort ...»

Gefürchtet habe Napoleon an den Frauen, daß sie seine Ordnung – und die aller Männer – stören, dadurch, daß sie zu «Fehltritten verleiten ... weil er in seiner Souveränität das im Grunde Lächerliche verabscheute, das sie dem Mann zugleich mit ihrer Huld anhängen». Oft verließen der Kammerdiener Constant, der sie ihm zuzuführen hatte, oder sein Mameluck nicht einmal den Raum, sondern blieben hinter dem Wandschirm: «Die Hauptsache einer Zusammenkunft dauerte keine drei Minuten ... Der Kaiser saß bei solchen Besuchen an seinem Tisch, den Degen nicht abgelegt, und unterzeichnete Schriftstücke. Die Eingeladene trat ein. Ohne sich stören zu lassen, winkte er ihr, sich auf dem Ruhebett niederzulassen. Nach einer Weile gab er ihr, den Leuchter in der Hand, höchstselbst das Geleit und setzte sich dann wieder an seine Schrift-stücke …» Nicht einmal sich auszuziehen hielt er für nötig, er knöpfte nur seinen Matrosenhosenstall auf, der Geschwindigkeitsrekordler: Warum kamen dennoch alle Generals- und Ministersgattinnen freiwillig – ganz ohne Frage freiwillig – zu ihm? Nicht dieser Zwerg von 152 Zen-timeter ‹Höhe› – extrem klein sogar für damalige Zeiten – lockte, sondern seine Allmacht über den Kontinent. *Heute* wird gemeldet, in allen von den Deutschen okkupierten Ländern ließen Frauen sich sehr willig mit ihnen ein, ohne jeden Zwang, ja sogar dadurch in Gefahr, einst als Kolla-borateurinnen umgebracht zu werden. Warum tun sie mit den Siegern, was sie – ohne sich zu gefährden – doch auch mit Landsleuten tun könnten? Weil sie, offensichtlich, *den* Mann bevorzugen, der auf seiten der Sieger steht, *den*, der über seine Person hinaus Mitinhaber der Macht ist. Pein-lich, aber wahr …

Natürlich fiele mir nicht ein, Churchill, der die Freiheit verteidigt, mit Napoleon zu vergleichen, der sie unter-drückte, ja der ganze Völker ‹vereinnahmte›, um seinen Brüdern, Schwestern, Schwägern Throne zu schenken. Ich vergleiche allein die einschüchternde Ausstrahlung der Macht. Der nicht großgewachsene, aber sehr breite und dadurch auch körperlich imponierende Zivilist stand noch tiefer, als wir – viele uniformiert – um ihn herum saßen im Gras; sein spanisches Rohr, das Edward VII. der Lieb-haber von Churchills schöner Mutter, ihm zur Hochzeit geschenkt hat, und der steife, eckige Hut, kein runder Bowlerhut, sondern ein Halbzylinder, wie ihn sonst kein Mensch mehr trägt, lagen im Gras. Er rauchte, die Zigarre in seiner auffallend kleinen, sehr feinen weißen Hand, die täuscht; ist sie doch die gewaltige Tatze eines Täters, eines mit Lust zuschlagenden, geborenen und passionierten Schlägers, der in einem Essay verächtlich über «den milden Himmel des Friedens und der Banalitäten» räsonierte ... Er schwieg – doch niemand, ganz offensichtlich, wagte zu sprechen, eben weil *er* schwieg. Seine Augen sind furchtbar – gletscherkalte, sehr große Augen, daß man trocken wird im Mund, wenn sie sich auf einen richten. Endlich wagte Professor Hall, sich zu räuspern – er stand auf, ehe er sprach – und zu sagen: «Primeminister, ist eine sehr indiskrete Frage erlaubt: Wächst nicht mit der Qualität unserer Arbeit – das heißt: mit der Schnelligkeit, mit der wir entschlüsseln – die Gefahr, daß die Deutschen das merken müssen? Wie verhindern Sie das?» Und setzte sich wieder wie ein Schüler. Churchill: «In der Tat, Sie sprechen von unserer größten Angst – eine Katastrophe wäre das, schlimmer als alle verlorenen Schlachten, wenn der Mann da drüben sein Gottvertrauen in die Sicherheit seiner Enigma einbüßte. Nun, wir lassen uns verschiedenes einfallen. Wir machen ihn zum Beispiel glauben, ein Verräter in der römischen Admiralität habe uns Nachrichten verkauft, und so erwischten wir die Geleitzüge zu Rommels Afrika-Korps. Oder da gäbe es in seiner eigenen Umgebung einen Deutschen, der für uns arbeitet. Oder wir hätten Aussagen von Gefangenen. Einige Male haben wir Kameraden – ich will nicht sagen: vorsätzlich – geopfert, aber wir haben sie doch verloren, weil sie mit ihren Aufklärungsflugzeugen so ostentativ über die deutschen Linien oder Schiffe fliegen mußten, *daß* sie gesehen würden.»

Wieder fragte ihn Hall: «Die Russen dürfen nicht erfahren, woher wir haben, was wir ihnen aus Enigma geben?»

Churchill, und ich hatte den Eindruck, das antwortete er, um zu verbergen, wie das in Wahrheit läuft: «Die Russen dürfend am wenigsten erfahren, natürlich. Auch die Amerikaner nicht. Noch nicht …» Nach diesem Zusatz Grinsen und Schweigen. Dann: «Es gibt Schweizer, denen wir anhängen, daß sie Spione sind; sie sind aber nur unsere Zwischenträger zu den Russen. Ich darf sagen: wir helfen den Russen täglich. Ehrenwort: ich habe Stalin, wie General Ismay kürzlich gezählt hat, 84 detaillierte Warnungen vor dem 21. Juni zukommen lassen: vierundachtzigmal ihm Fakten geliefert, die ihm Hitlers Überfall ankündigten! Kein Wort hat er mir geglaubt, so sicher war er, ich wolle ihn und seinen Berliner Verbündeten aufeinander hetzen. Nun, ich würde Stalin ja auch nichts ungeprüft glauben. Käme jetzt ein Funkspruch, er sei gestorben, wäre meine Frage: Was will er damit bezwecken?» Ins Lachen hinein sagte er, sich zum Gehen wendend, sehr verdüstert: «Es gibt nichts, *nichts*, was es operativ – oder auch menschlich – rechtfertigen könnte, Ihre Leistung hier zu unserer Rettung aufs Spiel zu setzen, indem man in Berlin auch nur den Verdacht aufkommen läßt, daß wir Blindekuh spielen mit dem Generalstab, der Preußenpriesterschaft. Coventry: Fragen Sie Ihren Group Captain Winterbotham, wie ihm und mir zumute war im November, als er um drei – war es nicht so früh?»

Winterbotham, auch er stand auf, als er antwortete: «Es war noch vor 15 Uhr, Primeminister.» Churchill nickte, dann weiter mit seiner rauhen, raschen, zuweilen lispelnden Stimme: «Früh genug jedenfalls, Coventry zu evakuieren – wenigstens die Schulkinder herauszufahren, denn die Hunnen würden um 9 Uhr abends angreifen. Sie wissen, nur im Falle Coventry war es uns geglückt, den Namen der Stadt aufzuschnappen, weil die da drüben ja sonst Code-Namen für unsere Städte verwenden. Doch irgendeinem ist ‹Coventry› in seine Enigma gerutscht – und nun fragte der Group Captain mich am Telefon, ob Coventry gewarnt werden dürfe. Selten im Leben war etwas so schmerzlich wie dieses Nein, das ich sagen mußte – oder meint jemand von Ihnen, bitte, ich hätte anders entscheiden dürfen? Um die Zivilisten *einer* Stadt zu evakuieren – preisgeben, daß wir die feindlichen Befehle lesen können? Ich konnte nur erlauben – ich denke: ich hatte recht –, daß in Krankenhäusern und Gas- und Elektrizitätswerken die Feuerwachen verstärkt wurden, nicht einmal der Bürgermeister hat erfahren, daß die Anordnung an dem Novembernachmittag von mir kam, als ihn das Luftfahrtministerium anrief.»

Ich hatte auf der Zunge, wagte aber nicht, das vorzuschlagen – geniere mich jetzt, es nicht gesagt zu haben: «Und wie, Sir, wenn man nicht allein aus Coventry, sondern aus zwanzig anderen Städten auch noch an diesem Nachmittag, offiziell und angeblich nur zu Übungszwecken, die Schulkinder in Bussen herausgefahren hätte?» Freilich, *das* hätten die Deutschen nicht mit Argwohn aufnehmen können, aber so schlau ist man hinterher … Irgendwie kam's mir schäbig vor, dem Mann das vorzuhalten. Denn ich vergesse nie, was mein Großvater von Churchills Arzt hörte: «Winston kommt mir vor wie der Vater von zehn Kindern: Nur für sechs kann er das Essen auftreiben – und er muß nun entscheiden, welche vier er verhungern läßt.»

Da ich die Apparatur bedienen muß, durfte ich mitgehen, als Churchill sich von Turing eine Bomba zeigen ließ; zuvor die Enigma. Es war offensichtlich, daß der

Primeminister zwar beeindruckt, doch auch ‹abwesend› war, sobald Alan zu gründlich ins technische Detail ging. Größe ist Konzentration auf die ureigene Aufgabe, und die Churchills ist Kriegführung, nicht die Beschäftigung mit einem einzelnen Apparat, wenn er ihm auch das Entscheidende für die Führung des Krieges verdankt. Ganz unüblich hatte er seine Hand Alan hingestreckt, als er Hut und Stock aufhob und aus dem Kreis der anderen heraustrat und sagte: «Zu Ihnen, zum Herrn des Orakels von Bletchley Park!» Er geht sehr schnell, sagte noch schneller: «Sie – Sie, gehen Sie hier voran», und es war offensichtlich, daß er Alan vor allen auszeichnen wollte. Ja, mehr: Churchill plauderte vor ihm aus, was er sicher keinem anderen so ohne weiteres erzählt, und sein Motiv, vor Alan so offen zu sein, war fraglos nicht Schwatzhaftigkeit, sondern ein Bedürfnis, dem genialen Erfinder zu zeigen, daß auch *er* einer ist. Er sagte: «Ihre Entschlüsselung der Meldungen über Eisenbahntransporte, die Waffen und Munition der Hunnen nach Ungarn und Rumänien brachten, hat den letzten Zweifel beseitigt, daß der Mann da drüben in die Balkan-Falle hineintappen würde, die ich ihm hingestellt hatte: Sie haben mir eine Zentnerlast von der Brust geräumt, sobald ich wußte, der marschiert auf Athen und Belgrad …» Noch war Alan befangen wie ausnahmslos jeder, den ich Churchill anreden sah; später, als er seine Maschine erklärte, war er schlaksig-natürlich wie stets und nicht weniger souverän als Churchill. Doch sonst haben offenbar alle, die den Primeminister anreden, ein Gefühl, als sollten sie einen Tiger an den Ohren festhalten. Immerhin fragte Alan: «Darf ich fragen, Primeminister, wieso der Balkankrieg eine Falle war, die Sie Hitler hinstellten?»

Churchill grinste, daß seine Augen fast verschwanden: «So klug – und sehen das nicht? Als ich, wiederum dank Ihnen, im November/Dezember zuerst erfahren habe, der Mann werde über Stalin herfallen, da mischte sich in meine Erleichterung auch die Sorge, er könne so früh marschieren, daß die Russen nicht mehr dazu kämen, sich durch ihren größten Verbündeten retten zu lassen: durch den Winter! Tatsächlich wollten die Deutschen im Mai auf Moskau los – also fragte ich mich natürlich, wie wir helfen könnten, daß die Hunnen in Rußland *erfrieren*! Und da fiel mir nichts anderes ein, als den Balkan in Brand zu stecken, was die Italiener uns durch ihr Griechenland-Abenteuer erleichterten. Doch das genügte mir nicht, Hitlers gewaltige Armeen von Rußland abzulenken, also organisierten wir den potentiell schon schwelenden Volksaufstand in Belgrad. Und der Berliner Amokläufer funktionierte erwartungsgemäß wie ein Pawlowscher Hund. Er fraß den vergifteten Köder, nannte – weiß ich von Ihnen, lieber Turing – seine Bombardierung Belgrads ‹das Unternehmen Strafe› und sah keineswegs, daß *er* es war, der bestraft wurde! Denn die sechs Wochen, die ihn sein unfreiwilliger Marsch auf Belgrad und nach Kreta gekostet haben, werden nunmehr eine Million Hunnen vor Moskau und Leningrad in Gefrierfleisch verwandeln – sonst hätten die womöglich dort so warme Winterquartiere gefunden wie in Charkow und Kiew. Nicht auszumalen, wäre dort dem Kranken ein Blitzkrieg geglückt wie im armen Frankreich.» Während Alan etwas in die Enigma hineintippte – als Beispiel nahm er natürlich das Wort Churchill –, dachte ich darüber nach, ob der Mensch sein Amt – oder ob das Amt den Menschen macht.

Als Churchill Hütte 3 betrat, sagte er, ich fand es lustig, scheinbar beiläufig: «Sooft ich von Ihrem Kollegen Professor Lindemann eine Auskunft brauche, sage ich zu ihm: Zehn Zeilen, bitte!» Offenbar hatte Churchill Angst, Turing wolle ihm hundert Zeilen über seine Maschine erzählen; Lindemann ist Physiker mit Kabinettsrang.

Wie Churchill Turing zusah, als der ihm Enigma demonstrierte, wie der fast Siebzigjährige dastand, den Unterleib vorgeschoben wie immer, betrachtete ich sein Glatzen- und Stirnmassiv, die Wülste über den Augen, die angeblich Sprachkraft ausdrücken, die kurze, abgeplattete Löwennase; ich habe nie irgendwo einen ähnlichen Schädel gesehen. Ungeduld – er ist so ungeduldig, daß man nicht für möglich hält, er könne die unendliche Ruhe aufgebracht haben, seine Riesen-Epen, zehn Bände über den Ersten Weltkrieg und den Herzog von Marlborough, zu schreiben und zu diktieren –, Ungeduld zeigt sich an, sobald er sein nicht sehr ausgeprägtes Kinn mit der Faust reibt ... und seinen Bärenhals im Hemdkragen; der oberste Kragenknopf ist offen, zusätzlich macht er sich da oft mit Fingern Luft. Sozusagen motorisch die Kraft in seinem schwartenglatten Nacken und den runden Schultern ...

Fast komisch zu sehen, wie schüchtern-fromm, ja angstvoll dieser Machtmensch den großen Jungen fragte: «Haben Sie das wirklich gesagt, Herr Turing – Winterbotham will das bei Ihnen aufgeschnappt haben –, ein Sonett, das eine Maschine geschrieben hat, könne von einer anderen Maschine am besten gewürdigt werden? Verzeihen Sie, das müßte ich für verrückt halten, wenn nicht alles, was Sie tagtäglich tun, so nachweislich praktisch, brauchbar, also vernünftig wäre ... Können Sie erklären –?»

Alan: «Das Sonett, das eine Maschine eines Tages geschrieben haben wird – noch kann das keine –, ist natürlich durch eine Maschine am gerechtesten zu würdigen, doch ...» Churchill: «Aber – verzeihen Sie, ich stehe jetzt so dumm vor Ihnen wie einst vor meinem Lateinlehrer, der mir Prügel androhte, weil ich gefragt habe, wozu ich den Vokativ auch von Tischen und Stühlen lernen müsse, denn ich sagte doch nie: o Tisch! – Ich spräche überhaupt nie mit Möbeln. Jetzt frage ich: Welche Maschine wird – a: ein Sonett schreiben, wird – b: eines lesen wollen? Und welcher Mensch – c: will das Sonett einer Maschine lesen?»

Turing: «Es fördert die Forschung nicht, wenn man sich Grenzen – statt Ziele – setzt. Der künstliche Mensch muß einer unsrer Ur-Träume sein, denn wieso sonst sprach schon Platon vom Androiden? Sonett ist ein schlechtes Beispiel – aber die Universalmaschine, zu der ich bisher nur einige Anfangsdaten liefern konnte – dann kam durch den Krieg diese Aufgabe hier, den Rechner zu bauen –, wird sicher eines Tages auch Gefühle entwickeln und vermutlich das haben, was wir eine Seele nennen; Tiere haben ja auch Seelen, und wie lange sprach man sie ihnen ebenso ab wie noch heute die Moslems den Frauen ...»

Churchill, mehr befremdet als fasziniert: «Und dies nannten zuerst *Sie* eine Universalmaschine?»

Turing, erschreckt: «Nein, nein – dies nicht ... dies hier ist ein vergleichsweise höchst banaler Rechner, eben die Spezialmaschine, die ich nur bauen mußte, um Enigma zum Reden zu bringen, also nur eine eng begrenzte, zeitbedingte Spezialversion, nur eine Reduktion der Maschine von 1936, die deshalb Universalmaschine heißt, weil sie jede andere Maschine simulieren kann. Immerhin ist auch diese auf Krieg gegen Enigma spezialisierte Bomba zwar noch nicht beseelt» – er lächelte –, «doch immerhin kann sie bereits, was von Hirn und Hand kein Mensch fertigbrachte, jedenfalls nicht in einer Zeit, die noch verwendbar macht, was uns die deutsche Enigma verschlüsselt. Meine drei polnischen Kollegen Rejewski, Zygalski und Rozycki kamen zwar auch schon in Warschau einige Male auf den deutschen Klartext, aber erst nach Monaten, weil ihnen meine Maschine noch nicht dabei half.»

Churchill: «Wann kam Ihnen die Idee zu Ihrer Universalmaschine, von der also diese Bomba – habe ich das verstanden? – nur eine Reduktion ist?»

Turing: «Ich veröffentlichte meine Abhandlung 1936.»

Churchill – fast ein Schrei: «'36! – Ja, wie jung waren Sie denn da?»

Turing: «Ich war 24, Primeminister.»

Pause, leise, langsamer als sonst, sagte Churchill: «Und ein Ableger Ihrer universellen Maschine …»

Turing: «Nur eine bescheidene Spezialversion; jeder gute Mathematiker könnte mit den Hilfsmitteln, die ich jetzt hier erhielt, der Enigma auch zu Leibe rücken …»

Churchill: «So sagt man immer, wenn ein Unverwechselbarer das gemacht hat, was ihm als erstem einfiel: Dann sagen jene, denen nichts einfällt, das wäre ohnehin gekommen. Lindemann erzählte, als er 1933 nach Berlin fuhr, um seinen Freunden Einstein und Born anzubieten, daß sie sich zu uns flüchten, hätten Nazis, die schon gegen deren ‹jüdische Physik› in den Zeitungen hetzten – doch immerhin darauf gepocht, den Nichtjuden wäre sowieso alsbald auch eingefallen, was halt dem Einstein 1905 schon einfiel … Also *Ihre* – es *bleibt* Ihre, Turing – universelle Maschine gegen Hitlers universelle Waffe. Denn universell – oder nicht? – ist doch eine Waffe, wenn sie alle anderen subsumiert: Enigma ist die vollendete Tarnung aller Waffen Hitlers, aller seiner Ziele, Daten, Gedanken, Pläne – und die haben Sie enttarnt, abgewrackt. Was nannten *Sie* universell?»

Turing – ich weiß nicht, ob ich das exakt wiedergebe, er muß meine Notizen überprüfen, korrigieren –, er sagte: «Universelle – eine durch ein auswechselbares Programm definierte Maschine, also nicht diese, sondern jene, die wir nach dem Krieg bauen werden, die auf Grund elementarer Operationen jede Rechnung ausführen kann, die durch Zahlen zu verschlüsseln ist. Diese Zukunftsmaschine wird der Entwurf, tatsächlich nur ein Entwurf eines elektrischen Hirns sein, eines Automaten, der denken und lernen kann – und vielleicht eines Tages selbst etwas entwerfen, zum Beispiel wieder einen Automaten. Soweit bin ich noch nicht. Zunächst beschäftigt mich nur diese Bomba: Unsere Kryptologen hatten die Konstruktion der Berliner Maschine, die seit den zwanziger Jahren immer verbessert wurde – zeitweise war die Vorform der heutigen auf freiem Markt zu kaufen –, natürlich längst durchschaut … dank der Polen, auch der Franzosen – nur hatten sie diesen Apparat nicht, um gegen Enigma anzugehen, was kein Menschenhirn kann. Sie sehen, Primeminister, ich tippe Ihren Namen im Klartext hinein – doch was dabei herauskommt, das ist ein scheinbar unentwirrbares Buchstabenchaos, wird doch jeder Buchstabe, während ich ihn tippe, schon ausgetauscht gegen einen anderen. Denn die Enigma hat eine Tastatur, die durch elektrisch verbundene Walzen immer verschiedene Buchstaben oder Zahlen produzieren kann. Alle 24 Stunden verändern die Deutschen die elektrischen Einstellungen, mit denen sie die Buchstaben immer erneut mit anderen Bedeutungen besetzen – ein B kann morgen ein X oder L oder eine 7 bedeuten ... Und seit September, zu unserem Unglück, benutzen sie bei der Marine eine zusätzliche Walze.»

Churchill, offensichtlich gewillt, abzubrechen, verdrossen, weil er wie jedermann nur *sah*, doch nicht *verstand*, ging von der Enigma zu Alans magischer Wand und sagte: «Winterbotham erzählte mir feierlich bewegt von Ihrem Heiligenschrein ... Ich komme mir ebenfalls vor, als sei ich ein früher Grieche, der zum erstenmal das Orakel von Delphi befragt ... Woher dieses Knistern? Ratio gewordene Magie? Wie nennen Sie diese Apparatur?»

Turing: «Da ist noch kein Name, Primeminister – lateinisch: computare = rechnen. Computer? Vielleicht könnte man Computer sagen?»

Churchill: «Computer? Rechner? Das ist mir denn doch zu schlicht, zu farblos – wenn ich *sehe*, wieviel Magie da im Spiel ist!»

Mir war aufgefallen – ich kann nicht sagen: wieso –, daß Alan, einen Kopf höher, den Primeminister auch körperlich beeindruckte, die Breite der Schultern, das Sportplatz-Gehabe des Neunundzwanzigjährigen, der ganz uneitel sofort widersprach: «Magie ist da nicht im Spiel, sondern die –»

«Magie ist», beharrte Churchill, als befehle er, «daß zur rechten Zeit am rechten Platz der rechte Mann, den zuvor kein Mensch kannte – Sie nämlich –, die Lösung der allein ihm lösbaren Aufgabe fand – und Geschichte macht. Das ist Magie! Oder wissen Sie exakter diese Koinzidenz zu

benennen: daß in jenem Jahr '36, in dem der Mann da drüben mit der Besetzung des Rheinlandes und seiner Prokla-
mation der Allgemeinen Wehrpflicht seinen Krieg ankün-
digt – ein vierundzwanzigjähriger Brite die Voraussetzung
schafft, ihm *die* Waffe aus der Hand zu schlagen, die nicht
seine ganze Stärke ist, ohne die aber seine ganze Stärke
durchschaubar wird? Wo sonst hätte man so drastisch dem
Weltgeist bei der Arbeit zusehen können!»

Turing: «‹Weltgeist› – was ist Weltgeist, Sir?»

Churchill, als ziehe er aus Angst den Kopf ein – ich
glaube, es *war* Angst: «Keine Ahnung, verlangen Sie doch
von einem Werkzeug nicht, daß es den Meister kennt, der
es benutzt! – Woher dieses stricknadelhafte Knistern?»

Turing: «Ja, das ist lästig, weiß noch nicht, wie zu vermeiden sein wird, daß beim Einschalten des Stroms
das elektromagnetische Relais-System dieses Knistern
erzeugt … Wenn wir eines Tages keine Befehle der Deutschen mehr entschlüsseln, wird uns meine Maschine
– nicht diese – beantworten, wie unser Gehirn funktio-
niert. Läuft erst eine Maschine, müßten auch Rechenope-
rationen möglich werden, die sogar embryonale Zellent-
wicklungen in mathematischen Formeln erfaßbar machen
und es ermöglichen, zuletzt unsere Gehirnstruktur nach-
zubauen …»

«Nachbauen? – Ein Gehirn!» Bis Churchill begriffen
hatte, war ein Moment vergangen. Sein Tonwechsel war
deutlich, er trat einen Schritt zurück, mehr vor Turings
Person als vor dessen Bomba. Dann sagte er schroff, und
seine glasschneiderharten Augen, riesig jetzt, aufgerissen,
drückten Abscheu aus: «Sind Sie Prometheus, der Menschen geschaffen hat? *Wozu* denn ein Gehirn nachbauen?»

Erbittert belustigt diese Frage. Turing war eingeschüchtert, doch sobald er sprach – tat er's selbstbewußt: «Wenn man Menschen ersetzen kann durch Maschinen, dort, wo Menschen sonst sterben – wenn man sie ersetzt durch künstliche Gehirne, zum Beispiel in Ihren Bombern, Primeminister, dann tut man Gutes, nicht wahr, Menschen*freundliches*!»

Mich verängstigte, wie Alan deutlich vorwurfsvoll gesagt hatte: in «Ihren» Bombern, statt: in unseren. Als sei es Churchill, der sich ausgedacht habe, Menschen in Flugzeuge zu setzen! Herausgefordert, hatte Churchill offenbar keine Eile mehr und antwortete so ruhig, daß niemand hätte sagen können, was er dabei fühlte: «*Wissen* Sie, Herr Turing, wie aktuell Sie da sogar als Waffentechniker sprechen? Man hat uns zugetragen, aus Polen, doch wir wissen nicht, ob das nur blöde Gerüchte sind, daß der Mann da drüben menschenlose, auch flügellose Bomber bauen will, Raketen. Doch Professor Lindemann erklärte, das sei absurd, denn der Treibstoff, den solche Dinger mitführen müßten, würde so viel Raum in ihnen füllen, daß kein Platz mehr für Sprengstoff sei. Dagegen sagt Professor Jones, er halte für denkbar, daß die Hunnen Raketen voller Dynamit konstruieren – und Sie?»

Turing, zögernd: «Daß Flugkörper sich ohne Menschen in ein Ziel hineinsteuern, wird fraglos … bald, vielleicht schon heute möglich sein. Den Einwand von Professor Lindemann, der Treibstoff fülle sie aber gänzlich aus, müßte ich erst überrechnen.»

Churchill sagte: «Es gibt einen Trost – noch nie, niemals war unter einer Ihrer entschlüsselten Enigma-Nachrichten aus Deutschland der geringste Hinweis auf eine Produktion unbemannter Flugzeuge.»

Turing sagte: «Nur ein bedingter Trost, Primeminister. Wir entschlüsseln nur diese *eine* verdammte Maschine. Wenn Herr Hitler mit seinen Ingenieuren durchs Zerhacker-Telefon spricht oder gar am Fernschreiber, kriegen wir das hier ja nicht mit! Meine Empfehlung: Lassen Sie Deutschland, wenigstens östlich der Oder und auch die Ostsee, wieder fotografieren; wenn Winterbotham das schon 1937 unentdeckt aus neuntausend Meter Höhe konnte, wird's ja jetzt aus größerer Höhe möglich sein. Ein Raketenversuchsfeld ist nicht klein ...»

Churchill – zwei ungeduldige Schritte: «Ist geschehen, geschehen, die fanden auch auf einer Insel, der größten der Ostsee – Namen vergessen –, da fanden sie Baracken, Nissenhäuser ohne Stacheldraht wie hier, also keine Konzentrationslager; doch weil Lindemann versichert, das seien Attrappen oder doch ein Straflager für Arbeitssklaven – auf einer Insel braucht's keinen Stacheldraht –, verzichten wir darauf, dort zu bomben, um so lieber, als Harris vorrechnete, das koste achtzig Maschinen, ein sehr weites Ziel. Jones schlägt vor, Wirtschaftsmeldungen, die Sie ja hier zu Tausenden entschlüsseln, systematisch danach abzusuchen, ob auf diese Insel Stahl oder Treibstoff geliefert werden. Dann müssen wir dort abräumen ...»

Und zu mir gewandt: «Wollen Sie bitte zehn Zeilen über die Insel und Herrn Turings Bemerkung Winterbotham mitgeben, wenn der mir morgen eure Enigma-Sprüche bringt, danke!» Zu Turing wieder: «Ja – weit von Berlin ist die Insel nicht, wenn die also tatsächlich, wie Sie für möglich halten, sich mit Fernschreiben verständigen, dann könnte was dran sein am Raketen-Gerücht. Schaudervoll! Demokratie und Wissenschaft können den schönsten

Krieg verderben. Ich zog noch mit Pferden in die Schlacht – ihr könnt *Gehirne* bauen?» Er war schon im Gehen gewesen, jetzt faßte er Turing am Arm und sagte, als spreche er zu einem Sohn: «Ich verstehe ja nichts von alldem, doch ich frage: Kann denn ein Gehirn ergründet werden durch … etwas, das selbst nicht besser ist als ein Gehirn? Ihr Apparat hier ist doch besser als der, den er ergründet und ausgeschaltet hat, als die Enigma? Folglich – oder irre ich – müßte auch einer besser sein als ein Mensch, der das Menschengehirn simuliert, wie Sie das nennen, also *doch* ein Halbgott, doch Prometheus! Wozu, sagen Sie doch, *wozu* den Androiden machen, wenn der künstliche Mensch auch nur ein Mensch ist?»

Turing: «Er ist nicht einmal einer, ein Mensch. Warum man überhaupt machen will, was schon da ist, wissen Sie ja auch, wenn Sie malen – oder wissen es nicht, malen aber doch: daß etwas da ist, hindert uns nicht, es abzumalen, nachzumachen, zu imitieren, zu verbessern …»

Churchill: «Verbessern? Den Menschen? Damit fängt doch aller Terror an, Religionsstifter, Totalitäre, Ideologen wollen immer den neuen Menschen, den besseren …»

Turing: «Ich sagte ja: der Androide bleibt *immer* weit davon entfernt, ein Mensch zu sein, soweit ein Automat davon entfernt ist, ein Gehirn sein zu können. Man muß überhaupt vermeiden, Primeminister, besser oder schlechter zu sagen – das sind keine Kategorien. Ein Motor ist anders, nicht besser als ein Mensch, nur weil er besser laufen kann …»

Churchill: «Aber ein Motor ist kein Gehirn, wie Sie eins bauen wollen, sondern nur das Ergebnis eines Gehirns.» Er wandte sich ab, murmelte noch: «Irgendwo … nicht zu weit weg: muß es da Grenzen geben. Wozu ein Gehirn *bauen?* Wollt ihr eines Tages auch technisch einen Baum errichten? Wozu? Nun, ich verstehe absolut nichts davon, doch an Grenzen, ist man an Grenzfragen gelangt, dann soll man sich orientieren an dem, was man in Überlieferungen findet, in den Mythen: Auch Prometheus geriet irgendwann übers Ziel ...» Und er sagte zu mir, als könne er das nur zu einer sagen, die ebensowenig wie er verstand, wie weit Turing sich hinauswagte: «Geben Sie acht auf ihn! Man muß ihn festhalten, nicht wahr – so froh wir armen Menschen auch sind, daß offenbar immer einer zur rechten Stunde auftritt, der dann – wie er – einem Hitler ins Hirn schauen kann. Aber selber ein Hirn auch bauen, wohin wollt ihr damit?»

Turing: «Auch nur zur Technik, Sir, auch nur zur technischen Grenze. Ihre Befürchtung, wir wollten einen Baum errichten, künstlich, oder gar das Gehirn eines Menschen nachbauen; diese Chance, die Sie eine Gefahr nennen, existiert noch nicht – nach Ansicht meines Mentors John von Neumann existiert sie niemals.»

Churchill: «Von Neumann? Ein Deutscher?»

Turing: «Ein Ungar – der Vater geadelt von Kaiser Franz Joseph dem Letzten.»

Churchill: «Büßen wir täglich, daß die in Versailles machten, daß der der Letzte war: Sein Sohn Kronprinz Rudolf wurde übrigens genau an jenem 20. April '89 in der Kapuzinergruft in den Zinnsarg gelegt, an dem des Kaisers Untertan Hitler geboren wurde. Entschuldigen Sie: Was rechnete Herr von Neumann?»

Turing: «Wie wenig wir noch können, hat er an einem plausiblen Bild erläutert. Eine Elektronenröhre ist ungefähr milliardenfach größer als eine Nervenzelle ... Die Technik müßte ein Gerät bauen, das dreißig Tonnen wiegt – der gegenwärtige Stand der Technik zwingt uns ja, noch immer Metalle zu verwenden, um dann doch nicht zu leisten, bei weitem nicht, was das Gehirn des Menschen kann, das nur zwölfhundert Gramm wiegt und in einen Schädel paßt! Dazu kommt die Minderwertigkeit der Materialien, verglichen mit denen der Natur: die verwehrt uns, jenen hohen Grad an Kompliziertheit und jene kleinen Dimensionen der Apparatur zu erreichen – und so wird das immer bleiben –, die von lebenden Organismen erreicht worden sind.»

Churchill: «Wie lange aber hat die Natur gebraucht, auf ihren heutigen Stand zu kommen, und wie kurz nur der Mensch, seinen Stand der Technik zu erreichen!»

Turing: «Neumann vermutet, daß wir überhaupt nicht weiterkommen, bevor wir nicht eine logische Theorie der Automaten finden: Wir haben da intellektuelle – nicht physikalische Schwierigkeiten. Wir sind zum Beispiel stets versucht anzunehmen – wissen aber nun, daß die Natur zuweilen das Gegenteil beweist –, daß Selbst-Fortpflanzung zu Vereinfachungen führt. Daß also ein Automat, der fähig ist, einen anderen zu bauen, komplizierter ist als der, den *er* gebaut hat – daß demnach die Kompliziertheit auf dem Wege vom Vater zum Sohn abnimmt. Man wäre demnach versucht, eine gewisse Degenerationstendenz einzukalkulieren, doch in der Natur produzieren Organismen neue Organismen, die ebenso kompliziert sind wie sie selber – ja mehr: Organismen leiten sich von anderen her, die weniger kompliziert sind.»

Churchill – und stand auf, er hatte sich gesetzt, nachdem ich rasch einen Stuhl von Papieren freigeräumt hatte; er zitierte erschreckt, was Turing gesagt hatte, wiederholte es, um es ganz zu verstehen: «‹… in der Natur leiten Organismen sich von anderen her, die weniger kompliziert sind›? So? Ja, gewiß, sonst müßten ja Geniale geniale Eltern gehabt haben, was selten vorkommt. Folglich, sagte ich schon, werden doch auch eure Automaten, die ihr jetzt noch unzulänglich nennt – kaum daß ihr angefangen habt, welche zu bauen –, in dreißig Jahren Automaten hervorbringen, die besser sind als sie selbst: vielleicht im ganzen soviel besser, als jetzt im Detail Ihre Bomba, lieber Turing, schon so unvergleichlich viel besser ist als jedes Menschengehirn, um Enigma zu entschlüsseln!»

Er reichte Turing die Hand; breites Grinsen: «Beinahe hätte ich gesagt: Nicht, was der Mensch kann – daß er einiges noch nicht kann, läßt hoffen! Doch das wäre der Gipfel der Taktlosigkeit, mich ausgerechnet mit diesen Worten von dem Mann zu verabschieden, dem wir verdanken, daß wir alle 24 Stunden zweitausendmal den Hunnen unter die Hirnschale schauen können … Ist das nicht die Zahl?»

Da Turing mich ansah, die Schultern hochgezogen, Unwissenheit andeutend, gab ich zur Antwort: «2004 Funksprüche der Deutschen wurden am Dienstag entschlüsselt, Primeminister – die Zahl schwankt täglich. Meist nur um 2000.»

Wieder in seinen Augen, um seinen Mund dieses unsägliche Vergnügen, mit dem er, der geborene Krieger, Krieg führt; er sagte und hatte nun mir seine kleine, feste, feine Hand hingestreckt: «2004 Funksprüche an *einem* Tag – da wollen wir Gott danken, daß die da drüben nicht ebenso fleißig schießen, wie sie funken!»

Er ging ganz rasch ab; wir folgten; im Gehen sagte er noch zu Turing, soweit ich das verstanden habe, er spricht so schnell, wie er geht: «Absurd, das Gerede, jeder von uns sei nur ein austauschbares Rädchen im Ablauf von Geschehnissen, die weit hinausgreifen über unsere individuellen Eingriffsmöglichkeiten; demokratische Denunziationen, die jeden denen anpassen sollen, die sich anpassen! Sie, Turing, greifen durch Ihre Aufdeckung der Hunnen-Pläne stärker ein in alles, was der Mann da drüben im Schilde führt, als je in früheren Zeiten ein einzelner in die Bewegungen ganzer Armeen und Flotten! Siegen wir, wird das als der lächerlichste Treppenwitz seit dem Trojanischen Pferd in die Geschichte eingehen; siegen *die* – erfährt's kein Mensch, denn der Sieger ist es, der die Geschichte schreibt. Wir wissen vom Trojanischen Pferd nur, weil *die* Geschichte schrieben, die Griechen, denen es zum Sieg verholfen; schauerlich, diese sogenannte Moral des ‹Welt-geistes› …» Moral sagte er, als spucke er das Wort weg …

Dies alles schon im Freien. Vor dem Haus standen die Kollegen, seiner Abfahrt beizuwohnen, er ging noch schneller als sonst, er grüßte, die Hand hochgehalten, Zeige- und Mittelfinger weggespreizt, mit dem V-Zeichen. «Good old Winnie», riefen Wartende, einige schrien sich in Begeisterung und klatschten; Travis übernahm's, Churchill zum Auto zu bringen, Alan blieb zurück. Der sehr altmodische große Bentley, ohne Begleitfahrzeug, fuhr an, Churchill hatte – vorn sitzend – die Hand schon voller Meldungen, die ihm ein Luftwaffenoffizier hingehalten hatte. Seine Tochter in Flakoffiziersuniform steuerte seinen Wagen. Wie zivil, dachte ich, wie unauffällig, gemessen an seinem immer gestiefelt auftretenden Gegner! Als ich mich umwandte, stand Alan Turing ganz allein an unserer Maschinenhütte. Düster, dunkel, einsam, riesig sah er aus in der schmalen Tür, ein Sieger, der nie etwas haben wird von seinem Sieg, ihn nicht einmal begreift. Mir wurde schlecht vor Kummer – denn wie hätte ich können, was ich so sehr gern wollte und was der alte Mann mir aufgetragen hat: «Geben Sie acht auf ihn!»

VI   Schacht und Treppe

Schwarze Spiegel: mein geöffnetes Fenster neben der Schreibtischlampe. Ehe ich ausknipse – ich will noch nicht verdunkeln, will noch Nachtluft einlassen, aber keine Regung fächelt die Bäume, nur Grillen-Geigen draußen nach einem Tag von nahezu dreißig Grad Hitze –, trete ich zwischen die beiden Fensterflügel und sehe mich also in den Scheiben wie eine schattendunkle Graphik von Munch. Sterbezimmer heißt sein berühmtester Zyklus. Sterbe-Nacht ist heute, denn der Mann, mit dem ich mich vorvorgestern nacht vor einem schwarzen Spiegel liebte, vor der Fensterscheibe des Nacht-D-Zugs Glasgow–Dover, wird heute nacht fallen. Er ist vor wenigen Minuten Richtung Dieppe ausgelaufen, zum Unternehmen ‹Jubilee›, dem ersten alliierten Landungsversuch auf dem Kontinent, seit Engländer, Franzosen, Polen vor zwei Jahren in Flucht und Panik bei Dünkirchen vom europäischen Festland verjagt worden sind. Ganze sechstausend Kanadier überqueren jetzt den Kanal, um der vollen Gewalt von Hitlers Besatzungsarmee in Frankreich gegenüberzutreten.

Was mich lähmt, ist das so erschreckend wie heute nacht noch nie empfundene Gefühl der totalen Ohnmacht des einzelnen – der weitaus meisten, nicht aller einzelnen – im Wirbel der Geschehnisse, die sie verschlingen. Zufall wollte, daß ich einer der über das Unternehmen dieser Nacht – genauer, über den Frontabschnitt des Gegners, an dem wir landen wollen – am besten informierten Menschen in England bin. Ich wußte zahllose Details der Planung, der Termine, Wochen im voraus – und konnte doch nichts, überhaupt nichts machen, um auch nur diesen *einen* Menschen davor zu bewahren, in das Kommandounternehmen mit hineingerissen zu werden. Und wäre Thornton mein einziges Kind, nichts hätte ich, alles oder doch das meiste schon wissend, tun können, den mir Nächststehenden vor seinem fast voraussehbaren – und auch noch ganz zwecklosen – Tod am Strand von Dieppe zu schützen. Bewundern wir Wehrlosen deshalb einen Turing, einen Churchill so sehr, weil die dem Weltgesetz, wie Marionetten von fremden Händen gelenkt zu werden, *nicht* unterliegen? Weil sie die Auserwählten sind, die nicht gemacht werden durch die Dinge, sondern die Dinge machen? In der Tat. Wir in der Masse (zur Masse gehört stets einer mehr, als jeder glaubt) sind wegen unserer Wehrlosigkeit vor der Geschichte so weit entfernt von jenen sehr wenigen einzelnen, die Geschichte *machen*, wie uns die Bewohner eines anderen Planeten ferne stehen ... Ich will nicht, kann nicht diese Nacht daran denken ... Ich will lieber mich wieder zwischen diese zwei schwarzen Spiegel stellen, wie Thornton vor der Zug-Scheibe sich mit mir spiegelte, als unser Express durch die Nacht sauste, und will versuchen, noch die gleiche Frau zu sein, die in der Nacht auf Donnerstag dort ihre Stirn vor das Fensterglas drückte. Ach, ich bin die gleiche so wenig mehr, wie die Witwe noch die Braut ist.

Glück neulich, Verzweiflung heute. Ich will aber jetzt nicht, kann jetzt nicht denken an das, was im Morgengrauen an Nachrichten vom Strand uns erreichen wird. An uns will ich denken, da im Zug, neunzig Minuten südlich von Glasgow, bis zum hellen Morgen kurz vor Dover.

«Laß doch, von außen kann niemand ins Abteil sehen bei dieser Geschwindigkeit, wir brauchen einen Spiegel – bei deiner Skepsis, mit der du jede meiner Zärtlichkeiten ironisierst: Du mußt überprüfen können, wie ich die Wahrheit sage!» rief Thornton, als ich das Rouleau herabziehen wollte. Er hielt mich, hinter mir stehend, in den Achselhöhlen und hatte mich vor die nachtschwarze Scheibe gedreht. «Bitte – überzeug dich selbst. Keine Übertreibung: die schönsten Brüste, die ich je sah.» Ich konterte: «Die schwersten, meinst du – wie Euter!» Er sagte unwirsch: «Euter hängen, deine Brüste stehen, absurder Vergleich. Stehen so aufrecht wie die Sonnenblume und haben … du überhaupt hast viel von der Sonnenblume. Ich wußte nicht, daß Brustknospen fast so schwarz sein können wie Sonnenblumenkerne, wie dunkel auch ihre Höfe.» Ich lachte: «Weil ich überhaupt so lang und so mulattenbraun bin – keine Ahnung, ob etwa einer meiner Vorfahren einst in den Kolonien verbotene Wege ging. Hast ja an meiner Reaktion gemerkt, wie Illegales mich verlockt, vielleicht geerbt …»

Korrumpieren tun sie ja doch, so verbale – verbale auch – Zärtlichkeiten, und Berauschtsein ist ansteckend, er ließ nicht ab von seiner Sonnenblumen-Schwärmerei: «Wie auch die schon ihrer Höhe wegen viel mehr Sonne abbekommt als die anderen Blumen – so gibt sie auch mehr zurück, strahlt mehr aus: wie du! Dein Strahlen …»

Ich küßte ihm den Mund zu, wir saßen auf meinem Bademantel, auf seinem Offiziersmantel. «Dein Vergleich paßt überhaupt nicht; meine Tante, von ihrer eigenen Qual nicht zu reden, war schockiert, daß ich so ernst, so trauergrau geworden sei. ‹So kannte ich dich früher nicht, als du immer mehr gelacht als gesprochen hast›, hielt sie mir vor. Also ‹Strahlen› – damit ist nichts …»

Thornton: «Hab doch Erbarmen, ich bin ja nicht Berufsschreiber wie du: also nicht dein Strahlen – dein *Leuchten*. Leuchtkraft geht aus von dir … sogar in einer dämmrigen Bahnhofshalle … Ich fragte mich mit … ja, mit panischem Erschrecken: Wie halte ich mich zurück, etwas kriminell Unmögliches zu tun, wenn sie nicht zu mir kommt? Ich wußte nämlich sofort und *erschrak*: Es gibt keinen Halt und keine Haftung und Zurechnungsfähigkeit für mich vor deinem Gesicht, diesem … ja: Leuchten! Ich hätte womöglich mich total unmöglich gemacht, indem ich wieder ein Gespräch mit dir angezettelt hätte, wärst du weitergewandert in ein anderes Abteil. Und wenn ich dann plötzlich, ohne es lassen zu *können*, dich einfach geküßt hätte! Und womöglich nicht einmal auf Stirn oder Mund, sondern auf diese wundervoll modellierten Schlüsselbeine, die ja deine offene Bluse mir schon zeigte … das überhaupt ist die aufregendste Überraschung, wenn man dich auszieht: nach so grazilen Schultern und diesem hohen Hals und dem feinen witternden Näschen und schmalen Nüstern – diese großen Brüste als höchst verwirrender Gegensatz. So Gegensätzliches: deine intellektuelle Stirn mit den kritischen Augenbrauen – und dann das, was du so häßlich und falsch als Euter denunzierst, auch im übertragenen Sinne …»

Jetzt konnte ich ihn fragen, ob ihn *erschreckt* habe, er

hatte doch auch von Erschrecken gesprochen, wie spontan ich mich ihm überlassen habe: «Ich hatte natürlich befürchtet, daß diese zwei Jahre ohne Mann und trauernd – Trauer macht widerstandslos – mich aus dem Gleichgewicht gebracht haben …»

Was denn ‹Gleichgewicht› sei, höhnte er. «Wer ist schon im Gleichgewicht?» Tapfer gab ich zu: «Wenn deine Lippen in meinem Nacken – kaum daß ich auch nur deinen Atem da spüre, ich schon … mir schon völlig das kaputtmacht, was … Ingenieure, glaube ich, ihre Staumauer nennen.» Er lächelte und sagte: «Stau-*Becken* nennen die das sogar – wie hätte mich das erschrecken sollen! Und da wir nicht in einem Hotelzimmer sind, sondern in einem ziemlich lauten D-Zug, so durften wir auch so laut sein wie wir mußten: wie glücklich einen dein Schreien macht, wenn's dich entrückt …» Wohin es einen denn ‹entrücke›, fragte ich. Zärtlich-verschwörerisch seine Antwort: «Versuchen wir, das noch herauszufinden?»

Hatte ich mir eingebildet, es werde das Warten auf Nachrichten leichter werden in dieser Nacht – welche Nachrichten können kommen, außer Todesnachrichten? –, wenn ich schreibend die Nacht mit diesem Mann noch einmal durch‹spiele›, so macht mich im Gegenteil erst ganz elend, das aufzuschreiben!

Ich werde also in mein Journal eintragen, was – most secret – dazu geführt hat, Thornton und wer weiß wie viele noch in dieser Nacht umzubringen. Zeit dazu habe ich mehr, als mir erträglich ist, denn ich bin dienstfrei und nur hier statt in meinem Bett, weil ich dort verrückt würde und nichts von dem hörte, was Thornton jetzt durchmacht …

Elf Uhr dreißig.

Ein Truppenübungsplatz in den USA, Frühjahr dieses Jahres. Dem Premierminister, der dem Präsidenten seinen ersten Besuch macht, seit auch die USA im Krieg mit Deutschland sind, werden amerikanische Soldaten vorgeführt, der Stand ihrer Ausbildung. Unser Empire-Stabschef flüstert Churchill zu: «Dauert noch ein Jahr, bis aus denen Soldaten werden!» Darauf Churchill scharf, daß die ganze Suite es hört: «Sie irren: Das ist ein herrliches *Material*!» Leider kann ich die Authentizität dieser erschreckenden Bemerkung nicht anzweifeln … ich habe diese Worte Churchills von einem – hier nicht zu nennenden, doch schon mehrfach zitierten – Mann, der sie selbst gehört hat. «Ein herrliches Material» – mir schaudert; mir schauderte noch nie so sehr vor diesen Worten wie heute nacht. Denn auch Thornton ist jetzt Churchills ‹Material›. Schlimmer: nur sein Spiel-Material. Thornton ist in diesem Augenblick auf einem unserer Invasionsboote Richtung Dieppe.

Meine Meinung über Churchill, seit er vor zehn Monaten hier Turing besucht hat, ist nicht verändert, doch nehme ich meinen Enthusiasmus ein bißchen zurück: Wie jedermann erlag ich dem Charme seiner Persönlichkeit. Aber ich habe mir wieder in Erinnerung rufen müssen, wie Männer, die ‹Geschichte machen›, sie *mit* Männern machen, ohne zu zählen … Wie im Bomberkommando: Unsere Piloten fallen in Scharen, wir haben eine ganz erschreckend hohe Verlustquote, eine höhere als bei der Infanterie, auch deshalb, weil technische Mängel an unseren Flugzeugen jahrelang nicht abgestellt werden, obwohl sie bekannt sind. Das erfüllt mich mit Widerwillen, weniger, weit weniger gegen Churchill (der kann nicht alles verantworten) als gegen die,

die er an sich heranläßt zum Vortrag; oder die er losläßt als Kommandanten auf unsere Soldaten. Davon später noch. Es hilft, sich sogar in dieser Nacht den Zwang zur Konzentration aufzuerlegen, obgleich nie zuvor eine Nacht war, in der mir das so schwerfiel ...

Ich bin zwar dienstfrei, aber da wir in Schichten um die Uhr arbeiten, und die uns höchst streng observierenden Torhüter, die mich natürlich inzwischen gut kennen, nie wissen, wer von uns Nacht-, wer Tagdienst hat, so bin ich heute abend kurz nach elf wieder an meinen Arbeitsplatz geradelt, weil ich im Bett verrückt geworden wäre. Denn am Spätnachmittag ist ‹Jubilee› angelaufen, also auch Thornton eingeschifft worden, um nach Dieppe übergesetzt zu werden – mit sechstausend anderen Kanadiern. So bin ich an meinem Tipp-Tisch am besten aufbewahrt. Denn Schreiben muß ich, wie sonst könnte ich mich mit dem beschäftigen, was allein mich in dieser Nacht (18.8.1942) umtreibt. Und Geheimes darf ich nur hier schreiben. Nach Hause fahren werde ich nicht vor morgen gegen 17 Uhr. Nur im B.P., nicht daheim, kann ich herausfinden, wie dieses risikoreichste Unternehmen, seit wir in Prag (4.6.) Heydrich ermordet haben, ablaufen wird. Schon um sechs Uhr heute früh – hell wird es um halb fünf – wird entschieden sein, ob die Kanadier an Land kamen oder ‹dünkirched› geworden sind, das heißt, ob am Strand vernichtet oder – die, die noch leben – zurückgetrieben wurden auf die Landungsboote. Der Zynismus, mit dem hier höchst gelassen als unabänderlich hingestellt wird, daß man «nur einen Test» macht. Diese Landung *soll* gar nicht glücken – mit sechstausend Mann Hitlers «Festung Europa» anzugreifen, wenn auch nur für Tage, ist ein sehr dreckiger Witz. Sie soll nur beweisen, daß die vom Kreml ebenso wie vom Weißen Haus (zu Recht) geforderte zweite Front, noch nicht, nicht jedenfalls in Frankreich vor 1944 errichtet werden kann. Es ist längst beschlossen, daß wir im Winter ‹Torch› machen werden: Amerikaner landen in Nordafrika, um Rommel im Rücken zu fassen. Doch selbst Churchills Überredungskniffen wird es kaum glücken, Russen und Amerikaner zu überzeugen, daß die Angst *der* Generale, die jetzt hier führen und die 1940 aus Frankreich gerade noch bei Dünkirchen entkommen sind, berechtigt ist. Sicher ist ein Frontalangriff über den Kanal noch nicht wieder möglich.

Mein Dienst war bis gestern abend sehr aufreibend. Ich hatte wegen der bevorstehenden Landung die Spezialaufgabe, mit George hier sämtliche entschlüsselten Funksprüche darauf zu prüfen, ob sie die belgische und französische Küste und das Hinterland zweihundert Meilen tief betrafen. So erfuhr ich seit Mai, daß man plante (Kennwort ‹Rutter›; dann, als das aufgeflogen war, Kennwort: ‹Jubilee›), zwei Brigaden der 2. Kanadischen Division zwei Tiden lang – nur bei Ebbe könnten sie ja zurückgelangen in die Landungsboote – bei Dieppe abzusetzen. Sie sollen den Hafen nehmen, Beute machen – auch die neueste Enigma des Heeres erbeuten, obgleich Turing das für unnötig erklärt –, einer Agenten-Schar Zeit erkämpfen, auf dem Kontinent unterzutauchen, und sollen sich als Testpersonen hinhalten. Auch 28 der neuesten Churchill-Panzer, die auch zum Test – wie hasse ich dieses Wort – hingehalten werden sollen, nehmen sie mit. Einzige Hoffnung: Daß wir jetzt 56 Jagdstaffeln der Royal Air Force – mehr als wir vor zwei Jahren hatten, zur Zeit der Battle of Britain – mitsenden können, um die Hunnen-Luftwaffe zu binden und unsere Landungsboote vor ihr zu schützen. Als am 9. Juli hier ein Funkspruch Hitlers an seinen Oberbefehlshaber in Frankreich abgefangen wurde, hatten wir Hoffnung, daß Churchill verbiete, nach Dieppe zu gehen. Denn Hitler – Instinkt, wenn er's nicht durch Verrat erfahren hat – funkte an Rundstedt, er rechne mit einer britischen Landung «im Bereich zwischen Dieppe und Le Havre und der Normandie, da diese Gebiete von gegnerischen Jagdverbänden erreicht werden können und da sie ferner innerhalb der Reichweite eines Großteils der Invasionsflotte liegen». Auch wie Hitler durchschaute, daß wir aus Angst, Stalin könne mit ihm einen Separatfrieden machen – das wäre der Weltuntergang –, riskieren *müssen*, was wir im Hinblick auf unsere Soldaten nicht riskieren *dürfen*, ist intelligent; er funkte: «Unsere schnellen und großen Erfolge im Osten können England vor die Alternative stellen, entweder sofort eine Großlandung zur Bildung einer zweiten Front zu unternehmen oder Sowjet-Rußland als politischen und militärischen Faktor zu verlieren. Es ist daher mit hoher Wahrscheinlichkeit damit zu rechnen, daß feindliche Landungen im Bereich ...» Und so weiter, wie oben zitiert ...

Null Uhr fünfzehn.

Ich konnte nicht weiterschreiben, weil ich dann hätte hinzufügen müssen, was alles seit der Planung im Mai bei uns schiefgelaufen ist; und wie sich auch die Meldungen – höchst verdächtig – eines «Verräters» über die Deutschen häuften: ausgerechnet in Dieppe liege nur eine Invaliden-Einheit der Hunnen, die sich dort erholen müsse, weil sie für Rußland gar nicht mehr kampfbereit sei, wegen großer Verluste und zu hohen Durchschnittsalters.

Daß wir's hier mit einem agent provocateur zu tun haben, den die Deutschen in die französische Widerstandsbewegung einschleusten, mit einer Falle Marschall Rundstedts, ist so naheliegend. Und fand eine Bestätigung in den Aussagen des für die Wäschereien im Raum Dieppe zuständigen Résistance-Mannes; ich weiß nicht, ob ich schon notierte, daß die Wäschereien in Frankreich, Belgien, Holland unsere zuverlässigsten Auskunfteien über die Truppenstärke der deutschen Besatzer sind – die in vielen Fällen glücklicherweise zu faul sind, ihre Wäsche selber zu waschen. So daß die Besitzer – meist Frauen – der Wäschereien ziemlich exakt über Truppenstärke, ja sogar Regimentsnummern und – bei der Waffen-SS – Divisions-Namen der Deutschen Auskunft geben können. Dies und andere Nachrichten, die ich jetzt nicht festhalte, weil mich sonst wieder die Panik erfaßt, kündigen für diese Nacht ein mörderisches Fiasko an. Ich bin voll Haß, weil dennoch dieser «Ausflug», koste er, was er wolle – Tausenden wird er das Leben kosten –, veranstaltet wird. Wozu? Churchill ist doch am 8. Juli endgültig aus ‹Sledgehammer› ausgestiegen. ‹Sledgehammer› war das amerikanische Code-Wort für die von Roosevelt, Marshall und einem völlig namenlosen General Eisenhower, der nie an der Front kommandiert hat, in diesem Jahr geplante Invasion in Nordfrankreich. Die Amerikaner argumentierten, nicht in Italien, nicht auf dem Balkan mit Schluchten und Gebirgen könnten ihre Luftwaffe und Panzer effektiv losschlagen, sondern nur im flachen Nordwest-Kontinent. Churchill aber, der ihnen mit Alanbrooke eine Absage erteilt hat, hat dennoch ‹Dieppe› genehmigt, aus keinem anderen Grund als dessen *Scheitern* zu demonstrieren: um glaubhaft zu machen,

‹Sledgehammer› komme um zwei, mindestens aber um ein Jahr zu früh. Erst müßten die Deutschen in Rußland und Afrika viel stärker ausgeblutet sein. Am 4. Juli waren die Kanadier schon auf den Booten, um nach Dieppe gebracht zu werden, doch dann schlug das Wetter um, der Kanal wurde rauh, die armen Soldaten durften wieder an Land. Vor allem aber war exakt überprüfbar hier die Nachricht eingegangen, die Hunnen hätten aus Rußland ihre 10. Panzerdivision abgezogen und unweit von Dieppe garnisoniert. Übereinstimmend erklärten nun unsere drei Stabschefs das Unternehmen für Wahnwitz. Heute, nur sechs Wochen später, soll es trotzdem glücken? Wie könnte es!

Ich kann nicht weiterschreiben, ich sehe nach, ob ich Turing, der Nachtschicht hat, zu einer Partie Schach verlocken kann … oder ob gar schon ein Funkspruch aus dem Operationsfeld Dieppe aufgeschnappt wurde. Sehr unwahrscheinlich, es sei denn, sie hätten unsere Invasionsboote bereits auf See entdeckt …

Ein Uhr zwanzig.

Alan sagte, gern unterbreche er seine «peinliche Hilflosigkeit». Seit die Deutschen vor drei Wochen im Mittelmeer ‹Medusa› eingeführt haben, eine zusätzliche Enigma-Verschlüsselung, sind wir dort jetzt ebenso blind wie schon seit Februar wegen ihrer Einführung von ‹Triton› im Atlantik. Alan: «Dieses Jahr '42 ist bisher das schwärzeste des Krieges.» Man solle ihn endlich nach Princeton fahren lassen, damit er sich mit Kollegen beraten könne. Doch er ist erstens unseren Chefs zu kostbar, um ihn dem Atlantik auszusetzen; zweitens steigen unsere Schiffsverluste so katastrophal, daß er nicht weg soll, bevor er ‹Triton› geknackt hat. Er ist blaß und zermürbt, sagt: «Wie's einem eben so geht, wenn man von Mr. Dönitz besiegt worden ist. Er hat mich total geschlagen!» Ich tröste ihn, das bleibe nicht so. Alan: «Kann sein – kann aber auch noch verwickelter kommen mit Enigma» … Wir haben neulich mit PQU 17 die schrecklichste aller Konvoi-Katastrophen erlebt: 24 von 35 Dampfern, unterwegs mit Waffen zu den Russen, haben die Deutschen im Eismeer versenkt, *weil wir Funksprüche* entschlüsselt haben. Turing zitiert, diesmal aber selbstquälerisch auf die eigene Person gezielt, sein Lieblingsmot aus der Weltliteratur, aus *Hamlet*: «Der Spaß ist, wenn mit seinem eigenen Pulver der Feuerwerker auffliegt» … Was ist passiert? Da wir die Funksprüche der deutschen Luftwaffe noch immer in Minutenkürze entschlüsseln, fielen wir darauf herein: ‹Tirpitz›, das dickste Schlachtschiff nicht nur der Hunnen, sondern überhaupt in Europa, forderte Luftunterstützung an, um auszulaufen und – dachten wir, stimmte aber nicht – unseren Konvoi nördlich Norwegens zu vernichten. Daraufhin zog Admiral Pound alle Kriegsschiffe zurück, die unsere Handelsdampfer hatten schützen sollen – eine Schande; dem Konvoi wurde befohlen, sich zu zerstreuen, und so konnten die U-Boote und Flugzeuge der Deutschen unsere ungeschützten Dampfer in Seelenruhe versenken. Die ‹Tirpitz› war aber gar nicht ausgelaufen! Ich sagte zu Turing, er sei verrückt, sich deswegen Vorwürfe zu machen: «Jedenfalls», kicherte er nervös, fast hysterisch, und zitierte zum 1001sten Male diese Lieblingszeile aus der Weltliteratur, «bin *ich* hier der Feuerwerker gewesen, der sich selbst in die Luft sprengte.» Er war völlig unkonzentriert beim Schach, sagte übergangslos: «Churchill hatte ganz recht, voriges Jahr hier zu sagen, Horoskope seien bedeutungslos, weil die verschiedenartigsten Menschen die gleichen oder sehr ähnliche haben: nicht nur Chaplin ist fast am gleichen Tag wie Hitler geboren – sondern auch Wittgenstein, und der sogar in nächster geographischer Nähe zum Braunauer, nämlich in Wien am 26. April 1889.»

Turing weiß natürlich Telefonnummern und Geburtstage aller Freunde und Bekannten auswendig, sogar dann, wenn er die Namen vergessen hat. Namen weiß er fast nie, selbst nicht von jenen, die ständig um ihn sind und die es verletzt, wenn er ihre Namen, hundertmal gehört, hundertmal vergißt ...

Ich müßte auch mehr Geduld haben mit ihm. «Er hat sympathischerweise doch keine Ahnung, daß er einer ist wie nur die Allererlauchtesten sonst in der Geschichte der Mathematik, wie Euklid, wie Gauß, wie Einstein», sagte neulich Joseph Weizenbaum zu mir, ein sehr junger Berliner, der in letzter Minute – noch Kind fast – als Jude entkam und sich viel Zeit nahm, in mehreren Freistunden hier am Flüßchen, mir Turings grundlegende Schrift von 1936 zu erläutern. Da ich sogar den erzgeduldigen Weizenbaum nicht zur Hälfte dessen, was er mir ‹klarmachte›, verstanden habe, so schrieb ich es lieber mit, in Steno, und übertrage diese Zettel in mein Journal. Auch das wird helfen, diese marternde Wartezeit zu überstehen. Weizenbaum: «Es war einer der größten Triumphe der menschlichen Intelligenz, als Turing beweisen konnte, daß seine Universal-Maschine von 1936 wirklich zu bauen ist, und daß er sogar den Weg dazu angeben konnte, und daß eine Turing-Maschine in der Lage sein wird, jede beliebige andere Turing-Maschine zu imitieren, also eine universale ist ...

In der Mathematik gibt es viele Existenzbeweise. Aber es ist ein himmelweiter Unterschied, ob man beweisen kann, daß etwas existiert, oder ob man auch in der Lage ist, es zu konstruieren.»

Was er mir, viele Seiten noch, erläuterte, und was ich doch nicht heute, sondern in der Ruhe, die mir in dieser Nacht abgeht, übertragen will ins Journal, brachte mich dann zu der Frage, die Weizenbaum sehr töricht gefunden haben muß: «Und Sie meinen, daß die Turing-Maschine auch noch Bedeutung haben wird, wenn die Vorform, mit der wir jetzt Hunnen-Meldungen entschlüsseln, sich durch das Kriegsende eines Tages erledigt hat?»

Weizenbaum lachte. «Aber der Krieg ist es ja, der Turing daran hindert, vorerst, seine Genietat von 1936 auszuwerten. Er ist einer der folgenreichsten technischen Revolutionäre seit Erfindung – ich will nicht sagen des Rades, aber doch der Glühbirne.»

Kein Wunder also, daß Alan auch in einer anderen Welt lebt. Immer neu überrascht mich, wie auf die Sache gerichtet Turing zu mir spricht, ohne dabei überhaupt vorhanden zu sein. Es spricht dann zwar aus ihm heraus zu einem aktuellen B. P-Problem, aber eine Stunde später muß ich feststellen, daß ich offenbar mit einem Double geredet habe, er weiß von nichts mehr.

Deshalb ist Alan vermutlich auch so ein miserabler Schachspieler. Wir denken, wer die Universal-Maschine baut, kann auch Schach. Dem ist nicht so. Er spielt es schlecht, obgleich es ihn doch stets beschäftigt hat – eben unter anderem. Er hat zwar sofort den britischen Schachmeister in sein Aufgabengebiet verpflichtet, gleich bei Kriegsbeginn, und Hugh Alexander holte dann Ende 1941 auch noch Harry Golombek hinzu, der auch Schachmeister gewesen war, und Peter Hilton kam auch noch, der in Oxford mit Achtzehn seine erste Vorlesung als Mathematiker gehalten hat – und sie spielen Schach, aber selbst wenn Golombek Turing die Königin vorgibt, hat Alan im Nu verloren. Die Schachprofis in B.P., die Turing mit der allergrößten Hochachtung begegnen, rätseln also, woher es kommt, daß er so oft verliert. Sie legen sich das so zurecht: Alan hat keine Ahnung, wie die verschiedenen Figuren ‹zusammenarbeiten›, da er sich jedes einzelnen Zuges zu bewußt ist, um instinktiv und fließend spielen zu können. Jack Good meinte, Turing sei zu intelligent, «Züge, die andere ohne Nachdenken machen, unüberlegt zu tun», er könne nicht akzeptieren, daß zwei mal zwei vier ist, sondern müsse das immer erst neu beweisen.

Heute konnte ein Kind beim Schach ihn schlagen: Ich brach ab, es hatte heute keinen Zweck, da ihn sein Lieblingsplan ‹besaß›, und zwar völlig … Denn als ich noch dachte, er konzentriere sich auf den nächsten Zug, rief er wie aus dem Schlaf hochgeschreckt: «Wenn ich ‹Triton› und ‹Medusa› nicht bald lesen kann, komme ich nie mehr dazu, etwas Gescheiteres zu tun, als hier das Trüffelschwein zu machen, das Nazi-Befehle ausbuddelt. Ich will wissen, verdammt, ob die Morphogenese des Embryos auf den komplexen Wechselwirkungen chemischer Konzentrationsgradienten basiert!» Embryos: Freud läßt grüßen, ich war natürlich nicht so grausam, ihm zu sagen, daß seine heftige Sehnsucht nach Kindern daher *auch* kommt, daß er keine kriegen kann. Dazu paßt, daß er in den Monologen über seine Denkmaschinen immer wieder «Menschen, die auf die übliche Weise zur Welt kamen» erwähnt und deren

Fleisch, ja, Seele. Heute stellte er vieles fest, was für jedermann, der nicht eine Maschine zum Denken und Sprechen bringen will, Banalitäten sind, so daß niemand außer Turing daran dächte. Doch für ihn sind das keine Banalitäten, sondern Herausforderungen, Vorwürfe, Denkaufgaben, und wenn er dergleichen scheinbar zusammenhanglos ausspricht, so weiß ich ja nur den Zusammenhang nicht, *er weiß ihn genau.* Er hat längst im stillen, während er automatisch Schachfiguren hin- und herschob mir zur Freude, daran gedacht, was ihn – plötzlich nur für mich, nicht auch plötzlich für ihn – sagen läßt: «Es wird nie möglich sein, eine Maschine dem gleichen Unterrichtsprozeß zu unterziehen wie ein normales Kind. Sie wird zum Beispiel keine Beine haben, so daß man sie nicht auffordern könnte, hinauszugehen und den Kohleneimer zu füllen. Möglicherweise hat sie keine Augen. Und wie gut diese Mängel auch immer durch geschickte Maschinenbaukunst ausgeglichen sein mögen, man kann das Geschaffene nicht zur Schule schicken, ohne daß sich die anderen Kinder maßlos über es lustig machen. Man muß ihm eine besondere Aufsicht und Erziehung angedeihen lassen. Die Füße und Augen brauchen uns nicht zu sehr zu bekümmern ...» Ich mußte denken: Warum nimmt er mich, der es in dieser Nacht beschissen genug geht, auf den Arm? Dann erst merkte ich: es ist ihm ganz ernst. Denn er setzte hinzu, am Beispiel der armen Helen Keller, die ja blind und taubstumm war seit ihrem zweiten Jahr und die dennoch Bücher über Probleme der Blinden schrieb – am Beispiel dieser dann Weltberühmten sehe man, was möglich sei, «wenn irgendeine Kommunikation, eine wechselseitige, zwischen Lehrer und Schüler erfolgt». Doch dürfe man nicht unterstellen, daß eine Maschine nur könne und wisse, was ihr eingegeben worden ist. «Wenn von einem Schüler eine kluge Antwort kommt, sagt man ja auch nicht unbedingt, da spreche nur sein Lehrer aus ihm.»

Dann Sätze, die mich ‹widernatürlich› berührten, daher ich sie im Kopf behielt, endlich schrieb ich mit. «Kein Ingenieur oder Chemiker wird – heute noch – von sich behaupten, er könne ein Material produzieren, das von menschlicher Haut nicht zu unterscheiden ist. Möglich, daß dies irgendwann einmal gelingen kann, aber selbst wenn man annimmt, eine derartige Erfindung sei zu verwirklichen, hätte man doch das Gefühl, daß es wenig sinnvoll wäre, eine ‹denkende Maschine› dadurch menschlicher gestalten zu wollen, daß man sie mit künstlichem Fleisch umgibt ... Wir wollen weder die Maschine für ihre Unfähigkeit bestrafen» – jetzt lachte er, wie ich finde: «unverhältnismäßig», es war ein zuletzt fast kindisches Kichern –, «in einem Schönheitswettbewerb zu brillieren, noch einen Menschen bestrafen, wenn er im Wettlauf mit einem Flugzeug unterliegt ... Ein Mensch, der versuchte, so zu tun, als wäre er eine Maschine, würde zweifellos einen armseligen Eindruck machen ... Könnte es nicht sein, Monica, daß Maschinen etwas ausführen, das sich als Denken bezeichnen ließe – später einmal, später –, das sich jedoch stark von dem unterscheidet, was ein Mensch tut?» Gereizt, ungerechterweise, als sei Turing daran schuld, daß ich nicht an Thornton am Strand von Dieppe denken konnte, doch hatte ich mich ja deshalb zu Alan geflüchtet, um ‹Dieppe› zu vergessen; sehr gereizt sagte ich: «Aber du bist es doch, du ganz allein, der dauernd Menschen an Maschinen mißt – und noch schlimmer:

Maschinen an Menschen. Wieso redest du überhaupt von Menschenfleisch und Schönheitswettbewerb, wenn du an Maschinen denkst?»

Turing: «Weil ich ans Denken denke – von dem die Menschen sich einbilden, nicht nur sie allein könnten das, sondern ihnen allein komme es auch zu, nicht den Maschinen!» Ich dachte jetzt – fand es aber unmenschlich, ihm das ins Gesicht zu sagen –, schwieg also: «Nur das Unzulängliche ist produktiv», eine fürchterliche Einsicht, die ich in Goethes *Wahlverwandtschaften* las; und wie ich das dachte – *wußte* ich schon, daß Turings von ihm so niederdrückend empfundene «Unzulänglichkeit», Vater zu werden – ihn zum Vater der Maschine machen wird, die denken kann, und die er sich so inbrünstig wünscht, daß es ihm gelingen wird. Im Ernst: Ich bin überzeugt – *er* ist so überzeugend! –, sie wird ihm gelingen! Der mit keinem vergleichbare Gigant unter den Schöpferischen in der Kunstgeschichte war Michelangelo – homosexuell wie Turing. «Zeugte» der deshalb mit Zweiundzwanzig den schönsten aller Jünglinge in Marmor, weil er ihn nicht im Fleisch zeugen konnte? Turing faßte zusammen, und das schockierte mich noch stärker: «Schließlich sollen Menschen, die auf die übliche Weise zur Welt kamen, nicht zu den Maschinen gerechnet werden.»

Ich rief: «Aber Alan – das tut doch auch niemand, *niemand* außer dir!» Als hätte ich gar nichts gesagt, fuhr er fort: «Schön wie ein Mensch wird sie nie sein, aber denken können wird sie, daß Frage- und Antwortmethoden, die man für sie entwickelt – später, später –, geeignet sein werden, fast jeden gewünschten Bereich menschlichen Bemühens einzubeziehen … Imitations-Spiel könnte man sagen …» Er schwieg, ich dachte: *Warum* Menschen – imitieren durch eine Maschine oder eine Maschine durch einen Menschen … Ich dachte wieder: Ob der Strand da bei Dieppe vermint ist? So entging mir ziemlich viel, vielleicht Wesentliches von Alans Denkprozeß, den er schon wieder sprechend fortsetzte: Ich schien ihm gerade gut genug zu sein, «was» – keinen Menschen – «irgendwas» da zu haben, zu dem er in dieser Kaffeepause in seinem Kampf gegen ‹Triton› reden konnte. «Man könnte einwenden, daß bei dem Imitationsspiel die für die Menschen beste Strategie möglicherweise etwas anderes ist als die Nachahmung menschlichen Verhaltens …» So weit also, dachte ich, ist er schon: von der Strategie der Maschine bei ihrer Nachahmung menschlichen Verhaltens zu sprechen – und weil Turing das sagte, den ich liebe, haßte ich zwar noch immer, was er sagte, doch glaubte ich ihm, er werde im Alter das fertigbringen, hinstellen, wovon er redete! Ich notiere: «… vorausgesetzt, daß die beste Strategie in dem Versuch besteht, so zu antworten, wie es normalerweise ein Mensch tut …»

Ich war zu unkonzentriert, schreckte aber wieder aus den Dieppe-Vorstellungen heraus und hin zu Turing, der eben sagte: «… da es vielleicht möglich ist, aus einer einzigen, zum Beispiel einer menschlichen Hautzelle ein vollständiges Individuum zu züchten. Das wäre zwar eine biologische Heldentat ersten Ranges, jedoch wären wir nicht geneigt, es als die Konstruktion einer denkenden Maschine anzusehen …»

Turing argumentierte schon früher, mit Laufen erhole er nur seine Beine, nicht sein Gehirn – und dieses Argument überzeugt, ich las es einmal schon als Schülerin im Essay von Churchill über ‹Malen als Zeitvertreib›. Er schrieb, es sei sinnlos, wenn man das Gehirn müde gearbeitet habe, etwa Fußball zu spielen, denn die Beine habe man doch gar nicht angestrengt während der Arbeit am Schreibtisch. Folglich seien auch nicht Beine und Arme erholungsbedürftig, sondern das Gehirn, und das erhole sich nur durch eine *andere* Tätigkeit, nicht durch Stillegung. Also *male* er zu seiner Entspannung.

Turing, der gegen Dönitz' neue Verschlüsselungswalzen kämpft, zehn Stunden am Tag oder nachts, kann sich nur erholen, findet seinen Spaß nur dann, wenn er an seine Universal-Maschine denkt, mit der sich ‹hauptamtlich› zu beschäftigen ihm der Krieg verbietet. So monologisiert er, sarkastisch, ja verächtlich im Ton, gegen Theologen. «Sie behaupten: ‹Denken ist eine Funktion der unsterblichen Seele, Gott gab Mann und Frau eine Seele, doch weder einem anderen Lebewesen noch einer Maschine, also können weder Tier noch Maschine denken.› Was für eine Einschränkung der Allmacht Gottes! Zugegeben, es gibt gewisse Dinge, die Gott nicht kann, er kann nicht eins gleich zwei machen. Doch wieso sollte er nicht einem Elefanten eine Seele verleihen können – oder auch einer Maschine? Das ist schwieriger zu begreifen, aber nur, weil wir es für weniger wahrscheinlich halten, daß Maschinen dem Herrgott für die Verleihung einer Seele geeignet erscheinen … Beim Versuch, solche Maschinen zu konstruieren, sollten wir uns, ebenso wie bei der Kinderzeugung, nicht unehrerbietig gegenüber der göttlichen Macht, Seelen zu schaffen, erweisen. Wir sind Instrumente seines Willens und stellen für die von ihm erschaffenen Seelen eine Heimstatt bereit.»

Ich konterte: «Der Elefant, dem Gott, wie du meinst, eine Seele geben kann – ich meine: er hat sie ihm wie jedem Tier, das ein Gehirn hat, längst gegeben –, der Elefant ist auch von Gott, die Maschine aber von Turing!» Wie es mich irritierte, daß er die Konstruktion einer Maschine in einem Atem mit der Kindeszeugung nannte – verschwieg ich, es ist sein wunder Punkt. Gelassen, keineswegs überheblich, entgegnete er: «Daß ein Mensch – nicht Gott – etwas geschaffen hat, zum Beispiel Benz das Auto: spricht nicht gegen das Auto. Werturteile sind Vorurteile. Versuchen wir nicht Reißnägel und Birnen zu addieren! Massiver als religiöse sind jene Vorurteile gegen Maschinen, die auf dem Prinzip wissenschaftlicher Induktion basieren: ein Mensch sieht im Laufe seines Lebens Tausende von Maschinen. Aus dem, was er von ihnen wahrnimmt, zieht er allgemeine Schlüsse – die alle *solche* Maschinen und deren Fähigkeiten ausschließen, die er noch nie sah. Nur Erfinder erliegen nicht diesem Trugschluß … Wir dürfen tatsächlich hoffen, daß Maschinen vielleicht einmal auf allen intellektuellen Gebieten mit dem Menschen konkurrieren … Warum sollte man nicht versuchen, statt ein Programm zur Nachahmung des Verstandes eines Erwachsenen eines zur Nachahmung des Verstandes eines Kindes herzustellen? Unterzöge man dieses Programm dann einem geeigneten Erziehungsprozeß, erhielte man den Verstand eines Erwachsenen. Vermutlich ist das kindliche Gehirn mit einem Notizbuch vergleichbar, das man beim Schreibwarenhändler kauft: wenig Mechanismus und viele leere Blätter. Wir können nicht erwarten, auf Anhieb eine gute Kind-Maschine zu finden. Man muß mit einer solchen Maschine Lehrexperimente durchführen, um festzustellen, wie gut sie lernt. Man kann es dann mit einer anderen versuchen und sehen, ob sie besser oder schlechter lernt. Es besteht ein offensichtlicher Zusammenhang zwischen diesem Prozeß und dem Entwicklungsprozeß, und zwar durch folgende Identifizierungen:

Struktur der Kind-Maschine = Erbgut.

Veränderungen der Kind-Maschine = Mutationen.

Natürliche Auswahl = Werturteil des Experimentators.

Man darf jedoch hoffen, daß dieser Prozeß schneller vor sich geht als der Entwicklungsprozeß.

Wenn ich vorher zugab, es werde nicht möglich sein, die Maschine dem gleichen Unterrichtsprozeß zu unterziehen wie ein normales Kind – so ist das ganz anders, wenn man sich beschränkt, wie gesagt, auf rein intellektuelle Gebiete, weil eine Maschine – zum Beispiel – keine Beine hat wie ein Kind. Manche sagen, man solle mit Schach beginnen, weil das eine sehr abstrakte Tätigkeit ist. Aber ebenso kann man behaupten, daß es das beste wäre, die Maschine mit den besten Sinnesorganen auszustatten, die überhaupt für Geld zu haben sind, und sie dann zu lehren, Englisch zu verstehen und zu sprechen. Dieser Prozeß könnte sich wie das normale Unterrichten eines Kindes vollziehen!»

Sein Kind-Tick, dachte ich, als ich mitstenographierte – aber ich dachte es mit erbitterter Rebellion, zu der ich – wieso auch – keineswegs berechtigt bin. Gefühl ist *nicht* alles, ja es lähmt sicherlich ebenso oft das Denken, wie es das Denken beflügelt.

Es war halb drei, ich stand auf und sagte: «Alan, ich hab dir erzählt, um wen ich diese Nacht Todesangst habe.» Noch konnte ich nicht sehen, ob er wahrgenommen hatte, daß ich aufgestanden war von unserem kleinen Tischchen.

«Ich bin heute nicht mehr in der Verfassung, zu erörtern, wie ein vollständiges Individuum aus einer einzigen Hautzelle gezüchtet werden kann – ich habe Angst um ein Individuum, das von Eltern abstammt! Und das hoffentlich vorvorgestern mit mir – wie du das nennst – ‹einen normalen Menschen, der auf die übliche Weise zur Welt› kommen wird, gezeugt hat … laß mich gehen, es ist fast Dämmerung! Vielleicht haben die Hütten 3 und 4 schon Funksprüche aus Frankreich.» Alan stand auf, sagte: «Ich gehe mit dir, aber nicht in 3 und 4; dafür ist es doch viel zu früh, komm mit in 6, da sehen wir nach, ob von Luftwaffe und Heer schon etwas aufgeschnappt wurde, dann suchen wir in 8 nach Marine-Sprüchen. Arme Monica! Hoffst du wirklich, schwanger zu sein? Wird's ein Knabe – nimm mich als Patenonkel!» Es war sein Versuch, meine Verdüsterung aufzuhellen, er mißlang völlig. Ich sagte und weinte, hatte das aber hinter mir, als wir in Hütte 6 ankamen: «Vielleicht muß ich dich sogar bitten, Vaterstelle an dem Kind zu vertreten – wer wird denn heute nacht zurückkommen von den Aufgeopferten! Ich bin auch deshalb so kaputt, weil ich abergläubisch bin: August ist mein Unglücksmonat – mein Verlobter fiel vor zwei Jahren im August, vor vierzehn Tagen fiel mein Vetter im August, heute ist … August!» Er faßte mich zärtlich im Genick, tröstend; daß Thornton verheiratet ist und Kinder hat, ich also auch dann, wenn er zurückkommt, keinen Vater für sein Kind habe, sagte ich Alan nicht …

Hütten 6 und 8 hatten von unseren Funkhorchstellen noch nichts erhalten. So konnte ich mir ersparen, zu 3 und 4 hinzugehen, und setzte mich wieder an mein Journal. Bertrand Russell hat gesagt, menschliche Zufriedenheit bestehe im wesentlichen darin, ein klein wenig zu viel zu tun zu haben; wenn das wahr ist, ist pausenloses Arbeiten sicher die einzige Therapie gegen Todesangst. Ich schreibe also nichts weiter von dem, was mich ängstigt, sondern von dem, was mein Glück war mit diesem Mann; nicht von der heutigen, sondern von der Nacht zum Donnerstag. Doch selbst Stendhal warnt, «man braucht zu viele Worte, um anschaulich zu erzählen. Deshalb habe ich mein Tagebuch vier Monate ruhen lassen.» Was aber täte ich in dieser Nacht ohne Schlaf ohne mein Journal? Mit wem sonst reden über Thornton, der allein mich beschäftigt. Stendhal warnt auch – bei Lektüre Rousseaus – «wer von erlebten Ekstasen spricht, wirkt zumeist lächerlich». Dann wieder fordert er «die Jahrbücher seiner Begierden zu schreiben». Ja, wer nicht auch das Gegenteil dessen hinzuschreiben wagte, was er vorgestern meinte, belegt nur, daß er nicht nachdenkt. Jedenfalls hat Stendhal mich erobert wie bisher kein anderer Klassiker. Im Bett lese ich ihn jeden Abend, oder sogar noch morgens, nach Nachtwachen, ehe ich einschlafe. Ich werde eine Anthologie aus seinen Journalen, Briefen, Notizen, Monographien, Reisebildern zusammenstellen. Eine Biographie kann man deshalb über ihn nicht schreiben, weil er der Meister unter den Autobiographen ist. Man könnte nur immer zitieren … er hat alles gesagt.

Gewarnt hat er auch: «Im Extrem der Passion etwas niederzuschreiben, ist Torheit, und so schweige ich.» Andererseits preist er an den Memoiren des Kardinals Retz, daß er «bis zur Naivität freimütig spricht»; der habe gewußt, daß seine Erinnerungen erst lange nach seinem Tod gedruckt werden. Auch gibt Stendhal zu: «Mit Wollust las ich die

Contes von Lafontaine ... nicht aus literarischem Drange. Bücher, von denen D. sagt, man läse sie nur mit einer Hand.»

Warum haben eigentlich bis heute kaum Frauen solche Bücher geschrieben? Was geht mich das an? Wer nur schreibt, was ‹man› schreibt, braucht *das* gar nicht zu schreiben, da es eben die anderen schon getan haben. Mir fehlt jede Neigung zu der Heuchelei derer, die sagen, ihr Journal sei nicht für den Druck geschrieben ... fast jeder sagt das, fast niemand meint das.

Daß ich mir wünsche, schwanger zu sein, hat zwei Ursachen: Ich bin vom Tod zu heftig eingekreist, um ohne Kind aus dieser Lebenslähmung herauszufinden. (Ein Kind als Mittel zum Zweck? Auch höchst fragwürdig.) Zweitens war diese Nacht mit Thornton so, daß ich ihn in mein Leben hereinholen möchte, obgleich ich weiß, daß er bürgerlich – katholisch, nie läßt er sich scheiden – nie mein Mann werden kann. ‹Nur› eine Reisebekanntschaft. Wir hatten nicht einmal ein Zimmer, ein Zimmer ist eine *Bleibe*, und bleiben kann er nicht.

Ich sah sofort, daß er auf Beutemachen aus war, als er in Glasgow mich sozusagen abgefangen hat. Sein Zug aus Norden hatte fünf Minuten Aufenthalt – nach einem glühend heißen Tag, 21 Uhr 37. Der Fremde kam wie mit mir verabredet, nahm meinen Koffer, nachdem er – im kurzen Schottenrock – sich verbeugt und unverständlich einen Namen gemurmelt hatte. «Auch nach Süden?» – eine so alberne Frage, daß sie verriet, daß er's doch selber ein bißchen zu forsch fand, wie er vorging. Ich versetzte ihm denn auch: «Ja, da der Dover-Express nicht meinetwegen wieder nach Scapa fahren wird, wo er herkommt.»

Er warb: «Kommen Sie doch bitte, wenn Sie nicht Schlafwagen haben, in mein Abteil, ich kann Sie auch zu einem Imbiß einladen, der Speisewagen hat schon jetzt nichts mehr zu essen!»

Ich: «Gegessen habe ich –»

Er: «Schon für die ganze lange Nacht? Und zu trinken habe ich auch. Und am Sprechen liegt mir noch mehr als am Essen … da ich Sie hiermit zu meiner Ordonnanz ernenne, müssen Sie auch Erster fahren!»

Ich hatte meine WRNS-Kluft an, weil in diesen kriegerischen Zeiten Uniformierte, speziell auf der Bahn, bevorzugt werden. Während ich, was mir erst jetzt klar wird, gar nicht überlegte, ob ich seiner Einladung folgen solle, ich lief schon mit, sagte er: «Daß Damen Uniform tragen, kann einen fast vergessen lassen, warum! Diese Marineuniform jedenfalls ist so elegant, daß sie jede zur Offizierin macht!»

Empfindlich gab ich zurück: «Und Offiziere sehen besser aus als wir ‹Gemeinen›?»

Er lachte: «Sind besser beschneiden, ohne Frage – jedenfalls bei uns Männern.»

Verlegen setzte er hinzu: «Ich freue mich so, wenn Sie mir Gesellschaft leisten, daß ich mit Vergnügen Erster für Sie nachlöse.»

So sarkastisch wie möglich schlug ich das ab: «Sie werden's nicht für möglich halten: ich fahre sowieso Erster, mindestens seit es sonst keinen Luxus mehr gibt.»

Frech wie ein Achtzehnjähriger, obgleich er bestimmt Mitte Vierzig war, hielt er mir ein Schild hin, das sehr amtlich aussah, noch durch einen protzigen Armee-Stempel ‹geschmückt›, um den Einschüchterungswert zu steigern:

KEINESFALLS EINTRETEN!

Er hatte die Pappe in Kanada von irgendeiner Direktorentür in einer Bank gestohlen: «Hat mir schon gute Dienste erwiesen! Vor allem seit der Stempel des Generalstabs drauf ist.»

Ich mußte lachen, daß er so etwas im Koffer hatte, und sagte: «Soso – bin neugierig, ob auch nur der Schaffner sich dadurch zurückhalten läßt.»

Er sagte lässig: «Der Schaffner ist gerührt; und sicherheitshalber auch gekauft ... dem bringe ich jetzt Ihre Karte: wann soll er Sie wecken? Wetten, daß er nicht einzudringen wagt?»

Ich sagte, ich führe nur bis Cambridge, während er ja bis zur Südküste mußte, und ich hätte gar nichts gegen Schaffner: «Was meinen Sie denn, was der uns zuleide täte?»

Er merkte, daß er sich ebenso vergaloppiert hatte wie ich heuchelte, und sagte so arglos wie geübt: «Den Unterschied würden Sie schon merken, wenn Sie beinahe wie zu Hause schlafen, weil Sie eine ganze Bank für sich allein haben; sollen dann plötzlich drei Kerle hier eindringen, die der Schaffner nicht zurückgehalten hat? Ist doch eine Bestechung wert?»

Ich lachte schon wieder. «Sie denken an alles – wenn Sie aber doch den Schaffner schon gekauft hatten, bevor Sie mich sahen: wieso bringen Sie sich dann selber um den Vorzug, das Abteil allein zu behalten?» Er stand in der offenen Tür und sagte herausfordernd: «Diese Frage ist sehr unterm Niveau Ihres Charmes: Was wollen Sie jetzt denn hören? Ein einsamer Kanadier im wildfremden England, den ein Telegramm zurückrief: ‹Urlaub sofort abbrechen!› – will der lieber ein Abteil allein haben als eines, in dem auch *Sie* sind? Sie sind sehr *schön*! Die haben mir Wein kaltgestellt –» Und weg war er. Und ich *wußte*: Die machen allen Ernstes ‹Dieppe›! Ein Schock.

Ich hatte diese beiden Urlaubstage auch nur bekommen, um die Schwester meiner Mutter zu besuchen; ihr einziger Sohn kam um im Atlantik, vermutlich, weil es Turing noch immer nicht geglückt ist, ‹Triton› lahmzulegen. Und dieser Mann mußte nach ‹Dieppe› und wird vielleicht sogar davon wissen, obgleich der Überfall unter ‹most secret› läuft. Die im Juli wie der Ausgeschifften waren auch Kanadier: dieselben! Ja, dachte ich, den kann man nicht gut allein lassen, auf dieser Reise zu einem Himmelfahrtskommando …

Er rief hinter mir; ich hatte den Kopf in den Fahrtwind gehalten, der rasch zu scharf ins Gesicht schnitt, die Scheibe war ganz heruntergelassen, der Himmel so angedüstert wie – wie der Strand vor Dieppe. Er rief: «Punkt fünf Uhr dreißig – zwanzig Minuten vor Cambridge weckt Sie der Schaffner! Er ist auch ein Schotte und war stolz, einen Fremden in eurer Nationaltracht zu sehen. Nackte Beine, hätte mir nicht träumen lassen, nach dreißig Jahren noch einmal so rumzulaufen. Sitzen Sie doch lieber dort in der Ecke, wo Sie vom Wind nichts abbekommen …» Ich sagte, lange halte auch er den nicht aus, er meinte, dann hätten wir nur die Wahl, auf der gleichen Bank Platz zu nehmen, «aber dann sehe ich ja Ihr Gesicht nicht mehr» – oder uns zu entschließen, trotz der Wärme das Fenster zuzumachen. Er hatte die Rouleaus zum Gang herabgezogen. Die im Speisewagen hatten nicht nur seinen Wein gekühlt, sondern ihm auch Champagner verkauft – «aber zu essen hatten sie wirklich gar nichts. Hatte meine Gastgeberin geahnt, als sie mir den Koffer voll packte: große Bauern, bedienen Sie sich – da fehlt's noch an nichts!»

Während er auftischte, fragte er: «Und Sie – sind Sie etwa auch telegrafisch zu Ihrer Einheit zurückbeordert? Ich frage ja nicht, wo Sie stationiert sind!»

Ich erzählte, warum ich bei meiner Tante war. «Aber daß ich nur zwei Tage Urlaub bekam, hängt vielleicht zusammen mit dem, was Ihnen das Telegramm beschert hat. Da Sie sagten, daß Sie bis Dover fahren, darf ich fragen» – eine unglaubliche Taktlosigkeit, daß ich diese Frage stellte, aber mein Mitgefühl für den Mann war schon sehr da, «ob Sie am 4. Juli eingeschifft und dann wieder ausgeschifft worden sind?»

Er setzte sich, grinste komplicenhaft, ohne etwa Zustimmung anzudeuten, schwieg. Sagte dann: «Auf die Gefahr, daß Sie mich für töricht ‹vorschriftenfromm› halten, muß ich gestehen, ich vermute, selbst Marinehelferinnen darf man solche Fragen nicht beantworten. Nicht geheim aber ist, daß ich von der 2. Kanadischen Division bin und zu denen gehöre – das sieht in Dover und Umgebung jedes Kind –, die sich zuweilen vor Übungen die Gesichter schwärzen. Sogar Feldpost- und Telefonnummer darf ich Ihnen geben – wenn Sie wollen!»

Ich sagte hektisch, weil ich nichts mehr hören mochte, und verkrampft, weil mir schlecht wurde wie immer bei Aufregungen: «Entschuldigen Sie, daß ich so plump gefragt hatte nach – ‹Rutter›.»

Er lachte: «Hätten Sie gleich sagen sollen: ‹Rutter› … nicht jede in der Marine, wie hätte ich das Ihnen auch ansehen können, ist bei der Firma!»

Darauf ging ich nicht mehr ein, denn Firma nennen auch

gänzlich Uneingeweihte den Geheimdienst; es konnte eine Fangfrage sein. Was hätten wir auch noch voneinander wissen müssen? Er gab mir seine Adresse; ich ihm meine nicht, da ich mich gar zu dußlig verhalten hatte. (Die Zeit der anfänglichen Arglosigkeit, in der ich als Mitarbeiterin des Mathematischen Instituts geführt wurde, ist längst vorbei: wie wenige in Uniform haben schon mit Mathematik zu tun! Und warum dann in Uniform? Das war wirklich – Dummheiten des Anfangs – eher ein Hinweis gewesen als eine Tarnung. Also nennen wir uns nur noch Marinehelferinnen, denn deren gibt es im Vereinigten Königreich mit Luftwaffen- und Heereshelferinnen einige hunderttausend.)

Während ich viel aß – da aufgeregt – Wurst, kalte Ente, Huhn, Schinken, Eier, dunkles Brot, Bauernbutter, sogar an Salz und an ein kleines Tischtuch hatte seine Gastgeberin gedacht, und noch mehr trank, fragte ich, wie er zu dem Kilt komme als – Kanadier.

Er gab Auskunft: «Mein Kriegskamerad im Hochland, den ich besucht habe, gab ihn mir gleich bei der Ankunft, der Hitze wegen, und weil seine Frau fand, im kurzen Rock sei ich ‹chic›! Und als das verdammte Telegramm kam – sagte sie, behalte ihn an, schicke ihn zurück, wenn die Hitze vorbei ist oder besser: bring ihn uns bald wieder. Der Schotte war in Toronto – leidenschaftlicher Jäger, ich mache mir gar nichts aus der Jagd – vor dem Krieg mein Gast gewesen, ich hatte ihm versprochen, er könne drüben einen Bären schießen, aber leider habe ich ihm den Bären aufgebunden, irrtümlich; es reichte aber doch immerhin zu einem Hirsch. Und nun ist der Freund, jünger als ich, schon seit zwei Jahren ohne Beine, ein Angriff deutscher

Tiefflieger in Belgien hat sie ihm 1940 kaputtgeschmettert. Ein Bauer im Rollstuhl ... Bei der Ernte weinte er einmal: Neid auf seinen siebzigjährigen Vater, weil der noch auf dem Mähdrescher fahren konnte ...»

Kriegsgespräche. Da ja auch ich schon von einem gesprochen hatte, den der Krieg getötet hat, von meinem Vetter, wurde es höchste Zeit, daß Thornton, so heißt der Fremde, uns ohne Krampf herausriß aus dem Elend; er feuilletonisierte: «Ich kam so selbstverständlich auf Sie zu, weil ich Sie seit zwanzig Jahren kenne!»

Ich: «Dann müssen Sie als ziemlich großer Junge in der Sandkiste mit mir gespielt haben ...»

Er war draußen gewesen, hatte mit heißem Wasser eine Serviette befeuchtet und rieb mir die Hände ab nach dem Geflügel-Essen – und behielt die Hände in seinen, als er antwortete. Er saß neben mir, sein Platz vis-à-vis war wegen des noch ein wenig geöffneten Fensters zu zugig geworden. Er erklärte, ich wisse doch auch, das am wenigsten erforschte Mysterium sei das der Partner-Wahl: «So viel, ja der Lauf der Generationen in jeder Familie hängt davon ab, aber keine Eva weiß, warum der Adam – nicht der Victor ihr gefällt, und kein Victor weiß, warum's Vanessa sein muß und bräche es ihm den Hals, *die* – statt *jene* zu wollen, wollen zu *müssen!* Wissen Sie's? Ich schwöre – ich bin ja kein Lügner, sonst hätte ich kleinbürgerlich meinen Ehering versteckt, bevor ich Sie in mein Abteil bat –, ich sage einfach, was wahr ist: als ich Sie sah auf dem Bahnsteig, sagte es – ich weiß nicht was ‹es› ist –, aus mir heraus: ‹Die ist es!›»

Ich sagte: «Nun lassen Sie mich meine Hände wieder selber aufbewahren, die müssen bei diesem Wetter nicht gewärmt werden – und erzählen Sie ja nicht auch noch, zwanzig Jahre hätten Sie auf mich gewartet.» Er sagte erschrocken: «Drück ich mich denn so blöd aus – natürlich habe ich nie gut warten können, nein: aber Ausschau gehalten, ja, habe ich immer nur nach Ihnen oder Ihren Schwestern im Fleische ... Verzeihung: auch im Geiste.» Ich lachte, ohne ihn anzulachen: «Viel ist das, was Sie wissen können von meinem Geist!» Er sagte: «So wenig nun auch wieder nicht, einer Stirn sieht man viel an, noch mehr dem, wie jemand lacht ... Und am aufschlußreichsten, glaube ich, ist der Gang. In Ihrem ist Energie. Haben Sie einen Friedensberuf? Ich verkaufe amerikanische und deutsche Autos in Kanada.» Ich gab Auskunft: «Journalistin, die wie fast jede lieber ein Buch schriebe ... und sich einredet, dazu sei immer noch Zeit, obgleich sie Geld genug hat, sich diese Zeit zu nehmen, aber sie nimmt die sich deshalb nicht, weil sie eigentlich Angst davor hat, dieses Buch zu schreiben.» Er rief: «Nun seien Sie doch nicht so böse zu sich! – Zu mir sind Sie ja auch sehr lieb.» Ich staunte: «Bin ich? – Wieso?»

Er: «Sie haben mich nicht allein gelassen.»

Ich: «Sie mich ja auch nicht – ist das schon lieb?» Er warnte: «Die Dinge so sehen – da ist man dann zu schnell dort, Liebe und Egoismus als Synonyme zu verteufeln. Hat einer behauptet, alles Unglück komme daher, daß die Leute nicht daheim bleiben – ziemlich albern: wer könnte das schon! Ich verkaufe auch lieber in Kanada Autos, statt demnächst an einem Bunker Hitlers in Frankreich mir die Stirn einzuschlagen, weil jemand meint, *mein* Lebenszweck sei's, diesen Bunker zu erobern ... aber so dumm das auch ist – »

Ich schulmeisterte: «... ist immerhin von Pascal!»

Er: «So? – Aber wer ist Pascal: kein Kluger jedenfalls!

Und ich würde diese Platitüde, alles Elend komme daher – Elend heißt es –, daß Leute ihre Zimmer verließen, gern zurückweisen durch ... aber nein: das gäbe nur eine *andere* Platitüde. Um auf die Energie zurückzukommen, die ich Ihrem Gang ablas ...» Ich lachte schon wieder: «Energie? Ich dachte nur, der Zug sei sehr besetzt und wollte einen guten Platz – deshalb, mag sein, kam ich etwas energisch daher: Es hat Sie nicht eingeschüchtert ...»

Ganz ernst sagte er: «Nein. Im Gegenteil. Ich sagte Ihnen doch, ich ging auf Sie zu, ohne zu wissen warum ... *Die* ist es! Aber das ... nein, das *kann* man ja nicht sagen. Die Schwierigkeit ist nur: Sie haben ein Gesicht, in das ich nicht reinlügen kann. Auch nicht will. Sehen Sie, es gehörte sich doch jetzt, daß ich ‹vorausschickte› wie alle Ehemänner in solcher Lage: Daß die Frau daheim nicht mehr ‹stimmt›, daß man bei ihr aushält nur der Kinder wegen noch – zwei Mädchen hab ich ... da sind sie!» Ich fragte: «Zwillinge?» Ungefähr neun. «Nein – nur rasch hintereinander gekommen.»

Ich dachte, säße ich nicht bei ihm, er wäre fertig, wenn er diese Fotos ansähe, ohne mit einem reden zu können – und weil er dann auch das Foto der Frau vor sich hätte. Und: er benutzt mich, um von denen zu reden. Doch was könnte legitimer sein? Wozu sonst in der Not einander «benutzen»?

Er antwortete, als ich gefragt hatte, wann zuletzt er diese Kinder gesehen habe, auch die Frau: «Vierzehn Monate – heute denke ich, seit dieses Scheißtelegramm da ist, denke ich nur noch: *nur nicht denken!* Und deshalb habe ich mich – Verzeihung – auf Sie gestürzt: ist das sehr ekelhaft? Und ich sage sogar – nein, ich sage es nicht; man *kann das nicht* sagen, braucht's nicht zu sagen, Sie wissen es eh ... Sie wissen viel mehr als ich von dem, was mir bevorsteht seit diesem Telegramm ...» Schweigen. Dann eine halbe Stunde Belangloses. Dann wieder dort, wo es ihm vor dieser halben Stunde ins Elend – da er «nicht zu Hause bleiben konnte» – geführt hat, bei seinen Dreien ... Er war kaputt. Ich mußte reden, irgend etwas, denn der Mann hatte Todesangst. Mit Grund! Es zerriß ihn, dieser Abschied von den Dreien in Toronto. Wenn er mich doch nur anfaßte, dachte ich, dann müßten wir nicht mehr reden, ich würde ihn zur Ruhe bringen. Berühr mich, dachte ich, aber er stand, mir den Rücken zugewendet, an der Abteiltür.

Zweifellos wollte er mir sein Gesicht ersparen. Endlich brachte ich hervor: «Ich glaube, ich hab verstanden, was Sie – nicht sagen wollten, aber doch glauben, mir schuldig zu sein, daß Sie's sagen ... und daher Ihr langer Umweg über die, wie meinten Sie: ‹Mysterien der Partnerwahl›, ich sei genau *die* –»

Er drehte sich um, war rasch neben mir, faßte mich bei den Schultern und sagte so heftig wie vollkommen ehrlich, das spürt man: «Umweg? – nee: genau so ist das und macht alles so – so furchtbar – so ... daß ich mit diesem Telegramm da in der Tasche *Sie* auf einem Bahnsteig treffe, *Sie* – die noch einmal *jede* verkörpert ... ja, die ich je liebte. Wenige. Sehr wenige – meine Frau ist eine Jugendliebe, und ich war ziemlich, nicht ganz – ziemlich treu. Aber Sie laufen mir *heute* über den Weg, und ich mit diesem Telegramm in der Tasche. Deshalb sprach ‹es› in mir: Sie ist es! Was für ein Glück, was für eine Angst: was hat das Schicksal vor, daß es – blöde Frage! Und mein Stottern vorher mit den Schwestern im Fleisch – ich bin ja nicht wie du Schriftsteller, aber ehrlich war's: meine Frau ist blond, kann auch nicht Bücher schreiben – du bist schwarz, aber sonst, Gang, Zähne, deine schönen Zähne, dein breites Becken und die sehr hohen, nicht schlanken, herrlichen Beine – deine … genau so und – *das* kann man doch nicht aussprechen …»

Als er von meinen Beinen redete – «hatte» er sie, war an ihnen hochgefahren, dann von der Bank herunter auf die Knie und hielt meinen Hintern, ich hatte bei der Hitze ja nichts an, nur die drei Dinger: Bluse, Slip, Rock; BH trage ich nie. Was er sagte, war das äußerste an Ungeheuerlichem, das man einer Frau sagen kann. Aber mir gefiel's – gefallen ist gar kein Wort: es warf mich ihm zu! – durch die Radikalität: wer zwang ihn, so ehrlich zu sein? Ich war entsetzt, denn ich mußte denken: der will nicht mit einer Lüge die Welt verlassen. Er hatte gesagt: «Siehst du, auch … daß man spürt, *dir* kann man sagen, was man doch wirklich *nicht* aussprechen kann: Daß ich dich deshalb so herzlich, so tierisch egoistisch bitte, es mit mir zu machen – weil meine Frau nicht da ist. Ich bin unmöglich. Nein, ich bin schon richtig – unmöglich ist die Situation, du weißt – *du*, das spüre ich, weißt sehr viel … wir können doch noch von Glück sagen, meine Leute und ich, wenn in zwanzig oder vierzig Stunden, habe ja keine Ahnung, wann's losgeht, noch ein Drittel lebt von uns.»

Sein Kopf lag auf meinen nackten Oberschenkeln, ich sagte: «Steh auf, sieh das doch – du mußt nicht denken», und nun log ich drauflos, bis ich's selber glaubte, weil ich es glauben *wollte*, oh: da lügt man perfekt!

Ich sagte, er solle sich doch nicht einreden, unsere Planer gingen leichtfertig mit ihnen um: «Glaubst du, die Hunnen könnten von Narvik bis zur Biskaya – bei so viel

Verschleiß ihrer Kräfte in Rußland – an jedem Kilometer Strand Wache stehen?» Er saß neben mir, ruhiger, fragte dann mißtrauisch: «Und warum, wenn du unserem Kommando so viel Chancen gibst – tust du dann *das* für mich?» Ich murmelte, ich wisse, wie furchtbar – zuweilen – Alleinsein sei. Er hatte seine Hände auf meinen Brüsten, meine Bluse war zu, er wollte etwas sagen, die Stimme versagte ihm, es rührte mich in der Tiefe, daß er, wie scheu, wie schüchtern jetzt, nur meine Stirn küßte: «Stört's dich nicht, daß ich doppelt so alt bin?» Ich sah ihn an: «Dächte keiner. Treibst du Sport?» Er: «Nie. Nur im August fahre ich mit den drei Mädchen schwimmen.» Er bat: «Gib mir doch deine Schultern … ich bitte dich noch einmal um Nachsicht für – vorhin da, meinen Unfall, meinen Überfall …»

Ich selber machte zwei Knöpfe auf, sagte: «Das Licht – wozu!» Er knipste es aus, draußen war noch immer die Nacht nicht schwarz, sondern – meerdunkel. Was immer käme diese Nacht: vom Meer, vom Strand würde ich jede Minute bedroht bleiben … Als habe er gespürt, daß mein Nacken, meine Schulterblätter viel rascher darüber entscheiden, wie weit ich mittue, als meine Brüste – entschieden sie schon zu seinen Gunsten; gerade weil er mich zuerst mehr nur mit seinem Atem berührte als schon mit seinen Lippen, er wiederholte: «Dein Duft – dürfte man da bleiben!» Als er wieder sprechen konnte – hätte *ich* keine Worte mehr hervorbringen können; diese Zärtlichkeit nach zwei Jahren – in panischer Hast zwar, Zeit hatten wir ja wirklich nicht, aber doch ganz scheu: sie hatte mich ihm völlig ausgeliefert … unmöglich, daß er das nicht merkte. Aber noch wollte er höchst feinfühlig mir so viel Zeit lassen, daß ich sozusagen vor mir selber vertreten konnte, daß dies nach weniger als einer Stunde geschah. Er sagte: «Verzeih, daß ich dauernd nur von mir gesprochen habe. Mit meiner Frau bin ich im reinen, obwohl ich weiß, ihre Treue ist absolut – aber wer noch Zeit hat – hat alles. Vor allem den vollen Segen der Ahnungslosigkeit ... Aber kannst du mir nachsehen, daß ich da vorher in der Panik – du siehst, du hast mir meine Gelassenheit zurückgegeben, wenn ich dir auch nicht glaube, daß du glaubst, wir würden nicht verheizt –, aber kannst du verzeihen, daß ich dich bitte um diese Nacht – ohne mit einer Silbe gefragt zu haben, wem *du* damit – weh tust, wenn auch nur im Geist, der erfährt's ja nicht. Es kann ja nicht sein, daß frei rumläuft, wer so schön ist wie du!»

Ich sagte, in diesem August seien es zwei Jahre, daß Stephen tot ist. Er spürte, ich hatte nicht von ihm sprechen wollen, aber nun hatte der Krieg auch mich eingeholt. Wie zuvor ihn.

«Gib mir noch von dem Champagner; bei meiner Tante war es nicht so schlimm, wie ich es befürchtet hatte – sie bildet sich ein, mein Vetter sei noch am Leben. Er verschwand als Kadett auf einem Zerstörer, vierzehn von einunddreißig Handelsdampfern haben die Deutschen versenkt und einen Geleitzerstörer; auf dem war mein Vetter – und nun redet sich meine Tante ein, er lebe noch, obwohl sie doch weiß, daß U-Boote keine Schiffbrüchigen aufnehmen. Dennoch sagt sie, ich könne gar nicht wissen, ob nicht ein Deutscher meinen Vetter aufgefischt habe und: ‹Dann dauert das natürlich Wochen, bis ich's erfahre übers Schweizer Rote Kreuz!› So redet sie – leider Unsinn. Doch ich ließ sie dabei ... aber mein Verlobter ist tot ... gib mir noch eine Zigarette. Jetzt mußt du ein bißchen Geduld mit mir haben, mach das Fenster ganz zu und gib mir meinen Mantel – plötzlich ist mir kalt. Es ist da voriges Jahr, als mein Verlobter schon vierzehn Monate tot war, etwas geschehen, was mich seither oft zwingt, das Bett zu verlassen … die haben im Bomberkommando einen Mathematiker, Professor Freeman Dyson; einer der Wissenschaftler, die unsere barbarisch großen Piloten-Verluste untersuchen. Dem fiel bald auf, daß im Durchschnitt aus amerikanischen Bombern, die über Deutschland abgeschossen werden, mehr als doppelt so viele Besatzungsmitglieder noch lebend herauskommen wie aus britischen. Dyson hat das vor zwei Jahren gemerkt, gemeldet – doch das ist heute noch so. Der Professor untersuchte, nachdem fliegendes Personal ihn darauf hingewiesen hatte, die Ausstiegluken: jeder Bomber, das weißt du, hat eine Falltür im Boden, durch die, wenn er brennt, die Besatzung sich mit dem Schirm retten kann. Doch wir verlieren mehr Bomberbesatzungen, als die Deutschen U-Boot-Männer verlieren, *auch deshalb*, weil die Ausstiegsluken so eng sind, daß – ich zitiere Dyson – *einige tausend* junge Mitglieder des Bomberkommandos das Jahr für Jahr mit dem Leben bezahlen: ‹Die Lancaster›, sagt er, aber niemand hört auf ihn, ‹ist an sich ein großartiges Flugzeug, wurde aber zur Todesfalle für die eigene Besatzung, weil die enge Absprungluke auch noch schwierig zu öffnen ist, vor allem aber Abspringende oft darin hängen bleiben oder sich so eilig wie nötig gar nicht erst durchzwängen können.› Die Besatzungsmitglieder werden wegen Disziplinlosigkeit hart bestraft, wenn sie es melden … Siehst du, dieser Alptraum, wie mein Verlobter – dreiundzwanzig war er, Funker – festhängt an der Maschine; obgleich ich ja nicht wissen kann, wie seine letzten Minuten waren; wie durch Verschulden unserer Bürokratie, die nicht hört auf das, was Piloten und Wissenschaftler bemängeln, obgleich das Tausenden – in jedem Jahr – das Leben kostet: das ist so schlafaustreibend, ist schlimmer als Sterben! Nur 21 Prozent der Besatzungsmitglieder abgeschossener Maschinen überleben, wenn sie in britischen fliegen, über 50 Prozent überleben, fliegen sie in amerikanischen! ... Ich muß also dich sehr um Nachsicht bitten, wenn ich mich als keine sehr taugliche Gefährtin gegen Kriegsgespenster bewähre ... Mach das Bett, nimm dazu meinen Bademantel aus dem Koffer, ich gebe dem Schaffner auch noch 2 Pfund.» Thornton sagte, ehe ich hinausging: «Verzeihst du, daß ich dich bei dem schon als meine Braut ausgegeben habe?» Er hatte mich im Arm; küßte mich in den Mund, als lägen wir schon, ich hatte es jetzt so eilig wie er, doch war plötzlich bedrückt: «Bin ich dir nicht zu dick? Du bist so schlank und schnell wie ein Ruderer aus unserem Cambridger Achter – ich breit wie ein Brauereipferd.» Ganz ernst widersprach er, fast feierlich: «Schön bist du. Und wie sympathisch sind Pferde – sie haben so gepflegtes, glattes ‹Fell› wie deins! Verdammt arm wäre ich dran, wärst du weitergegangen.»

Ich küßte seine Stirn: «Unsinn. Du ahnst nicht, wie Trauer mich ... bettfällig macht, kann man so sagen? Zu einem sprechen können, wenn der nicht versucht zu trösten: wie viel das ist, weiß nur, wer nachts mit Toten allein war.»

Ehe er mich losließ, daß ich hinaus konnte, sagte er aufgeräumt: «Morgens eh's hell wird – noch lange, noch lange nicht! – lege ich mir gern ein Tüchlein auf die Augen; ich hab kein's dabei – gib mir dies!» Und hockte schon vor mir und nahm mir den Slip weg: «Nach einem so heißen Tag – wie kalt deine Haut.» Ich sagte, wenn er nicht wisse, daß *Fett* kalt sei, dann *sehe* er's jetzt. Er widersprach: «Barock ist nicht fett, sondern fest – wunderbar, wie frisch, ja kalt deine Haut ist!» Ich lachte: mein Glück, daß er nicht wisse, wieso Haut im August kalt ist: «Dort, wo Blutgefäße sind, ist der Körper warm oder heiß, dort, wo Fettgewebe sind – so dicke wie auf mir, ist er kalt, weil dicke Fettgewebe obenauf, peripher, eben durch Blut viel weniger versorgt werden …» Er lachte: «Ich bin kein Anatom, sondern ein Augenmensch, geblendet durch dein Leuchten. Nun bestich den Schaffner noch ein bißchen und hab keine Sorge, wir seien zu stören – guck, paßt genau … ich bin als Sergeant auch Kurier gewesen; da weiß man, wie man eine Abteiltür so zumacht, daß man auch mit Geheimpapieren unbesorgt schlafen kann …» Er hatte seinem Koffer einen Gürtel entnommen, schlang ihn um den Griff der Abteil-tür und – der reichte bis ans untere Gepäcknetz: dort machte er den Gürtel zu, der ein paar Löcher mehr hatte als ein anderer: «Unmöglich, von außen aufzumachen, es müßte einer den Gürtel zerreißen! Nackt wie im Bett kön-nen wir uns lieben!» Es steckte mich an, wie er das sagte. «Jetzt mach ich dir die Tür wieder auf, laß mich nicht zu lange warten –»

Vier Uhr zweiundzwanzig.

Längst hell – eben deshalb fehlt mir der Mut, in 6 und 8 zu fragen, ob sie schon Sprüche aufgeschnappt haben. Turing, der weiß, wo ich bin – sein Nachtdienst endet erst um sieben –, wäre bestimmt zu mir gekommen, hätten sie schon deutsche Meldungen. Oder will er mich damit verschonen?

Vor einer Stunde sind die Kanadier aus den Transportern ausgeschifft worden auf die 220 Landungsboote. Thornton ist als Offizier auf einem dieser Boote der erste, der vor seinen «Jungen» – wie hasse ich dieses Wort! – über die heruntergelassene Rampe, sozusagen einer Zugbrücke, aus dem Boot in die Vorflut muß, um zum Strand durchzuwaten, sofern die Hunnen nicht schießen – oder hinein ins Schießen (wie könnte man vermuten, die schössen nicht?). Sobald die Boote auf Grund aufsetzen, wird die Rampe heruntergelassen – und müssen die Infanteristen noch vor den Panzern hinaus. Was dachte Thornton bei der Überfahrt? Auch an mich oder ‹nur› an seine Drei in Toronto? (Seine Mutter hat er auch noch – hat sie *ihn* noch?) Ich weiß nicht, was unsere Strategen sich dabei überlegten, es in einer völlig klaren, leuchtend besternten, sehr hellen Nacht anzuordnen: schlimm wär's, aber möglich doch, hätten sie das nicht überlegt …

Seit 15 Uhr gestern nachmittag war absolute Telefonsperre im Bereich seiner Brigade, morgens um elf konnten wir noch sprechen – durch eine spezielle Leitung, wie vorverabredet, in seinem Divisions-Büro. Angeblich dienstlich. Keiner glaubte mehr, das sagte er mir schon am Ende unserer Nacht, daß noch sehr geheim sei, was sie vorhätten. Und die Wieder-Ausschiffung vor sechs Wochen am 4. Juli, als sie bereits an Bord waren, «hat uns erheblich demoralisiert – seither denkt keiner mehr, die Hunnen erwarteten uns *nicht*!». Und ich habe ihm noch zusätzlich – wie sehr! – im Zug das Leben beschwert durch mein Bitten, mein zum Schluß irres Winseln, sich krank zu melden. Erst wollte ich's selber nicht für möglich halten, daß ich so rücksichts-los zu einem Krieger sprechen könnte – «aber du bist ja gar kein Krieger, du wolltest Autos verkaufen, wieso mußt nun du ... bist ja auch jetzt schon sehr, sehr heiß ... wenn das kein Fieber ist!» Denn ich genierte mich, ihm so zuzuset-zen, er nahm's mit der Ironie, mit der ich's sagte: «Erhitzt bin ich – dank dir: kein Fieber ... ich dachte im Gegen-teil, wir beide seien durchschlagend *gesund* gewesen seit gestern abend!» Ich bestand darauf, auch noch in diesem Ton: «Aber jetzt kannst du doch sicher nicht mehr laufen!» Er: «Laufen schon – nur nicht mehr stehen!» Er witzelte es unbedingt weg, wollte es nicht hören – zog seinen Man-tel über die Haut und ging tatsächlich raus, als ich nicht abließ, ihn zu quälen, er solle krank werden. Ich gab's erst auf, als er sagte: «Ich denke, du schreibst – dann hast du ja bestimmt auch Vorstellungskraft genug, dir auszumalen, wie ich etwa dasäße zum Mich-selber-Ausspucken, wenn ich wegen Heuschnupfens – den gibt es aber gar nicht mehr im August – daheimgeblieben wäre; und dann käme von den Achtzehn- oder Zweiundzwanzigjährigen, die ich kommandiere, ein Dutzend zurück, und sie meldeten mir, die anderen zweihundert seien tot ... Hör jetzt auf, Monica, mitgefangen – mitgehangen: das Los des einzel-nen ... Bleib liegen, dir ist doch nicht kalt – ich will dich ansehen, so lange wie möglich.»

Er hockte da, zwischen meinen Füßen, manchmal leckte er mir noch den Bauch oder die Kniekehle – die Schlüs-selbeine waren schon so, daß ich eine geschlossene Bluse würde anziehen müssen, eine mit Schlips, obgleich wir sonst in diesen Hitzetagen die Uniform halsfrei tragen. Als ich mich aufsetzte, ihn zu umarmen – tat ich's aus Angst, ich müßte weinen, und wollte vor ihm mein Gesicht an seiner Brust verstecken. Da klopfte der Schaffner – Zeit für mich. Thornton rief: «Danke, schon auf!» – doch hatte ich beschlossen: «Ich steige einfach nicht aus – erst an der nächsten oder der übernächsten ...» Dann durfte ich nichts mehr reden, sonst hätte er's bemerkt, daß ich weinte. Ich sprach nichts mehr – er aber sprach jetzt, seine Hände auf meinem Nacken, meinen Schultern; und sprach in großer Ruhe. Und das wurde sein Nekrolog. Und weil ich das ahne, das ahnte, sofort – viel Phantasie gehörte ja nicht dazu –, würgte mich das Schluchzen, und das mußte ihn entsetzen, denn mein Weinen paßte so gar nicht zu seinen Worten, die eine einzige, seine endgültige *Danksagung* ans Leben waren! Nie vorher hatte ich eine solche Energie aufgebracht, Tränen zurückzuhalten, denn was sollte um Gottes willen *er* denken, daß ich weinte, während er das Dasein feierte! *Da*-sein: wie jetzt 4 Uhr 57 – mir schauderte bei diesem Wort: *Ist* er noch da?

Er sagte: «Steigst erst später aus? Lieb! Aber weinen mußt du nicht, sieh mal, das ist nun wahr, wozu noch übertreiben, zuletzt ... nie in meinem siebenundvierzigjährigen Leben bin ich aufgewacht neben einer so schönen Frau. Übertrieben ist nur ‹aufgewacht›, denn so wenig geschlafen habe ich selbst in meiner Hochzeitsnacht nicht ... eben deshalb (sicher nicht deshalb allein, auch aus Angst – lassen wir das), weil du die Gefährtin ohne Vergleich bist. Geliebte zu sagen – klingt besser. Aber Gefährtin ist wahr ... so eine Gefährtin finden – wenn man wie ich nur ein ganz ordinärer Kanadier ist, wildfremd in England? Das ist Glück, ein Geschenk, das einem auch wieder angst macht, denn *warum* schenkt einem das Schicksal so unverhofft in der Nacht, bevor Krieg gegen einen losgeht, eine Gefährtin wie dich?»

Rasch unterbrach ich, weil ich seiner Stimme anhörte, daß auch die so fest nicht mehr war, ich sagte: «Die verdammten Deutschen – ich kann deutsch – haben für das, was du meinst, eine exakte Bezeichnung: Gefährtin und Gefahr sind bei denen ganz eng verwandt, obgleich ich gar keine Ahnung habe von ihrer Etymologie. Als hätten die das so wie du gemeint: Gefährtin, Gefährte, die *mitgehen* in die Gefahr ... doch ich gehe ja nicht mit, ich steige ja aus!»

Er sagte, lachte sogar leise: «Doch, du *bist* mitgegangen. Und warum? Das ist ein bißchen eine ... beängstigende Frage, lassen wir das. Es wäre doch schon sehr viel gewesen, hättest du nur geredet mit mir in dieser Nacht. Doch dann auch noch dieses Geschenk – *dich.* Was könnte einem das Leben noch geben, wenn man dich hatte: das Höchste. Und zwar nicht relativ; nicht nur im Hinblick auf solche Knaben – heute gibt's deren Millionen, die meisten auch in meiner Einheit sind so jung –, die fallen müssen, bevor sie nur *einmal* Mann sein durften nicht nur im Arm des Todes, sondern in dem eines Mädchens: wie gemein. Nein – du: das Höchste *absolut.* Und wieso, warum bekam *ich* dies – heute? Lassen wir das ... gibt's denn das doch: Geschick, Fügung? Ich hab fast nie daran gedacht, aber jetzt will ich nicht mehr wahrhaben, kann ich nicht mehr glauben, Zufall sei das gewesen, daß du gestern diesen Zug genommen hast. Es fahren ja noch zwei oder drei in der Nacht von Glasgow nach Süden ... wer oder was – wenn du jetzt nicht einmal aussteigen *mußtest* – hieß dich dann, diesen Zug nehmen und nicht erst den nächsten? Und noch ein Zusammenhang zwischen uns beiden, der dagegen spricht, daß nur Zufall war, was heute nacht du mir, ich dir gewesen bin: ich meine diese – im bürgerlichen, im Friedenszeit-Sinne – unaussprechliche Radikalität, mit der wir einander genommen haben, zuerst schon mit Worten, diese *unverschämten*, niemals jemandem zu erzählenden Forderungen, die ich an dich – doch die auch du dann an mich gestellt hast, Gott sei Dank: so richtig, so schön, obgleich du nicht einmal meinen Familiennamen wußtest, weißt ihn ja immer noch nicht …»

Ich sagte, so wenig konnte ich sagen, ohne loszuheulen: «Steht der nicht auf deinem Telefonzettelchen?» Er fragte: «Hat je eine Frau das gemacht, ohne den Namen zu wissen – ich hatte mir doch ganz gedankenlos, wie immer, seit das zweite Kind da ist, das Präservativ genommen – und wie du ihn mir sofort wieder abzogst und ihn aus dem Fenster warfst und so hinreißend *bestimmend* gesagt hast: ‹Alles oder nichts!› – da sprach das Leben selber aus dir. Und wie recht du tatest – so wie ich nur zu dir zu sprechen riskierte, weil ich gestern abend einfach nicht lügen wollte und dir *zumutete*, anzuhören, ich wolle dich, weil meine Frau nicht da ist! Welche, Monica, außer dir, hätte das verstanden oder auch nur angehört, ohne mich zu ohrfeigen? Und so radikal wie wir sprachen – was dann kam: ja – radikal heißt ‹an der Wurzel›, heißt auch rücksichtslos, es –»

Ich nahm das auf: «Findest du ‹rücksichtslos›, daß ich da ‹an der Wurzel›» – nun war auch mein Mund besetzt, meine Hände waren ja, seit er mich zum Weinen gebracht hatte, wieder bemüht zu verhindern, daß er spräche … weil womöglich dann diesen Nekrolog auch er noch durchschauen müßte als *Nekrolog*! Und so suchte ich ihn dahin zu bringen, wo Worte aufhören. Er seufzte, lachte. «Oh, wie du mich ... auf meine alten Tage noch lehrst, an die Wiederauferweckung der Toten, wie heißt es wörtlich: die Wiederaufer-*Stehung* des Fleisches zu glauben – durch eine Frau. Ja, natürlich durch eine Frau – nicht durch seinen Sohn; wie viel überzeugender hätte der seine Firma mit einer Frau aufgemacht – ‹Gottes Sohn›? Warum nicht Gottes Tochter, da doch unter den vielen wortreichen Offerten ein Erlösungs-Angebot auch ist: das ist nun einmal – Erlösen –, was nur ihr Frauen könnt, nicht wir Männer, wir Kriegsverbrecher ... oh, das machst du wunderbar – Monica, komm!»

Er war wieder auf den Knien, ich sagte: «Nein – bleib doch liegen, haben wir nicht gesehen, wie gut du auch im Liegen stehst!»

Das war der Ton – meist – unserer Nacht gewesen, Heitersein, endlich konnte auch ich wieder unernst tun, statt ihn so rücksichtslos anzuweinen: «Bleib liegen, ich komme auf dich – du bist viel, viel besser ... siehst du: beschützt, bin ich oben.»

Er strahlte: «Vor allem sehe ich dann viel mehr von dir, deinem Haar, deinem Bauch, deinen Brüsten ...» Die hielt er und nahm ihre Knospen mit großem Zartgefühl zwischen die Zähne; er war jetzt nicht mehr so mitgerissen wie in der Nacht, war ruhiger, ausdauernder ... oh, wie lange er so war, und dann wieder sein Atem an meinem Hals, in meinem Nacken. Ich schrie, so zärtlich drückte er mir die Linke in den Nacken. Und lachte leise: «Steht nicht in klugen Lehrbüchern ... daß du besser *liegst*, wenn du schwanger werden willst, und ich will's ja nun auch, daß du's wirst ... komm, beschützt hast du mich genug! Und ist auch so aufregend, noch einmal zu *sehen*, wie du dich aufmachst ... wie du *das* aufmachst. Du bist da ... oh, die riesige schwarze Wasserrose. Ach – daß dies ewig dauerte!» Und er war über mir, und sein Seufzer wurde erhört: es dauerte lange, sehr lange, und führte über die Grenze zur Ewigkeit, wenn Ewigkeit dort ist, wohin Menschen immer unterwegs sind, um zu *bleiben*; weil sie *das* nie können. Ich muß zuletzt das Bewußtsein verloren haben – und war erst wieder da, als er meine Achseln leckte, noch in mir. Ich flüsterte … sehr fern schienen Leute zu reden, Bahnsteig Cambridge. Seit zwei Stunden schon hatten wir unseren schwarzen Spiegel, weil der totgrau geworden war im Tagesdämmern, durch das Rouleau geschlossen. Ich flüsterte: «Denkst du auch nicht – nach dieser Nacht *kannst* du das nicht denken, daß ich nur deshalb das Kind von dir will, weil Stephen tot ist? Aber ich konnte einfach gestern abend diese *nichtswürdigen* Vorbehalte nicht ertragen, diese Scheiß-Ängstlichkeit: ja kein Kind zu kriegen, solange Krieg ist – ich warf dieses widerliche Ding aus dem Fenster, weil ich so voller Jammer bin seit zwei Jahren, so oft ich nachts hochschreckte, allein mit nichts als einer Katze. Und sehe Stephen stecken im Schacht seines Bombers, und er kann sich nicht retten – und weiß nun, er verbrennt. Und nur noch diese eine entsetzliche Erinnerung, die alle anderen übertrumpft, ist da von ihm: wie haben wir uns gehabt, so wie wir jetzt – Nächte, ach! Doch immer mit diesen gemeinen Gummis, wir Idioten, damit's kein Kind gibt. Und wie bald war's, daß uns das Schicksal nun auslacht, den Toten und mich, weil wir mit jedem Akt das Leben *verraten* haben. Ich war zwar nie so versessen auf ein Kind, sonst hätte ich längst eins, aber um *Stephens* willen wünschte ich doch … daß von ihm mehr übrig …»

Ich hatte, noch aktumnebelt, zu viel gesagt: verfluchtes Reden! Er mußte jetzt denken, wahrscheinlich dachte er's:

So wie sie jetzt auch von mir das Kind will, daß ich ihr mehr zurücklasse als nur die Erinnerung! Und um diesen Gedanken in ihm nicht hochzulassen, setzte ich wie gejagt hinzu: «Bitte denk nie, Thornton, ich käme dir mit irgendwelchen Ansprüchen, Forderungen – ich weiß, du bleibst bei deinen dreien in Toronto, und so ist das auch richtig, aber …»

Sehr angenehm schwer lag er jetzt auf mir: «Nenn's Monica, wenn's ein Mädchen wird, bei mir werden's immer Mädchen – aber einen Jungen, den nennst du Thornton!»

Ich machte mich hoch, sagte heftig: «Quatsch – *du* nennst ihn Thornton, *wir* nennen ihn so!»

Er küßte mich noch einmal in der Mitte und lachte und sagte, wir waren aufgestanden: «Wir sprechen von Namen, aber meinen Familiennamen kennst du noch immer so wenig wie ich deinen!»

Ich kämmte mich, sagte meinen Namen, weil er seinen genannt hatte, und versprach: «Morgen hast du einen Brief, deine Adresse ist auf dem Zettelchen, mein Telefon schreibe ich dir.»

Er hatte den Slip in der Hand, kniete hinter mir, ich beugte mich über meinen Koffer; er wollte ihn mir anziehen, doch ich sagte, hatte mir schon einen neuen genommen: «Staunst, daß ich mehr als einen davon habe? Behalt'n als Augentüchelchen, wenn du nicht Angst hast, daß deine Kameraden dich verulken.»

Er steckte ihn in die Hosentasche und küßte mich: «Ich wollt ihn dir anziehen, damit ja nichts verlorengeht von dem, woraus unser Kind wird!» Ich rief: «Thornton!» und umschlang ihn so verzweifelt fest, als könne ich verhindern, daß er wegmußte, überwältigt von einer mir bis dahin nicht gegebenen Anhänglichkeit. Nie hatte ein Mann das zu mir gesagt – daß aber er sein Sperma erwähnte, das mich schon mehrfach, sooft ich in dieser Nacht auf meinen Füßen gewesen war, so rasch wie möglich vor Zärtlichkeit wieder zu diesem Mann getrieben hatte – war eine neue Erfahrung, die ich mir erst in diesem Moment deuten konnte, als er davon sprach. Seither glaube ich, selbst dann, wenn wir nichts so fürchten wie eine Schwangerschaft – und ich hatte sie bis zu dieser Nacht jedesmal gefürchtet –, will doch das Tiefste, das Geheimste in uns genau dies, wann immer wir's machen. Wird so, muß so sein: Daß in dem Moment, wo wir uns als Person nahezu aufgeben in der Ekstase und der Gattung stärker angehören als noch unserer Individualität, wir vom Gesetz der Gattung, sich fortzupflanzen – besessen werden, willenlos gegenüber der Natur. Weil das in mir war – das kann ich jetzt kühl objektiv beurteilen, ich dachte am ganzen anderen Tag, da ich's ja spürte, noch dauernd daran –, war ich auf eine Weise im Einklang mit dem Dasein, die eine mir *neue* Dimension der Befriedigung war – ja, anhält bis in diesem Augenblick, als wären wir ganz nur wir selbst, wenn wir Werkzeug, genauer: *Gefäß* eines überpersönlichen Willens sind. «Zieh den Slip nicht aus Versehen – weil du vergessen hast, daß er nicht dein Taschentuch ist – heraus, wenn du vor deinem General stehst!» mahnte ich. So – um diesen Ton bemüht, bis der Zug einlief, um ja nicht mehr ein ernstes Wort aufkommen zu lassen! So auch Thornton – und endlich lief der Zug ein, und ich war draußen, und er kam nach mit meinem Gepäck: keine Zeit mehr für Tränen; jedenfalls für Tränen vor seinen Augen.

Sechs Uhr zehn.

Sieben Meldungen der Deutschen aufgeschnappt: die Furchtbarste von Marschall Rundstedt selbst ans Führerhauptquartier: «Mein Führer, die seit Juli erwartete Landung bei Dieppe ist übersehbar. Außer einem von 28 Panzern neuesten Typs, die alle schon vor der Strandpromenade vernichtet wurden, ist kein einziger auch nur bis zum Stadtrand durchgebrochen. Mindestens viertausend gefallene Kanadier am Strand. Kämpfe nur mehr am Hafendamm und in der Luft – offenbar der zahlenmäßig stärkste Einsatz britischer Jäger seit der Luftschlacht um England. Mehr als ein Ablenkungsmanöver kann dieser Dieppe-Versuch nicht gewesen sein. Daher höchste Alarmbereitschaft am ganzen Atlantikwall. Mindestens dreißig Landungsboote vernichtet, der Rest zieht sich zurück, offenbar ohne Hoffnung, gelandete Truppen noch wieder einschiffen zu können. Eigene Verluste bisher ungefähr zweihundert Gefallene.»

Ich kann nicht mehr schreiben.

21. August.

Thornton gefallen: 18. August 1942, vor fünf Uhr.

24. August.

Am Tag von Dieppe meldete schon um 17 Uhr 40 Rundstedt an Hitler: «Auf dem Festland befindet sich kein bewaffneter britischer Soldat mehr.» Hitler höhnte im Radio, wir könnten uns freuen, kämen wir wieder, «noch einmal neun Stunden an Land zu bleiben»!

Verluste der Kanadier – most secret – anscheinend fast 70 Prozent, die der übrigen, die gelandet waren, knapp 60 Prozent. Schacht und Treppe: war bisher Stephens Tod, vielleicht durch den zu engen Schacht, meine Nachtmahr-Vision, so kommt jetzt hinzu die Treppe von Dieppe. Denn mit großer Gelassenheit erzählte ein Luftwaffen-Stabsoffizier, die Katastrophe sei ohnehin nicht zu verhindern gewesen – nur «hätte sie nicht dermaßen ausarten müssen, würden unsere Stäbe die Luftaufklärungsfotos genau ansehen, sie sahen aber eben gerade nur mal so hin – und so kam's, daß nur ein einziger unserer Panzer *nicht* schon am Strand zusammengeschossen wurde. Denn unser famoser Einsatzstab hielt die kilometerbreite *Treppe* zwischen Strand und Uferpromenade, die für jeden Panzer unpassierbar war, für eine *Rampe*! Kein Panzer, natürlich nicht, kam die Treppe hoch – und man sieht sehr gut auf dem Foto, daß dies eine Treppe – keine Rampe ist.»

Treppe und Schacht: Das sind Momente, wo man mit archaischem Haß die *Hinrichtung* von solchen Etappen-Schweinen wünscht, die selbst nie einen Schuß hören – und für Zehntausende von Landsleuten Schicksal spielen. Wir gehen mit unseren Männern so niederträchtig um wie die Deutschen mit ihren …

6. September.
   Ich kriege kein Kind. Hier nur Thorntons Bild.

VII Seetrümmer
Reisenotizen Turings 1

Turings datenlose drei Notizhefte sind mir per Post am
21. November 1953 zugegangen, nur mit der Bemerkung,
er werde anrufen. Alan rief am übernächsten Abend an
und fragte, was ich davon hielte, irgendwann im Som-
mer – «hat ja gar keine Eile» – diese Notizen mit ihm
«irgendwo, wo man baden und ein bißchen radfahren
kann», so zu organisieren, zu ergänzen, zu kürzen, «daß
ich vor Ludwig Wittgenstein, wenn der mir aus dem Jenseits noch zugucken sollte, halbwegs bestehen kann: Du
weißt, er hat immer gehöhnt, daß ich nur deshalb dauernd
rechne, um nicht denken zu müssen. Es war ihm so verächtlich, daß einer ißt und trinkt, ohne Hegel gelesen zu
haben, daß ich endlich eingeschüchtert ihm zuliebe sogar
während einer meiner Atlantiküberquerungen Hegel
las – aber das ist wirklich mehr, als ein Mensch von einem
anderen verlangen darf!» Alan lachte. Ich fragte, warum er
die Hefte nicht bei sich selber aufbewahre, bis er zu mir
komme, um sie zu bearbeiten? Er sagte: «Ich etwas aufbewahren? Ich schickte sie vorgestern ab, weil ich sie vorgestern gerade wiedergefunden hatte – drei andere oder
zwei, die ich vor Jahren schon vollschrieb, sind verschollen,

können sich natürlich morgen oder in sieben Jahren wiederfinden. Oder auch nicht.»

Turing hat nie wieder nach diesen Heften gefragt; als die Badezeit gekommen war, sechs Monate später, hätte ich ihn auf unsere Verabredung ansprechen sollen; ich wollte das auch, nach meiner Ägypten-Reise im Mai–Juni. Aber da war Turing tot ...

Ich könnte seine Aufzeichnungen ziemlich genau datieren, doch da er das – laut seinem ersten Eintrag im zweiten Heft – nicht wünscht, tue ich das auch nicht. Ich füge sie jedoch jeweils in die Chronologie meiner Journale ein. Turings erstes Heft:

Ein Buch ist neben meinen Liegestuhl gefallen – aus Ekel vermochte ich nicht weiterzulesen, als ich zu dem Satz gekommen war: «Der Römer ist Soldat, da ist er tapfer. Aber innerlich ist der Römer leer ... er hat wenig seelischen Selbstwert, daher ist seine Tugend negatives Verhalten, Abhärtung gegen das Außen, Stoizismus. Höchstenfalls kann er gelassen sterben. Aber das ist auch die Sklaventugend des Gladiators ...»

Höchstenfalls gelassen sterben! *Das* können: als gäbe es Höheres für Menschen. Aber für diesen persönlich stets von ‹Geschichte› verschont gebliebenen – wie ich persönlich bisher keinen Schuß hörte – Augenzeugen der napoleonischen Katastrophen, der als Berufsbezeichnung Philosoph angab – obgleich das doch heißt: Freund der Weisheit –, ist dieses Höchste, Würdigste, Seltenste überhaupt, das Sterbliche leisten können, nur eine ‹Sklaventugend› ... eine bösartige Wortfindung, womit Hegel auch jene noch verhöhnt, die als Sklaven leben mußten. Wer von den Unglücklichen hätte sich zum Gaudium des Kaisers und des anderen, des ungekrönten Pöbels, in einer Arena schon *freiwillig* abschlachten lassen? Was geht vor in einem, der selber das Privileg genießt, nie einen fallen zu sehen, obgleich er Zeitgenosse von ausgedehntesten Zwangsrekrutierungen und von Schlachten ist, die mehr Menschen – bei Borodino, bei Leipzig, bei Waterloo –, mehr Menschen hinmachen als alle Schlachten zuvor in der Geschichte? Was geht in einem vor, was für ein Mensch ist, der Soldaten, Gladiatoren und andere Sklaven *verhöhnt*, da die ‹höchstenfalls› gelassen sterben können? Hegel konnte Napoleon mehrfach persönlich beobachten und schwärmte hirnlos, weil *ihn* dessen Zwangsrekrutierungen nicht mehr erfaßten, auf Grund des Jahrgangs; «die große Weltseele» nennt er ihn in Briefen, auch den «Weltgeist zu Pferde»!

Rangfragen: Goya *sah hin* auf die napoleonischen Kriegsgreuel, ehe er gestaltete, und blieb bei der Wahrheit und ist *deshalb* so unendlich viel überzeugender als Hegel. Da nicht nur der, sondern auch sein Mitschüler Hölderlin, hier ständig zitiert in der mühsamen Einleitung zum Hegel-Buch, schauerlich chauvinistisch ‹dichtete›, bin ich zum erstenmal versucht, Churchills Bezeichnung für die Deutschen zu übernehmen, so widerwärtig dieses Schimpfwort ‹Hunnen› mir bisher war.

Rangfragen: Ist denkbar, daß Erstrangige anderer Nationen der eigenen angedichtet haben, was Hölderlin «dem Deutschen» zuschrieb und seinem Vaterland, «dem allverkannten» – nämlich, daß «aus deiner Tiefe die Fremden ihr Bestes haben. Sie ernten den Gedanken, den Geist von dir» … Größenwahn aus Fremdenhaß, vom Zeitgenossen auch Goethes geschrieben, aber wie auf Bestellung der Hitlerbanditen! Und doch könnte nur ein Narr bestreiten, daß Hölderlin große Lyrik gedichtet, auch geschrieben hat, wie schön: «Der Reichtum aber kommt aus dem Meere» ...

Das immortellengraue Meer, wie ich es ansehe, das mich niemals ermüdet, weil so sehr wenig Phantasie dazu gehört, sich darauf zu besinnen, welche Matrosen- und Passagier-Schicksale in Frieden und Krieg durch seine Gewalt vollstreckt wurden, das Meer korrigiert zunächst einmal, was Land-Leute denken und dichten. Anschauung wird fertig mit allem nur Ausgedachten, das immer zweiten Ranges ist ... Wenn Philosophen des 19. Jahrhunderts Mut eine ‹Unteroffizierstugend› schimpften (Schopenhauer), weil *ihre* Tapferkeit nie auf die Probe gestellt wurde; dies finde ich als Fußnote bei Hegels Hohn über jene, die ‹höchstenfalls gelassen sterben› können – wie nichtig wird dann dieses Gerede vor einem einzigen Bild, das für millionenfach ebenso erlittene Todesstunden zeugt. Während des Ersten Weltkriegs beobachtete einer auf dem Atlantik: «Abgesehen von der immer wieder aufsprühenden Gischt war die Sicht gut, und ich sah schwarze Gegenstände wie große Blasen auf dem Wasser – Tote schwimmen aber meist unter Wasser. Der Skipper erläuterte: ‹Tote Maultiere, sie faulen und sind aufgeblasen wie Ballons. Irgendein Maultiertransport.› Schon das beschäftigte mich – dann aber sah ich, und ich dachte, das sei ein sehr großer Korb, wie Körbe auf Feldern benutzt werden – hoch und nieder sprang er zwischen Kamm und Tal zweier Wellen, ungefähr immer am gleichen Ort. Doch als wir in zwanzig Meter Entfernung vorbeirasten, ich hatte jetzt das Glas vor den Augen, sah ich: kein Korb war das, sondern, was da auf und nieder sprang in der Dünung, das war ein Skelett in einem Rettungsgürtel, der noch festsaß um die Taille des völlig Abgefleischten. Grausig, daß über dem vollkommen skelettierten Gesicht der Skalp nicht nur ganz erhalten geblieben, sondern vermutlich das schwarze Haar des seit Wochen Toten noch gewachsen war: Die nassen Haarsträhnen waren ungewöhnlich lang. Ich fragte beklommen: ‹Haben Sie das gesehen?›

Der Skipper antwortete: ‹Schon vor Minuten.›

‹Nehmen Sie das nicht an Bord?› Ich sagte: ‹das› – es war ja kein Mensch mehr, dieses Skelett.

‹Du lieber Himmel, nein! Es würde meine Mannschaft demoralisieren – ein Toter der Lusitania.›»

Einer von über zwölfhundert, die durch den deutschen U-Boot-Torpedo 1915 vor Irland mit dem damals größten britischen Dampfer untergegangen waren, aber zweifellos, um mit Hegel zu reden, ‹nur› gelassen hatte sterben können … daher «ist seine Tugend», die des Sterbenden, sagt der inhumane Unverantwortliche, nur «negatives Verhalten»! Hat Hegel gewußt, daß Menschen – ist das Wasser nicht kalt – zuweilen Tage und Nächte brauchen, um, wie er sagt: «nur» gelassen zu sterben? Hat Hegel gewußt, was Möwen mit den so Geschwächten tun, die sich zuletzt nicht mehr der Schnäbel erwehren können, die ihnen zuerst die Augen auspicken? Oder Haie? Und wie das ist – den Rettungskreuzer ‹Juno›, den britischen, der bereits in Sichtnähe ist, abdampfen zu sehen, weil Seelord Fisher die Zahl der Ertrinkenden erhöhen will, damit endlich die USA – denn viele Bürger des neutralen Amerika sind an Bord der ‹Lusitania› gewesen – den Deutschen den Krieg erklären? Fisher hat ausdrücklich dem Kreuzer Befehl gegeben, nicht zu retten, sondern sofort abzudrehen. «Nur» gelassen sterben! Kein Gefühl, nicht einmal ein Gedanke irritiert den Philosophen Eisenherz bei der Vorstellung – doch vermutlich hat er sich dergleichen niemals vorgestellt, weil es schemawidrig zu seinem Denken ist, wie die Mächtigen, die doch die irdischen Werkzeuge des Hegelschen Weltgeistes sind, sehr oft umspringen mit den Namenlosen, denen Hegel nur empfehlen kann, gelassen zu sterben, um den Plänen dieser Mächtigen nicht im Wege zu stehen. Anekdoten – wird er nur herablassend gedacht haben, wenn er zu seiner und Napoleons Zeit von «Maßnahmen» der Staatsräson gehört hat, die exakt so ruchlos mit den Individuen umgesprungen sind wie 1915 Churchills und Seelord Fishers ‹Maßnahme›, mit den Passagieren der ‹Lusitania›. Als das herrliche Schiff gebaut wurde, 1912, sagte schon Churchill der Direktion der Cunard-Linie, «spätestens im September 1914» sei man im Krieg mit dem kaiserlichen Deutschland wegen seiner immer bedrohlicher für England anwachsenden Flotte – daher der Luxusliner auch schon 1913 bewaffnet wurde. Tatsächlich fraß nur neun Monate nach Kriegsausbruch ein deutscher U-Boot-Kommandant den vergifteten Köder; aber die Hirnlähmung, die ihn dazu trieb, teilte er mit seiner ganzen Nation! Sogar der heute aus Abscheu gegen Hitler in unserem Lager lebende Thomas Mann gab 1915 seiner Genugtuung Ausdruck – deprimierend, das hier zitiert zu finden in meinem ‹Lusitania›-Buch –, daß sein deutsches Volk «durchaus heroisch gestimmt, bereit, Schuld auf sich zu nehmen und ungeneigt zu moralischer Duckmäuserei, nicht geflennt» habe über das, «was die ihrerseits

144

radikal erbarmungslosen Feinde seines Lebens ihm antaten … Gebilligt hat es die Vernichtung jenes frechen Symbols der englischen Seeherrschaft und einer immer noch komfortablen Zivilisation, des Riesenlustschiffes ‹Lusitania›, und dem welterfüllenden Zetermordio humanitärer Hypokrisie die Stirn geboten. Den uneingeschränkten Unterseebootskrieg aber hat es nicht nur gebilligt, es hat danach geschrien und bis zur Auflehnung mit den Führern gehadert, die zögerten, ihn walten zu lassen …» Ein Beleg, wie Krieg offensichtlich jedermann – und natürlich auch mich – blind bis zur Dummheit macht. Denn genau diese Worte des großen Dichters erhärten Talleyrands mot: «Schlimmer als ein Verbrechen – eine Dummheit!» Hat doch kein einziger amerikanischer Soldat – auch bisher, in diesem Zweiten Weltkrieg wieder nicht – im Ersten Weltkrieg durch ein deutsches Unterseeboot sein Leben verloren, als er zur Front nach Europa verschifft wurde! Marineminister Churchill, um das noch nachzutragen, hat im Mai 1915 ‹Lusitania›, nach Abzug eines Kreuzers, der sie hatte schützen sollen, bei gedrosselter Geschwindigkeit dem deutschen U-Boot «hingehalten». Mit Munition ebenso vollgeladen wie mit Passagieren auch aus den USA, sank das Schiff, da die Munition explodierte, binnen einer Viertelstunde und riß 1201 Menschen mit sich hinab, unter ihnen einige hundert amerikanische Zivilisten. Seine Majestät der britische König hatte am Nachmittag des Versenkungstages, einige Stunden zuvor, ebenso wie auf dem Weg zur Audienz beim König der britische Außenminister, den Emissär des Präsidenten Wilson, Colonel House, gefragt: «Werden die USA in den Krieg eintreten, wenn die Deutschen die ‹Lusitania› versenken?»

Churchill war ohne jede Aufgabe dort für diese Tage nach Frankreich ins britische Front-Hauptquartier entwichen, um nicht mitverantwortlich in Whitehall handeln zu müssen; er resümierte ehrlich: «Der Unterschied zwischen Politik und Strategie schrumpft zusammen, von je höherer Warte aus man blickt ... Von ganz oben betrachtet sind wahre Politik und Strategie eins. Das Manöver, das einen Bundesgenossen mit auf den Plan ruft, ist so dienlich wie das, welches in einer großen Schlacht den Sieg bringt. Das Manöver, das einen wichtigen strategischen Vorteil bedeutet, kann weniger nützlich sein als eines, das einen gefährlichen Neutralen besänftigt oder einschüchtert.»

Das Aufschnappen weltpolitisch folgenreicher Köder, die ein Gegner auslegt, der um seine Existenz kämpft: ist *eines*; wieso sollte nicht eine Nation in der Not versuchen, den machtvollsten Staat der Erde als Bundesgenossen zu gewinnen; ein *anderes* ist: ob Gegner so tölpelhaft sind, solche Köder zu schlucken! Die Deutschen sind auch in diesem Krieg viel mächtiger, als sie intelligent sind ... wird abermals der Geist fertig werden mit der Macht?

Doch ein «Philosoph», der kein Wimperzucken, geschweige eine Träne erübrigt für alle jene, denen er lediglich «angemessen» findet, daß sie «gelassen sterben» müssen? Wieviel ekelhafter ist er als der mörderisch Handelnde, der immerhin zuweilen – wie hier Churchill – geltend machen kann, daß er damit dem eigenen Volk größere Opfer erspart ... In Scheveningen stand Hegel einmal am Ufer, der sogenannte Philosoph, der denn auch sofort von ‹deutscher› Nordsee schwärmte – aber Seetrümmer hat er zweifellos niemals sich vorgestellt. Weil er stets nur ‹sah›, was er dachte – statt zu bedenken, was er gesehen hatte. ‹Deutsche› Nordsee – wie paßt zu dieser Anmaßung, daß vom ‹Imperator›, ihrem einst größten Schiff, so alt wie ich, Jahrgang 1912, bei der Jungfernreise nach den USA die Galionsfigur, der ‹deutsche› Adler, abbrach und ins Wasser fiel. Durch seine eigene Schwere abgebrochen – was für ein Menetekel! Gern wüßte ich, wie ihr letzter Kaiser, der tatsächlich mit I. R. unterschrieb – ‹Imperator Rex› –, wie der die Botschaft aufnahm, ein Jahr vor dem Krieg, 1913, sein Adler, von seinem Schiff, sei ins Wasser gestürzt – und weg war er, für immer, bevor einer das merkte! (Ich bin auf diesem innenarchitektonisch vielleicht schönsten Schiff, das je gebaut wurde – drei Schornsteine, mit 52 000 Tonnen der damals schwerste Dampfer der Welt –, noch 1938, ehe es dann ausbrannte, in die USA gereist. Wir hatten als Sieger 1918 dieses Schiff beschlagnahmt, der Cunard-Linie als Ersatz für die ‹Lusitania› gegeben und in ‹Berengaria› umgetauft.) Was Schiffen geschieht, wird, wie oft, zum Symbol für das, was Menschen beschieden ist.

Seetrümmer. Schon das Wort See, viel stärker aber noch der Anblick der See ruft sofort Seetrümmer als Wort wie als Vorstellung in mir herauf. Anders das Land: Landtrümmer, weder als Wort noch als Bild stellt sich spontan die Einsicht ein, daß doch auch an Land schließlich alles stigmatisiert ist von Undauer, von Zerstörbarkeit. Doch an Land ist es die Zeit, die unbesiegbar ist und alles wegnimmt. Auf See ist es die Gewalt.

Wenn ich zuweilen doch – hoffentlich ohne blöde zu werden vor Selbstgefälligkeit – denken kann, daß ich Landsleuten entscheidende Erleichterungen bringe, dann deshalb, weil noch immer und trotz meiner Entschlüsselung des deutschen Marine-Codes jeder vierte – jeder vierte! – aus unserer Handelsmarine umkommt: weit, weit mehr als in jeder Waffengattung … Am meisten noch vor kurzem, im März 1943 – unser furchtbarster Monat, bevor ich ungefähr am 20. wieder einbrechen konnte in den über-überschlüsselten ‹Triton›-Schlüsselkreis, durch den Dönitz seine Boote schützte, bis er sie uns mit ihm verriet; im Mai fielen dann auch seine beiden Söhne auf zwei U-Booten. Wir entzifferten Hitlers Beileidstelegramm nach St. Nazaire. Aber noch Anfang März verloren wir binnen vier Tagen 42 von 202 Dampfern aus den vier nach Osten gehenden Konvois. Schuld war nicht ich allein – sondern auch die Borniertheit unserer Admiralität, die erst schwarz auf weiß den von mir aufgeschnappten Funkspruch der Feinde lesen wollte, aus dem hervorging, daß auch die Deutschen um diese Zeit in unseren Funkverkehr eingebrochen waren und mehrmals direkt nach den Anweisungen Whitehalls an unsere Konvois ihre U-Boote bereitstellen konnten. Unser Konvoi ON. 166, der zuerst von U-Booten angefallen wurde, seit am 1. März '43 Dönitz befohlen hatte, die sogenannte zweite Griechenwalze Beta für die Schlüsselmaschine M4 im Wechsel mit der Walze Alpha einzusetzen, wurde barbarisch zugerichtet: er büßte 37 Prozent seiner Schiffe ein! Doch dann im Mai hatten wir die Schlacht um den Atlantik gewonnen. Wir versenkten 41 von damals 200 U-Booten im Atlantik, weil wir das Geheimnis unserer Arbeit in B. P. jetzt aufs Spiel setzten, indem wir zum erstenmal direkt auf jedes einzelne Boot mit Flugzeugen und Zerstörern lospreschten, sobald der Standort geortet war. Die Deutschen merkten noch immer nicht, daß wir dechiffrierten. Da drängt sich die Vermutung auf, daß die Deutschen die Fähigkeit haben, beharrlicher als andere Völker nur das zu glauben, was sie glauben *wollen*. Irrationalität und Wunschdenken, das ihren Staatsphilosophen Hegel nur wahrnehmen läßt, was sein Denken stützt, statt daß er bedächte, was er wahrgenommen hat, steuern offensichtlich ebenso auch die Politiker da drüben.

Schiffe, verlorene, zählt man. Menschen, verlorene, meint man.

Seetrümmer ... Ich kehre immer dorthin zurück, nicht nur, weil dies meine dritte Überfahrt über den Atlantik ist, meine erste im Krieg, sondern weil Detailkenntnis aus der Battle of Britain und der Schlacht um den Atlantik mich einigermaßen befähigt, jene christlichen Halluzinationen, die Hegel als Denkprozesse ausgibt, auf ihre Stichhaltigkeit zu überprüfen.

Der Kommentator des mir von Wittgenstein aufgenötigten Hegel zitiert den Archäologen Ludwig Curtius, dessen Lehrer Adolf Furtwängler war, Vater des Dirigenten, offenbar ein bahnbrechender Altertumsforscher. Ich notiere mit Erleichterung, daß die Hegelei als Epidemie nicht alle Deutschen erfaßt hat, denn nie las ich Menschen-Verächtlicheres. Furtwängler, ein Trost, «äußerte, als die berühmte Rede Windelbands über Hegel in Heidelberg die große, moderne Hegel-Renaissance einleitete, wenn Hegel wieder mächtig würde, wolle er nicht mehr leben, das sei das Ende der Wissenschaft».

Seetrümmer ... sind dann doch nicht Schiffe und ihre Ladungen, sondern Menschen, wenn sie einem die Träume beschweren oder einen aus Träumen aufschrecken. Da ist kein Ende. Da ist auch für den Reflektierenden so belastend sein Gefühl der Ohnmacht vor Katastrophen, die viele hinabrissen – während doch der Chronist immer nur einzelne zeigen kann, bestenfalls. Fast unmoralisch, zwei oder fünf Menschen zu erwähnen – wo zweihundert, fünftausend umgekommen sind! Achttausend – in einer Schlacht, Jütland …

Wie machen das eigentlich Erzähler? Ich habe nie einen modernen Roman gelesen, aber schon in *Krieg und Frieden* oder gar, wollte einer die Atlantik-Schlacht beschreiben: Wie ungerecht, wie *falsch* – und also doch auch hinter die Wahrheit der Kunst und Philosophie ein dickes Fragezeichen setzend – drei oder sieben oder siebzehn Matrosen herauszugreifen und ihren Admiral, ausnahmsweise *sie* namhaft und sichtbar zu machen und zum Sprechen zu bringen, *ihr* Gesicht zu zeigen, *ihr* Gemüt – angesichts des Schweigens so unendlich vieler! Des Verschwiegenwerdens aller, die gesichtslos bleiben in einer Novelle, so wie die «Nullen» … von denen als Nullen, da es Menschen sind, auch nur zu sprechen schon eine Denunziation ist; nichts Individuelles, am wenigsten ein Individuum darf durch eine Zahl, *kann* durch eine Zahl benannt werden. Das sollten wir Mathematiker nie vergessen. Und doch: Zahlen sind das erste, das letzte, das man nennt – will man benennen, was einen zuerst, zuletzt bedrückt anläßlich der Menschen verschlingenden Meereskatastrophen, von denen nie loskommt, wer nicht der Faszination des Meeres sich entziehen kann. Wie das Meer durch Mord an Menschen das Denken korrigiert – ja, wie es als anmaßend entlarvt, überhaupt vom festen Ufer aus zu denken, statt nur auf See und im Bewußtsein, daß auch die *Person* des Denkenden selber dem Bodenlosen des Ozeans ausgesetzt sein muß, damit er ohne fälschende Sicherheit denkt; so wie der Artist am Trapez erst ganz überzeugt, wenn er's ohne Netz tut: So bringen mich Opfer wieder einmal gegen *den* Menschen auf, der es übers Herz brachte zu schreiben, wer Geschichte nur bei den faktenüberliefernden Historikern lese – zum Beispiel beim Thukydides oder bei Friedrich von Preußen, der seine eigenen Kriege beschrieb –, der verzichte auf «das Auge der Vernunft». Wer «nur» die «Schlachtbank» sähe – sähe nicht, wie er, der Philosoph, den «vernünftigen Fortschritt im Bewußtsein der Freiheit»! Doch habe eben «die philosophische Betrachtung keine andere Absicht, als das Zufällige zu entfernen». Das Zufällige, das waren aber für Hegel immer die Opfer … Mindestens jene, die in einem Krieg auf seiten der Verlierer standen, denn der Philosoph *müsse* «den Glauben und Gedanken zur Geschichte bringen, daß die Welt des Wollens nicht dem Zufall anheimgegeben ist. Daß in den Begebenheiten der Völker ein letzter Zweck das Herrschende, daß Vernunft in der Weltgeschichte ist – nicht die Vernunft eines besonderen Subjektes, sondern die göttliche, absolute Vernunft: ist eine Wahrheit, die wir voraussetzen; ihr Beweis ist die Abhandlung der Weltgeschichte selbst» … Demgemäß wären denn also auch die Opfer der Konzentrationslager, die Verbrannten der Inquisition, die massakrierten Inkas und Azteken und die ausgerotteten Indianer der Neuen Welt «Schrittsteine» im Ablauf einer durchaus «vernünftigen» Entwicklung gewesen …

Darf man ein Individuum einen Philosophen nennen, das aus der Sicherheit eines beamteten Lehrstuhlbesitzers einen derartigen Frevel als Weltgesetz dekretiert? Wie hätte dieser Mensch gedacht, wären sein Vater oder seine Kinder 1805 auf seiten der verlierenden Franzosen durch Lord Nelsons Flotte bei Trafalgar in ihren Schiffen auf den Grund gebohrt worden? Darüber kann man streiten. Nicht streiten kann man – man kann das nur verachtend übergehen –, daß einer 1825 noch kapitellang über Länder schreibt, sie denunzierend, von denen er niemals einen Quadratmeter sah. Und da so nachweislich falsch ist, was er über *die* schrieb – wie wahr ist dann, wie ehrlich das schöne Spiel so vieler meiner Kollegen mit der nur «reinen» Mathematik, die sie mit pontifikaler Arroganz der angewandten entgegenhalten? Das Angewandte als das Überprüfbare – sie hassen es *deshalb*. So wie Hegel am heftigsten jene Geschichtsschreiber haßt, die aus eigenem Erleben schreiben: denn die verwehren es ihm am nachhaltigsten, sich seine Philosophie zu machen – und hernach historische Fakten danach auszuwählen, ob die seine Philosophie bestätigen – oder ihr widersprechen. Tun sie das: läßt er sie weg.

Der ganze Jammer über deutschen Dünkel fällt einen an, vergleicht man, was Hegel zum Beispiel über Amerika sagte, mit dem, was fast gleichzeitig (1831) der Franzose Tocqueville *drüben* studierte und beschrieb. Der Deutsche ‹sah› – natürlich sah er gar nichts, hat ja nie außer Paris und Amsterdam eine ausländische Stadt gesehen –, Hegel ‹sah›, was er sich ausgedacht hatte; Tocqueville bedachte, was er gesehen hatte. Hegel sagte, was er wußte; Tocqueville wußte, was er sagte. Und kam folglich nicht zu jenen grotesken, auch niederträchtigen, von europäisch-zentralistischer Nabelschau verzerrten Verurteilungen fremder Erdteile wie der Deutsche, der zum besten gab in seiner

Philosophie der Weltgeschichte, in Lateinamerika gelte sogar «europäisches Rindfleisch für einen Leckerbissen», und das beweise, daß selbst die großen Rinderherden drüben, von denen der Philosoph immerhin gehört hatte, nichts taugten; sowenig wie die Menschen Südamerikas sich je auf die Höhe ihrer spanischen Ausrotter hätten aufschwingen können. Denn die Amerikaner waren ja auch noch keine Christen gewesen – und erst «im christlichen Zeitalter ist der göttliche Geist in die Welt gekommen und hat in dem Individuum seinen Sitz genommen, das nun vollkommen frei ist …» Hat er dergleichen Unfug aufgehäuft, schließt Hegel: «Dieses alles ist nun das Apriorische in der Geschichte, dem die Erfahrung entsprechen muß …» Oder dem sie von ihm «angepaßt» wird, indem er wahrheitsfeindlich alles ausschließt, was nicht sein irreal Ausgedachtes bestätigt. Insbesondere das Leiden des Individuums, von dem der Philosoph sagt, daß es ihn «nichts angeht» (wörtlich!).

Wer so den einzelnen vergewaltigt – ihn ignorieren ist auch eine Vergewaltigung –, der bildet sich auch ein, vom Ganzen eine Vorstellung zu haben – die keiner haben *kann*, weil jede zeitverhaftet ist. Wenn Hegel die Welt betrachtete, brachte er fertig, folgende Illusion schriftlich zu geben – und wußte doch schon, wie auch die Antike verendet war: «Die Welt ist umschifft und für die Europäer ein Rundes. Was noch nicht von ihnen beherrscht wird, ist entweder nicht der Mühe wert oder aber noch bestimmt, beherrscht zu werden.»

Von uns Europäern, die wir ja auch – laut Hegel – die christliche Mission hatten, die Lateinamerikaner zu lehren, wie gut Rindfleisch schmecken könne … Als ich gelesen

hatte, die Welt sei bestimmt, von uns beherrscht zu werden: schmiß ich das Buch über die Reling – wozu es noch
heimtragen!

VIII   Archimedes

Ich weiß mich genau an den zweiten oder dritten Spätnachmittag nach Abwurf der zweiten Atombombe, der auf
Nagasaki, zu erinnern. Ludwig Wittgenstein, vorangemel-
det, sonst wäre auch er in B.P. nicht eingedrungen, wurde
von mir am Tor in Empfang genommen und zu Turing
geführt, den er mit den Worten begrüßte: «Ihr seid mir
Helden!» Keine Frage, der Philosoph, einst Turings Lehrer
in Princeton, doch längst sein Freund, da ja Wittgenstein
seit 1939 (und bis 1947) nun in Cambridge Philosophie
lehrte, war der Auffassung, hier in B.P. sei der britische
Anteil an der Konstruktion der Atombombe geleistet worden. Selbstverständlich hatte Alan auch ihm mit keiner
Silbe angedeutet, was wir hier machten. Wittgenstein war
verletzt und verletzend: «Ich habe doch noch etwas dazu-
gelernt. Ein Wissenschaftler ist ein Mensch, der sich einbildet, er dürfe alles, was er kann!» Jetzt erst merkte Alan, daß
Wittgenstein annahm, Turing hätte direkt mit der Mas-
sakrierung von Hiroshima und Nagasaki zu tun gehabt.
Denn W. fragte: «Wie viele Bomben habt ihr denn *noch?*»
Wieviel die in Los Alamos von Turings Erkenntnissen
mitverwendet haben, können nur Fachleute beantworten,

Alan war nie dort. Wittgenstein war erregt. «Hiroshima, ein Warnschuß, um den eigenen Soldaten die Invasion der japanischen Hauptinsel zu ersparen: ja! Obgleich Stockholm schon vor drei Wochen meldete, Japan zeige Kapitulationsbereitschaft. Aber eine zweite Bombe: wozu? Hast du je davon gehört», fragte er Alan, «daß einer den gleichen Studenten die gleiche Vivisektion *zweimal* demonstriert? Du hast mir mal gesagt – mehr sagtest du ja nie –, was du hier machst während des Krieges, sei lediglich Landes-*Verteidigung*, mit Offensivwaffen habest du nichts zu tun … Geht ja mich als Österreicher auch gar nichts an, was ihr anstellen mußtet, meinesgleichen vor Auschwitz zu retten; das fehlte noch, euch Vorwürfe zu machen, daß ihr *die* nicht mit Samthandschuhen angefaßt habt, die Warschau und Rotterdam schon verbrannt hatten, bevor ihr Briten zum erstenmal über Berlin hergefallen seid! Aber die Japaner haben meines Wissens kein amerikanisches Bevölkerungszentrum je gebombt – und ihnen nun gleich *zwei* Städte mit A-Bomben wegzumachen! Junge, Junge! Hast du Cognac oder Whisky?» Pause.

Während ich mich um Getränke kümmerte, fing Wittgenstein wieder an: «Ich frage übrigens, wie neulich schon der Labour-Abgeordnete Stockes, der sogar Panzerfabrikant ist, im Unterhaus gehöhnt hat, als wir Dresden massakriert hatten: Wieso kann eigentlich die Rote Armee Bevölkerungszentren erobern, ohne sie vorher zu bomben?»

Jetzt erst sagte Turing: «Ich habe an den Atombomben nicht mitgebaut. Aber mach dir nichts vor: Im Mai haben die Amerikaner in Tokio in *einer* Nacht 130 000 Japaner durch einen Feuersturm – alles Holzhäuser – in Fackeln verwandelt, also 50 000 mehr umgebracht als in Hiroshima. Ich hörte im Radio ihren General Curtis LeMay mit dem denkwürdigen Satz prahlen: ‹Wir haben sie in die Steinzeit zurückversetzt.› Am 15. Juni hat er dann aufgehört mit diesen Angriffen, weil es in Japan keine unverbrannte Großstadt mehr gab.»

Ich hatte Alan schon mehrfach zu Wittgenstein nach Cambridge gefahren, er wußte, daß ich gut Deutsch kann. Er zog ein Blatt aus der Tasche und gab es mir: «Mein Küchenenglisch reicht nicht für ein Schiller-Gedicht. Sie sollen auch keine Verse schmieden – nur bitte es so übersetzen, daß Turing es in Prosa mitkriegt. Es ist ganz kurz.» Bevor er mir's gab, zeigte er es Alan. «Hab ich für dich abgetippt aus einer Schiller-Ausgabe. ‹Archimedes›, der auch als Wissenschaftler seine Unschuld verliert, weil er Waffen baut. Die letzten zwei Zeilen schenken wir uns, gehören nicht mehr dazu …» Alan – seine daumendicken schwarzen Augenbrauen verdunkelten seine Augen ohnehin, doch saß er auch im Schatten, früher Abend, in einem noch lichtlosen Zimmer, jedenfalls blieb mir der Eindruck einer uns alle belastenden Verdüsterung, die seine Züge wie eine Graphik schwarz zeigte. Kläglich sagte Alan: «Du hast geglaubt, unsereiner wird gefragt, was man anstellt mit dem, was ihm eingefallen ist? Ich mußte nicht an die Front wie alle Gleichaltrigen, die so gesund sind wie ich – die an der Front konnten sich aber auch nicht aussuchen, ob sie eine Innenstadt mit Spitälern und Familien bomben mußten – oder ob sie integer bleiben durften, weil sie gegen feindliche Panzer eingesetzt wurden!»

Wittgenstein sagte, schon trinkend: «Da ist *noch* ein Unterschied: der Pilot, der Zivilisten bombt, setzt immerhin das eigene Leben ein, ein Wissenschaftler nicht. Und natürlich riskieren auch die Piloten nichts mehr, die auf das total geschlagene Japan noch Atombomben werfen. Ich sage ja auch um Gottes willen *nicht*, ich wüßte, wie man sich an deiner Stelle zu verhalten hat; wer nur so Harmloses schreibt wie ich, darf vermutlich überhaupt nur das Maul halten zu eurer Problematik. Sie haben's?» Ich hatte das Schiller-Epigramm in Steno auf meinen Block übersetzt. Gereizt sagte Alan: «Dichter sind auch nicht mehr wert als das Volk, das sie hervorgebracht hat, und also bekanntlich auch Bergen-Belsen hervorgebracht hat; doch, bitte, lassen wir uns belehren, was dieser Hunne da vor hundertfünfzig Jahren gesagt hat zu Nagasaki – bitte!» Ich las vor:

Archimedes und der Schüler

Zu Archimedes kam ein wißbegieriger Jüngling,
«Weihe mich», sprach er zu ihm, «ein in die
göttliche Kunst,
Die so herrliche Frucht dem Vaterlande getra-
gen
Und die Mauern der Stadt vor der Sambuca
beschützt!»

Wittgenstein – da ich gestockt hatte und auch Alan fragend zu ihm hinschaute wegen des unverständlichen ‹Sambuca› – kommentierte: «‹Sambuca› war eine der Maschinen gewesen, mit denen die Belagerer Syrakus beschossen hatten, eine gewaltige Steinschleuder.» Und ich las weiter vor:

«Göttlich nennst du die Kunst? Sie ist's», versetzte der Weise,
«Aber das war sie, mein Sohn, eh sie dem Staat
noch gedient.»

Pause. Dann sagte Alan schroff: «Ein sehr törichtes Ela-
borat, dieses Gedicht – Zeugnis eines Glückverdummten, Kriegverschonten –, besonders töricht als Gedicht
auf Archimedes. Denn wie ich nicht erst von Professor
Wittgenstein in Princeton gehört habe, sondern mit zwölf
auf dem College, ist doch diesem alten Mann namens
Archimedes, als er über seiner Geometrie saß, von einem
Syrakus stürmenden Römer der Kopf abgeschlagen worden: so als habe der arme Archimedes tatsächlich den
Unsinn geredet, den Schiller ihm zweitausend Jahre später
in den Mund geschoben hat! Jedenfalls wäre wert, geköpft
zu werden, wer solchen Unfug schwätzt. Verzeihung.» Er
war aufgestanden und ging auf den alten Mann los, als
wolle er handgreiflich werden, doch er blieb zwanzig Zentimeter vor dem Sitzenden stehen und sagte, als spreche
ein Staatsanwalt, der einen Betrüger überführt: «Bist du
gekommen, um anzuklagen, daß Schufte meinesgleichen
Nagasaki ausradiert haben? Dann teile ich deine Empörung, fühle mich auch mit haftbar, obgleich ich, beim
Leben meiner Mutter schwöre ich dir das, keine Ahnung
hatte, daß unsere Brüder jenseits des Atlantiks solche Verbrechen ohne Vorwarnung begehen würden! Wenn du
aber gekommen bist, um mir diesen Schiller-Dreck da als
höhere Wahrheit anzudrehen ... dann ... ja, dann lasse
ich dich lieber mit dieser Whisky-Flasche allein und gehe
raus ins Grüne!»

In Turings Augen hatte es gewittert, daß ihr intensives Blau gleichsam noch durch Blitze erhellt wurde, erschrekkender als selbst bei früheren Anfällen seines von vielen hier gefürchteten Sarkasmus. Ich sah: Wittgenstein legte da etwas in Alan bloß, das der bisher verdeckt hatte. Sehr gelassen sagte der Österreicher und verriet sein Betroffensein nur dadurch, daß er, ohne es zu merken, plötzlich Deutsch redete, die Sprache seiner Vaterstadt Wien ... bis er sich lächelnd entschuldigte und englisch fortfuhr: «Ich hab einleitend gesagt, ich müsse besser schweigen – wie jeder, der nicht wie du in der Haut eines Waffenschmiedes steckt. Immerhin, zwei Atombomben rechtfertigen doch wohl, ein Problem zu erörtern, dem auch Schiller, wie du meinst, nicht gewachsen war. Doch *wer* wäre ihm gewachsen? Du auch nicht, wie ich an deinem rüden Ton merke. Ich ohnehin nicht, da ich einen, so nennst du das ja, glückverdummten Beruf habe ...» Alan sagte, er hatte sich beruhigt: «Der Krieg ist gewonnen, also *darüber* darf man reden – die Amerikaner bauten die Bomben, weil der Pazifist – der Pazifist! – Albert Einstein in einem Brief an Roosevelt den Präsidenten beschworen hatte ...»

Wittgenstein unterbrach: «Roosevelt war ein anständiger Mann. Nie hätte er, den Sieg schon im Griff, die Bombe gegen Japaner eingesetzt!» Alan: «Weißt du nicht. Er hatte das Glück – offenbar ein großes Glück –, pünktlich zu sterben. Ist aber nicht das Problem, sondern: hätte Einstein nicht ein ungeheuerliches Verbrechen begangen, wenn er Roosevelt *nicht* geschrieben hätte, Hitler baue an der Bombe, also müßten auch die Alliierten sie bauen? Einsteins Information stimmte sogar bis 1942. Vor acht Wochen haben Heisenberg, von Laue, Weizsäcker hier in unserem Camp ausgesagt, daß sie bis 1942 an der Bombe herumfummelten. Sie konnten es nicht, sie dachten, sie sei nicht zu bauen; also hörten sie damit auf. Und geben heute an, daß sie aus moralischen Erwägungen dem Mann, der Auschwitz gemacht hat, die Bombe verweigert haben. In Wahrheit *konnten* sie es nicht! Doch Einstein mußte glauben, was ihm Niels Bohr und andere gesagt hatten: daß man in Berlin an dem Ding arbeite. Und in Berlin, vergiß das nicht, saß Otto Hahn. Dein Gedicht da von diesem – den Namen will ich vergessen – ist selbst dann nichts wert, nichts, wenn man unterstellt, er habe ausdrücken wollen, was in diesem anderen Buch voller Platitüden steht, wie heißt es gleich, so ein dickes schwarzes, mit dem sie einem auf dem College das Leben schlimmer vergällen als mit dem Mensa-Fraß, ach ja: die Bibel – ich glaube, es heißt: Die Bibel. Da kann man lesen, daß durchs Schwert umkommt, wer zum Schwert greift. Hat Schiller etwa *das* mit seinem Archimedes-Gedicht aussagen wollen? Denn genau das Gegenteil trifft zu: solange Syrakus zu verteidigen war mit der Schleuder des Archimedes – so lange wurden seine Bürger *nicht* massakriert, so lange behielt auch Archimedes seinen Kopf. Doch länger nicht – nicht eine Stunde länger! Darf man also sagen, es habe seinen Sinn, daß *der* Wissenschaftler, der vielleicht als erster konsequent zum Schwert griff, umkam durch das Schwert? Der dumme Spruch vertuscht doch nur, wie viele deshalb umkamen, weil sie *nicht* zum Schwert griffen. Hochnäsige Mediokrität – er war ja groß auch als Ignorant – spricht aus Platons Intoleranz gegenüber solchen Wissenschaftlern, die ihre Erkenntnisse ausbeuten ließen für die Bedürfnisse des Lebens und des Krieges. Sehr reflektiert wirkt es kaum, daß Schiller Platons Dünkel übernimmt; man darf bezweifeln, daß er ein Recht hatte, ausgerechnet den Archimedes, der immerhin mit seinen Maschinen die Belagerer von Syrakus zweimal vernichtend schlug, sagen zu lassen, göttlich sei die Geometrie nur gewesen, ‹eh sie dem Staat noch gedient›. Wenn Einstein Szilards Brief an Roosevelt, der guten Glaubens dem Präsidenten die Falschmeldung überbrachte, Hitler baue die Atombombe, *nicht* unterzeichnet hätte – eine Unterschrift, die vielleicht, ja wahrscheinlich Roosevelt überhaupt erst veranlaßte, den Befehl zum Bau der A-Bombe zu geben –, hätte Einstein Platons Weisung befolgt und sich entzogen, Hitler aber tatsächlich den Krieg gewonnen, weil er die Atombombe als einziger besessen hätte, und 1942 *hatte* er einen Vorsprung: welches Verbrechen an der Menschheit hätte Einstein *dann* auf sich geladen!»

Pause. Ganz unvermittelt dann: «Ich hatte geglaubt, du seist Jude.» Wittgenstein: «Ein halber, warum? Was besagt das? Mein Entsetzen über Nagasaki rührt doch auch daher, daß die Bomben – gebaut, wie ich eben von dir höre, gegen Hitler – dann doch eingesetzt wurden gegen ein Volk, das *nicht* diese Bombe baut. Und das *nicht* offene Städte gebombt hat. Und das *nicht* Millionen in Gaskammern tötete. Zufall also, daß Japan sie abbekam – weil sie erst einen Monat nach der Eroberung Berlins fertig wurden? Ist ja alles … *noch* entsetzlicher!»

Alan schwieg, weil der alte Mann plötzlich – wie ich Alan hinter dem Rücken Wittgensteins durch Gesten klarmachte – am Ende war; viel war offensichtlich ohnehin mit seiner Gesundheit nicht mehr los. Er tat mir leid. Nie sah ich einem Menschen sogar körperlich derart die Heimatlosigkeit an, das Kaputte des Ahasvers ... Alan, der körperlich und seelisch Unverbrauchte, schwieg endlich, aus Erbarmen.

Vor einem Vierteljahr hatte jeder von uns die Wochenschauen gesehen: Eisenhower wird durch Buchenwald geführt, und dieser Oberbefehlshaber der westlichen Alliierten kämpft mit den Tränen, als man ihm die Wracks der Häftlinge zeigt, die Prügelböcke, das Krematorium. Und jeder Mensch auf der Welt hatte die britischen Soldaten gesehen, die mit Bulldozern die Leichenhalden von Bergen-Belsen in die Massengräber schieben ... keine Phantasie hatte ausgereicht, sich *das* vorzustellen. Als ich mit Alan aus einer dieser Wochenschauen kam, wir hatten essen gehen wollen, keiner brachte einen Bissen herunter, wir tranken, da sagte Alan: «Zwanzig Jahre war ich Pazifist. Jetzt weiß ich: Pazifisten sind Menschen, die andere für sich kämpfen lassen. Man darf das nicht ... Und dabei sind ja die entsetzlichsten Verbrechen gar nicht gefilmt worden, die werden begangen, solange die Opfer noch *leben*, wir sahen ja schon die Leichen, sahen nur die noch, die das hinter sich haben. Was ist dieses ‹das›? Der Mensch inmitten der Geschichte: was für ein Wesen ist das?»

Er lag so tief im Loch einer paralysierenden Depression, daß ich ihn mit seinen eigenen Taten im Krieg trösten wollte. Er streckte seine Hand aus, nahm mein Handgelenk und murmelte: «Wie gut du's meinst mit mir. Menschen waren, zum großen Teil, schließlich auch die anderen, die umkamen durch *uns*!» Zornig antwortete ich: «Ja, hättest du es lieber unseren Feinden überlassen, an der Nelson-Säule eine Siegesparade zu veranstalten?

Und den Trafalgar Square in Adolf-Hitler-Platz umzube-
nennen?»

Er trank, ich trank, er schwieg, ich schwieg. Dann sagte
er und stand auf, um ohne mich, so einsam wie stets, heim-
zuradeln – wie gern wäre ich mit ihm gegangen –: «Solche KZ-Schergen haben wir ja nicht getötet, indem wir
Enigma knackten, oder?»

Ungerührt stellte ich klar: «Doch. Wir machten den
KZs ein Ende, indem wir die umbrachten, die es dem
Hitler ermöglicht haben, KZs zu unterhalten, zwölf Jahre
lang, seine Frontsoldaten.»

IX Eine moralisch gute Zeit?
Reisenotizen Turings 2

Daten schreibe ich nicht hin. Ist ein Text wert, morgen noch gelesen zu werden, wurde er kaum im Hinblick auf einen bestimmten Tag geschrieben. Immer daran denken, was der Pfarrer seinem Sohn empfahl, der auch Pfarrer werden sollte: Du darfst predigen, über was du willst – nur nie über zwanzig Minuten.

Eine weitere Warnung: Als Wittgenstein wieder einmal spüren ließ, daß Naturwissenschaftler nichtig seien, die sich nicht auch «philosophisch festmachen», lachte der Biochemiker Chargaff und erzählte, er habe den alten – noch gar nicht sehr alten – Max Planck in Berlin mühsam und genau aus einem abstrusen Manuskript vorlesen hören, dies reiche ihm für immer «als Warnung, daß für den Naturforscher die Philosophie eine der Gefahren des Altwerdens darstellt».

Wie lange dauerte es, bis die Menschen (1825) herausgefunden hatten, daß nur die Wellen wandern, nicht das Wasser. Wenn selbst Äquinoktialstürme Wellenwalzen, Zehntausende von Tonnen schwer, zwanzig, ja dreißig Meter hoch schleudern und sich wieder ausröcheln lassen: ein handgroßes Stück Holz *bleibt, wo es war* im Atlantik. Wandern die

Wellenwalzen weiter, das Wasser, das diese Walzen gebildet hat, wandert nicht mit, sondern bleibt wie das Stück Holz an seiner Stelle im Weltmeer. Ich weiß nicht, warum der Akt, in dem zwei sich hochjagen bis zum Orgasmus, genauer, von dem sie dorthin gejagt werden – warum er mir immer in dieser Meeres-Tatsache abgebildet schien. Auch wir Menschen bleiben da oder fallen dorthin zurück, von wo unser «Sturm» seinen Ausgang genommen hat.

Wie die Wasser nicht die Wellen sind, die Wellen bilden sich nur aus den Wassern, wandern dann weiter zu anderen Wassern, bis der Sturm weiterzieht und aus anderen Wassern andere Wellen bildet: so sind wir Menschen nicht die Geschichte, wir verkörpern sie nur für einen Moment, so wie im Akt die Natur in uns für einen Moment ihrem Höhepunkt zustrebt, wenn wir denn Höhe mit Stürmen gleichsetzen. Doch wozu sie das tut, wohin die Welle weiterwandert – wir wissen es vom Meer sowenig wie vom Akt, wie von der Geschichte.

Wenn nach Ortega y Gasset klassische Autoren nur jene sind, die nicht aufhören, ihre Leser zu verärgern und zu verunsichern, dann ist dieser Biochemiker Chargaff ein klassischer Autor. Denn seine Essays umkreisen und wiederholen – und setzen jeden, dem Neues eingefallen ist, auf die Anklagebank – jene «Entdeckungen, die besser unterblieben wären», wie Chargaff so und ähnlich anläßlich der Psychoanalyse, der Kernenergie und der Gen-Forschung formuliert. Gnade mir Gott, wenn er erst vom Computer erfährt. Denn hat er recht – habe ich das Recht nicht mehr, den Mund, außer zum Atmen, und vielleicht auch dazu nicht, noch aufzutun.

Er hat aber nicht recht – nur weil er den Dünkel hat, bei der Erinnerung an seinen Weg zum Wiener Gymnasium, da der durch die Berggasse führte, an Freuds Praxis vorbei, zu schreiben: «... ich hatte noch nicht von dem Manne gehört, der neue Kontinente der Seele entdeckt hatte, Kontinente, die möglicherweise besser unentdeckt geblieben wären.»

Seine Vokabel «möglicherweise» ist eben die hier unmögliche. Und da Chargaff das weiß, ist die Vokabel eine Denunziation. Der Mensch darf zwar nicht alles, was er kann; er kann aber nicht, was ihm erforschbar ist, unerforscht lassen. Hätte der Schöpfer gewollt, daß der Apfel vom Baum der Erkenntnis nicht gepflückt wird, er hätte seine Geschöpfe den Baum nicht erkennen lassen – oder diesen Baum nicht in ihre Griffnähe gepflanzt. Das muß Chargaff im ersten Semester als Chemie-Student gespürt haben; also muß er sich von mir verdächtigen lassen, daß er gegen Otto Hahn nur deshalb so pharisäerhaft polemisiert, weil nicht *ihm* die Kernspaltung geglückt ist. «‹Gott kann das nicht gewollt haben!› soll Otto Hahn ausgerufen haben», schreibt Chargaff und fragt albern: «Hat er Ihn vorher gefragt, hat Er geschwiegen? ... Zwei verhängnisvolle Entdeckungen haben mein Leben gezeichnet: erstens die Spaltung des Atoms, zweitens die Aufklärung der Chemie der Vererbung. In beiden Fällen geht es um die Mißhandlung eines Kerns: des Atomkerns, des Zellkerns. In beiden Fällen habe ich das Gefühl, daß die Wissenschaft eine Schranke überschritten hat, die sie hätte scheuen sollen.»

Wie hätte sie *können*? Der Dekalog befiehlt mit keiner Silbe, was erforschlich ist, nicht zu erforschen. Immer schon konnte ein Mensch mit der Axt, mit der er Brennholz und Bauholz macht, auch einen Mitmenschen erschlagen. Gott hat dennoch nicht gefordert, keine Axt zu benutzen, weil Kain mit ihr Abel töten konnte. Der Mensch ist nur dann nichts als ein Werkzeug seines Werkzeugs, wenn er darauf verzichtet, Mensch zu sein.

Diesen letzten Satz überlesend – kommt er mir schönrednerisch vor: Das Werkzeug, das Otto Hahn den Atombombenbauern in die Hand gab, war es unschuldiger als die Bombe, die jene den Militärs an die Hand gaben? Ja, denn es war nicht Hahn, sondern Oppenheimer, dem der schaudervolle Satz ‹gelang›: «Wir wollten, daß es geschah, ehe der Krieg vorüber war und keine Gelegenheit mehr dazu sein würde.»

Ich weiß nicht, wer so wohlwollend war – bestimmt kein Kollege –, dem Commodore Bisset zu verraten, daß ich einst im Krieg das gewesen bin, was man in Whitehall eine Very Important Person genannt hat; jedenfalls hat mich Bisset – seit Kriegsende Sir James – schon zum drittenmal an seine Tafel geladen. Und nie habe ich einen Menschen getroffen, der ein so genuiner Erzähler ist. Wenn er mit der ‹Queen Mary› den Atlantik Richtung England überquerte, waren nie weniger als 10 000 GIs, die nur abwechselnd in den Kojen schlafen konnten, an Bord; kurz vor der Invasion in der Normandie hatte er einmal 16 000 Soldaten auf einer Fahrt zu transportieren. Die fast 28 Knoten haben es für jedes deutsche U-Boot hoffnungslos gemacht, jemals zum Schuß zu kommen; immer fuhren unsere beiden 83 000-Tonnen-Riesinnen ‹Queen Mary› und ‹Queen Elizabeth› wegen ihrer Schnelligkeit ohne jeden Begleitschutz, einmal, nach Beginn des Krieges mit Japan, sogar bis Australien.

Natürlich fragte er mich, was ich im Krieg gemacht habe, und ‹natürlich›, aber in Wahrheit mir höchst widerwärtig, muß ich auch diesen ehrenwerten alten Seemann und so freundlichen Gastgeber anlügen. Ohne ihm irgendein Detail von B.P. zu erzählen, sage ich, daß ich in der Schlacht um den Atlantik Fachmann beim Abhören der deutschen U-Boot-Funksprüche gewesen sei. Und während ich ihm das erzähle, sehr verlegen, spüre ich, daß es ihm wenig imponiert, mit einem noch so jungen Mann zu reden, der vier Jahre lang weit vom Schuß war. Doch in seiner Güte überspielt er meine Beschämung, indem er seine vier Jahre im Ersten Weltkrieg als U-Boot-Jäger abtut. «Vertane Zeit. Zwar jede Minute in Gefahr, torpediert zu werden, Radar gab's auch noch nicht, viele kollidierten. Doch ging's mir gut, gemessen an denen auf den Handelsschiffen, auf den Seglern. Über dreihundert Segler sind im Ersten Weltkrieg noch von U-Booten der Hunnen versenkt worden.»

«Ich bin voll von Särgen wie ein alter Friedhof», schrieb Flaubert, der auch von der Totenstadt sprach, die jeder in sich hat. Hätte der Normanne, der einmal nur nach Algier übersetzte, den Boden des Ozeans zu beschreiben versucht – vermutlich hätte seine Schwermut, die ansteckt, wenn man seine Briefe liest – Monica hat sie mir geschenkt –, ihn überwältigt, schreibunfähig gemacht. Wäre ich Epiker, ich beschriebe den Boden der Weltmeere.

Bis heute wußte ich nichts von der größten Schiffskatastrophe der Weltgeschichte. Sir James gab mir eine Artikelserie aus der *Sunday Times* vom vorigen Jahr. Drei britische Journalisten haben entdeckt, was ja kein Mensch in England 1945 überhaupt nur zur Kenntnis genommen hat, daß auf der deutschen Ostsee Flüchtlingsschiffe mit Tausenden an Bord untergegangen sind. Aber Millionen Menschen aus Ostpreußen versuchten, sich vor der heranrückenden Roten Armee in Sicherheit zu bringen. Wenn wir noch immer entsetzt sind, daß 1912 mit der ‹Titanic› 1517 Menschen untergingen – auf der Ostsee sind siebentausend und mehr mit *einem* Schiff versunken, und es gab mehrere solcher großen Schiffe, die von russischen U-Booten torpediert wurden. Auch kein Trost, daß ich wenigstens an diesen Katastrophen nicht mitgewirkt habe.

Hier einige Stichworte – auch zu dem Kapitel menschlicher Feigheit. Was sind die Deutschen für ein Volk? Es ist mir ekelhaft, hier festzuhalten, wie ihr größtes Kriegsschiff, das die Flüchtlingsdampfer hatte schützen sollen, Tausende von Schiffbrüchigen im Stich ließ, ohne den Versuch zur Rettung auch nur zu wagen! Rasch stirbt man ja nicht, treibend in der Schwimmweste. Wie denken zuletzt Menschen über Menschen, die sie im Wasser zurücklassen, obgleich sie nicht ihre Feinde waren, sondern – Landsleute? Und was denkt jener Kapitän zur See Henigst – zuweilen *muß* er doch denken, vielleicht sogar *fühlen*, wenn er sich erinnert, daß er mit dem größten Kreuzer, den die Deutschen damals noch hatten, der ‹Admiral Hipper›, unmittelbar inmitten der Tausenden, die sich noch von Bord der torpedierten ‹Wilhelm Gustloff› geflüchtet hatten – davondampfte und sie mitleidlos zurückließ im Eiswasser, weil er ein russisches U-Boot fürchtete?

Deutschlands größtes Kriegsschiff, *im* Schutze eines Torpedobootes und *zum* Schutze dem Flüchtlingsdampfer nachgesandt – läuft davon, umringt von ungezählten Frauen und Kindern, die noch ins Wasser gelangt waren,

da die ‹Gustloff› erst 70 Minuten nach drei Torpedotref-
fern sank! Und so kommt es dazu, daß fast *fünfmal* mehr
Menschen mit der ‹Gustloff› untergehen als mit der ‹Titanic›! Wieviel höher – fragt ein Laie – war die Gefahr, an
diesem Untatort durch ein russisches U-Boot torpediert
zu werden ... als an jedem anderen Ort in der offenen Ostsee? War nicht die Gefahr, einige Seemeilen weiter einem
russischen Boot vor die Rohre zu laufen, für den Schweren Kreuzer ‹Admiral Hipper› ebenso oder fast so groß?
O christliche Seefahrt. Wenn Landsleute – Landsleute so
behandeln: was sollen dann Schiffbrüchige erst von denen
erhoffen, die noch vor Minuten auf sie geschossen haben?

Abergläubische – «niemand von uns ist abergläubisch»,
flunkerte gestern grinsend der Commodore – mögen
sich einen Reim drauf machen, daß dieser verlustreichste
Schiffsuntergang, von dem jemals zu hören war, sich auf
den Tag zwölf Jahre nach Hitlers Machtantritt ereignete
und ausgelöst wurde durch einen U-Boot-Kommandanten Jahrgang '13, der U 13 kommandierte ... Doch wurde
dieser Russe auch zweimal von Schiffen beizeiten abkom-
mandiert, die später mit allen Besatzungsmitgliedern von
Deutschen versenkt wurden; also hat die Dreizehn, wenn
sie denn etwas bringen sollte, diesem Mann Glück gebracht
... ‹aber›glauben wollen jene, die sich nicht damit abfinden
können, glaubenslos geworden zu sein: wie legitim also
ist Aberglaube! «Aber doch» glauben zu wollen an einen
Zweck im Meer der Zwecklosigkeit ... Ernstlich: wie nach-
denkenswert, daß dieses russische U-Boot, das mit diesem
einen Schiff ‹Gustloff› kaum siebenhundert Menschen
weniger umgebracht hat, als die – nach Zahl der beteilig-
ten Schiffe und Menschen – größte Seeschlacht aller Epo-

chen, die bei Jütland 1916. Und: daß dieses russische Boot gebaut wurde – nach Konstruktionsplänen, die von *Deutschen* stammten, Pläne, die Hitler an Stalin weitergegeben hatte, als sie sich 1939 darauf einigten, Polen untereinander aufzuteilen. Mit diesem Stalin-Hitler-Pakt gaben sie der Sowjetunion im Handelsaustausch auch Konstruktionspläne von U-Booten, die sie in einem «Haager Büro» hatten entwerfen lassen, das in Wahrheit jedoch der Krupp-Germania-Werft in Kiel mitgehörte.

Abgründig charakterisiert es die Geschichte, daß in beiden Weltkriegen nie einem deutschen U-Boot ein gegnerisches Schiff vor die Rohre lief, das dann auch nur annähernd so viele Menschen mit sich hinabriß wie dieses deutsche Schiff, das einem Boot deutscher Bauart unter russischer Flagge zum Opfer fiel.

Da Tote schweigen, kommt Zeugen das letzte Wort zu. Bootsmann Schottes betrachtete aus einem Kutter der sinkenden ‹Gustloff›, daß Schwimmende und auch Menschen auf Flößen «in nächster Nähe» des Schweren Kreuzers waren, der gestoppt hatte. Schottes überlegte: Wenn er seinen Kutter an die Backbordseite der ‹Hipper› brachte, gerieten er und die anderen in seinem Boot in Gefahr, zwischen dem Boot und der Stahlwand des Zehntausendtonners zermalmt zu werden in der bewegten See. So ordnete er an, nur so stark zu rudern, wie notwendig war, daß die ‹Hipper› beidrehen könne. Doch sie drehte nicht bei, sie drehte ab! Ihr Kielwasser schäumte hoch, volle Fahrt nahm sie auf – und Schreie, die Schottes nach Jahren noch nachts in den Ohren hat, zuweilen, erinnern an jene Schwimmenden, die in den Sog der Kreuzerschrauben gerieten und zerfetzt wurden in *dem* Moment, in dem sie glaubten, an Bord gezogen zu werden. Hunderte, in Griffnähe bereits zur ‹Admiral Hipper›, empfanden sein Wegdrehen als gemeinsten Verrat und verschrien ihre letzte Kraft in den Flüchen, die seinem Kommandanten Henigst galten. Wie lange lebten sie noch, wie kurz, die trostlos Schreienden, dann nicht mehr Schreienden, bis das Eiswasser ein Ende machte mit ihnen? Da ist kein Ende … in Seetrümmern.

Ich hatte während des Krieges plausible Gründe, nicht zu untersuchen, warum ich machte, was ich machte: ich rettete Alliierte, sicherlich Millionen, und tötete Gegner oder schaltete sie jedenfalls als Kombattanten aus, sicherlich Millionen. Eine moralisch gute Zeit, simple Zeit, weil wir vom Satanismus unserer nun geschlagenen Feinde dermaßen überzeugt sein durften, daß alle unsere Taten im Krieg so gerechtfertigt waren wie opferreich. Mit der vorsätzlichen Tötung Wehrloser durch Bombenangriffe auf die Stadtzentren der Deutschen oder der Japaner hatte ich nie etwas zu tun gehabt – ein persönliches Glück, daß alle meine Aktionen Reaktionen waren: Ich entschlüsselte die Angriffs- wie die Verteidigungsabsichten der Deutschen, damit Whitehall sie niederschlagen konnte; und mindestens soviel wie wir haben davon die Russen profitiert, die sicherlich fünfzehn- bis zwanzigmal so viele Opfer bringen mußten, die Deutschen zu schlagen, wie die Westmächte … Übrigens notiere ich auch dies vermutlich nur deshalb, um mich wieder der Frage nicht stellen zu müssen, warum ich tue, was ich tue: und warum ich bin, der ich bin. Flucht, Ausflucht in meine Rolle als homo politicus; weg von meiner Individualität in meine soziale Funktion, mit der ich

– ein Glück – nie unzufrieden zu sein brauchte, im Gegenteil. Daß möglicherweise die Mehrheit der Menschen sich
dieser Frage nie stellt – ist das Glück der Mehrheit, kann
aber mich vor dieser Frage so wenig retten wie jeden anderen, der ihr nicht entflieht. Wir tun so viel, um so wenig zu
denken. Nicht nur deshalb, doch deshalb auch. Wer sich
wie selbstverständlich einreihen kann in die Abfolge der
Generationen, also Kinder hat, hätte vielleicht – wenn er
nicht so schlicht gestrickt ist, daß er bereits im Zeugen von
Kindern schon einen Sinn sieht – noch triftigere Gründe
als ich einzelner ohne Nachfolge, sich die Frage zu stellen,
wozu er da ist; doch werden offenbar die meisten, sobald
sie Eltern sind, davor bewahrt, darüber nachzudenken.
Womöglich *wollen* sie im Tiefsten *deshalb* Eltern werden,
um nicht reflektieren zu müssen, wozu sie sind und warum
sie sich fortsetzen …

X   Carnevale
Reisenotizen Turings 3

Das *Plaza* in der Via del Corso ist vermutlich deshalb – in meinen Augen – das schönste Hotel der Welt, weil es schon 1860 eröffnet wurde, also vor dem überschäumenden, überdimensionalen Gründerjahre-Prunk. Und es ist in seinen Ausmaßen labyrinthisch genug, daß man in seinen kilometerlangen schattengrauen Gängen, Speisesälen und meist leeren Lese- und Schreibzimmern und Konferenzräumen und Treppenhäusern wie in einem Wald untertauchen kann, eine der Voraussetzungen dafür, sich in einem Hotel zu erholen. Wohltuende Proportionen, beruhigend die bernsteinbraune und rauchgraublaue Patina der Möbel, Teppiche, Decken, das neunzig Jahre alte Parkett, das nicht vom Putzen – so geputzt es auch ist – seinen Glanz hat, sondern vom knarrenden Altsein, vom Abwetzen durch Schuhe seit drei Generationen.

Fast allein wie meist abends in der Halle mit ihrem Säulengang – meerschaumfarbenen Doppelsäulen auf je einem Pfeiler – und dem angenehmen Barkeeper und selten ohne den belebenden Anblick eines hauteng gurkengrün bejackten, ergreifend schönen Pagen.

Um 1860 baute man in Europa überall nicht so hoch –

aber das führte dazu, daß der Architekt der ebenfalls in diesen Jahren gebauten Wiener Oper sich das Leben genommen hat; als der Kaiser zur Eröffnung vorfuhr, nörgelte er, was ihm auf den Plänen nicht so deutlich geworden war, das Foyer sei zu niedrig, das Ganze zu zwielichtig, die Säulen seien zu kurz: Er hatte recht, eine Oper ist kein Hotel, doch der Architekt brachte sich um nach dieser Kritik. Der mir das erzählte, setzte hinzu, Architekten neigten zum Selbstmord, nicht wenige haben sich das Leben genommen. Verständlich. Das Schöpferische, wenn es einer großen Anstrengung entsprang, läßt uns ausgeleert und melancholisch zurück. So auch bedeutende Gegner; wer sie überwunden hat, wird spüren, wie sehr sie ihm fehlen, so mir der Hitler samt seiner Enigma. Vor Häusern warnt das Sprichwort ‹Ist das Haus fertig, kommt der Tod›. Am Tage, als der bis dahin immer arme Schiller endlich sein eigenes Haus beziehen wollte, starb seine Mutter. (Weiß ich, weil ich wieder Übersetzungen deutscher Klassiker im Koffer habe, Ludwig Wittgenstein hörte ja nicht auf, mir in den Ohren zu liegen, ohne meine Orientierung an deutscher Philosophie und an Hölderlin bliebe ich ein Esel, der nur rechnen kann.)

Ich will nicht rechnen, sondern mich ablenken, weil angeblich nur Ablenkung erholt. Wahr aber ist: mir fällt viel ein zu meinen Formeln, obgleich ich versuche, nicht an sie zu denken, und es ist unmöglich, das nicht als direkte Folge der Tatsache anzuerkennen, daß ich – so selten zu Hause – hier in Rom nun seit schon zehn Tagen diesen sehr schönen Jungen im Bett habe und nicht nur ‹auf einen Sprung›, sondern auch im Schlaf, die ganze Nacht, diesen nackten Ganymedes, den ich deshalb so nenne, weil Ganymedes – laut Homer – der schönste aller Jünglinge war. Daß mir Haut an Haut mit ihm, während er schläft, mehr einfällt als je, macht doch höchst fragwürdig, was Freud behauptet: ‹Sublimierung› des Sexuellen stärke den Geist, schaffe Kultur. Sollte nicht das Gegenteil überzeugender sein? Daß nämlich der Bios den Logos beflügelt, überhaupt erst zeugungswillig macht – und dementsprechend Entsagung noch früher als den Körper den Geist verdorren läßt? Daß sehr Alte zuweilen Kunst und Entdeckungen ersten Ranges gemacht haben, ist kein Gegenbeweis; vielleicht waren sie befriedigt, vielleicht gar erotisch noch aktiv. Aber enthaltsam? Ich glaube nicht, daß sie Enthaltsamkeit übten. Das kann ich nach diesen Nächten und Mittagsfesten mit dem Jungen – und dem, was mir dann einfällt – nicht mehr für wahr halten. Daß Freud zuweilen offenbar an nichts anderes denken *konnte* als an seine zweifellos richtige Entdeckung, daß der Schoß die Wohnung der Seele ist: diese seine Fixierung ist womöglich der Tatsache zuzuschreiben, daß Freud als Bürger des spätviktorianischen Wien unter dem Zwang gelitten hat – ein Zwang, unter dem man leidet, verdunkelt das Denken –, seine Triebe ‹umlenken› zu müssen, abzulenken vom Bett auf den Schreibtisch.

Es wäre ja nur normal, daß dieser Zwang ihn dann dauernd nur in Richtung dieses Zwanges denken ließ! Doch daraus einen objektiven Tatbestand stilisieren? Sich nicht ausleben dürfen, sondern notgedrungen auf Forschungen konzentrieren, aber während dieses Forschens gedanklich ständig von den Ansprüchen seines Eros gesteuert zu sein, da er unbefriedigt ist. Das erhöht nicht die Gelassenheit, Klarheit, Objektivität eines Forschers! Den Triebverzicht als Kreative schlechthin mißverstehen? Was an Kunst und

Erkenntnis gelang – gelang es nicht *dennoch?* Nicht dank, sondern trotz der uns von der Gesellschaft aufgenötigten Trieb-Drosselung?

Formeln stimmen auch nur, wenn sie *schön* sind. Der Mensch das Maß der Dinge – der Haupteinwand gegen jene Mathematik, die sich «die reine» zu sein einbildet, nur weil sie die dem Leben abgewandte ist. Mephistos Bemerkung: «Ist all ihr Weh und Ach aus *einem* Punkte zu kurieren», wird ironisch nur deshalb, weil er sie gegen Frauen richtet, während sie natürlich auf Männer ganz ebenso zutrifft, eine bedeutende klinische Einsicht Goethes in den Haushalt keineswegs nur des Körpers, sondern auch des Geistes …

Der Automat, der Empfindungen, Form, Wörter entwickelt, um sogar ein Gedicht zu schreiben: ich bin überzeugt, er wird eines Tages existieren. Wie aber verträgt sich das mit der Tatsache, daß nie ein Mensch, der Gedichte schreiben konnte, je einen Computer oder sonstiges technisches Gerät gebaut oder auch nur begriffen hat? «Warum sollte er?» – Verstimmung, Gereiztheit meinerseits, als mir dies Ganymed antwortet auf meine Frage. Wieso ärgert mich diese Antwort? Immerhin, Leonardo war Künstler und Wissenschaftler, Michelangelo Künstler und Dichter. Mozart, nie in Versuchung, eines seiner Instrumente zu bauen, hat durchaus begriffen, *warum* sie Klang haben.

Wenn neulich in Manchester mehrere übereinstimmten, den Ruhm nehme mir keiner, daß meine Maschine nicht ein rein abstraktes Gebilde geblieben sei, sondern in funktionierende Hardware umgesetzt werden konnte genau zu *dem* Zeitpunkt, als diese Umsetzung kriegsentscheidend wurde, so war das keineswegs nur ein Lob – Lob von Kollegen ist stets ein Pferdefußtritt in den Hintern.

Kollegen: Jetzt, da sich nicht mehr völlig geheimhalten läßt – weil es ja seit Kriegsende auch gar keinen Zweck mehr hat, es geheimzuhalten –, was ich fünf Jahre lang getrieben habe, kommen auch von Wittgenstein, pikanterweise wenn ich dabeisitze, Bemerkungen wie: «Wenn die arithmetischen Operationen lediglich zur Konstruktion einer Chiffre dienten, wären diese Operationen dann überhaupt mathematische?»

Dieses naserümpfende «lediglich»! Es hat lediglich Großbritannien gerettet vor Hitler!

Tendenziell ist da neidgeschärfte Kritik im Spiel, der ich aber mit himmelhohem Hochmut – ein bißchen künstlich, denn leider habe ich den Hochmut gar nicht in diesem Maß – gegenübertrete. Da offenbar auch in der Kunst diese ach so feine Unterscheidung Usus ist zwischen angewandter Kunst, die bei Fachleuten nicht für fein gilt, und jener, die ohne Zweck gemacht wird, erwidere ich also: «Sprechen wir – das objektiviert – doch nicht von unserem Fach, sondern von Malerei. Reine Malerei ist also das Tafelbild, ist Turner oder Klee, während der auf dem Gerüst, der eine Kirchenwand zu bemalen hat, lediglich zweckgebundene, lediglich angewandte Malerei produziert? Wie genau eure Definitionen sind, merkt man daran, daß ihnen zufolge also ein reines Landschaftsbild künstlerisch dem *Jüngsten Gericht* überlegen ist, das Michelangelo, wie bekannt, ‹lediglich› gemalt hat, um eine Wand der Sixtina auszuschmücken?»

Ludwig, der natürlich merkte, daß er mich verstimmt hatte, sagte: «Wenn du denkst, ich hätte diese Unterscheidung nur gemacht, um dich zu vergrämen, dann lies doch den Essay von Russell aus dem Jahre 1901 über Mathematik und Metaphysik.»

Tatsächlich fängt der Lord an: «Das 19. Jahrhundert, dessen ganzer Stolz die Entdeckung von Dampfkraft und Evolution war, hätte seinen Anspruch auf Nachruhm noch eher auf die Entdeckung der reinen Mathematik gründen können» – also auf Booles Laws of Thought, 1854. Wie kommt Russell dazu – ich schreibe das ungern, er ist der mir sympathischste aller Gelehrten, was er schreibt, ist klar wie Quellwasser; und daß die Amerikaner aus Bigotterie ihn 1939 von seinem Lehrstuhl verjagt haben, macht den straffen, witzigen Greis noch gewinnender – doch wie kommt er dazu, der doch ein so sozial denkender, mitleidsfähiger Humanist ist, zu urteilen, «noch eher» als auf Dampfkraft und Evolution hätte auf die reine Mathematik ein Jahrhundert seinen Ruhm gründen können? Wie willkürlich diese Werteskala! Wie willkürlich Russells Definition: «Als Mathematik können wir also das Gebiet bezeichnen, auf dem wir nie wissen, wovon wir eigentlich reden und ob das, was wir sagen, auch wahr ist … Wir wählen irgendeine Hypothese, die uns amüsant erscheint, und leiten die entsprechenden Folgerungen ab. Gilt diese Hypothese für *irgend etwas* und nicht für eine oder mehrere Einzeltatsachen, dann stellen unsere Deduktionen Mathematik dar.»

Russell schrieb das in einer leichtfertigen Epoche, die kaum noch wußte, was Krieg ist, aber heute muß doch gefragt werden, mit aller gebotenen Respektlosigkeit, wohin wir

1940 geraten wären, hätten wir so reizende Spielchen gespielt wie «Evidenz ist fast immer der Feind der Richtigkeit ... Es ist so selbstverständlich, daß zwei und zwei vier ist, daß wir kaum die nötige Skepsis aufbringen, um zu zweifeln, ob sich das auch beweisen läßt ... Evidenz ist oft weiter nichts als ein Irrlicht, das uns mit Sicherheit irreführt, wenn wir uns daran halten.»

Hübsch. Doch wenn ich mich der Frage stelle – was etwas anderes ist, als wenn nur *ich* mir diese Frage stelle –, wo bin ich und wozu, dann scheint mir praktische Anwendbarkeit oder «reine» Denkarbeit doch auch ganz wesentlich die Beantwortung dieser Frage mitzubestimmen. Brillant ist ja Russells Überlegung, doch wozu *er* ist und wo, das wird mir weniger klar, wenn er sich mit *Tristram Shandy* beschäftigt – als wenn ich Hitlers Enigma enträtselt und also immerhin damit Hamlets Forderung erfüllt habe: «Lustig ist, wenn mit seinem eigenen Pulver der Feuerwerker auffliegt.» Das war auch schwieriger zu bewerkstelligen, als nur sinnlose Gedankenakrobatik anzustellen, wenn ein Autor «ewig lebte». Russell schreibt: «Tristram Shandy brauchte bekanntlich zwei Jahre, um den Verlauf der beiden ersten Tage seines Lebens aufzuzeichnen, und klagte daher, daß sich das Material bei dieser Geschwindigkeit schneller ansammeln würde, als er es erfassen könnte, so daß er mit den Jahren immer weiter vom Ende seiner Geschichte entfernt wäre. Ich behaupte nun, daß, selbst wenn sein Leben weiterhin so ereignisreich verlaufen wäre wie zu Anfang, kein Teil seiner Biographie ungeschrieben geblieben wäre, sofern er ewig gelebt hätte ... Denn es ist zu bedenken: der hundertste Tag wird im hundertsten Jahr beschrieben, der tausendste im tausendsten Jahr usw. Welchen Tag wir auch wählen, selbst so weit in der Zukunft, daß er nicht hoffen kann, ihn zu erleben, dieser Tag wird in dem entsprechenden Jahr erfaßt … Es bleibt somit kein Teil der Biographie für immer ungeschrieben. Diese paradoxe, aber durchwegs wahre Aussage …» Hier breche ich ab, denn wieso ist «durchaus wahr», was auf der absurden Prämisse aufbaut, daß Tristram Shandy «ewig gelebt hätte»?

«Man vergaß, daß Wissenschaft sich aus Poesie entwickelt habe, man bedachte nicht, daß nach einem Umschwung von Zeiten, beide sich wieder freundlich, zu beiderseitigem Vorteil, auf höherer Stelle, gar wohl wieder begegnen könnten.»

Goethe

Als ich Ganymed dies heute vorlas – natürlich kann ich kein Wort Goethe lesen, das nicht übersetzt ist –, sagte er fröhlich: «Wenn nicht das vor einer Stunde *für* eine Stunde die Einheit gewordene Verschmelzung von Wissenschaft und Poesie war: wie könnte sie sonst zustande kommen?»

«Ein anderer konnte er nicht werden …» Ganymed, obgleich kein Deutscher, hat Deutsch als Muttersprache – dichtet also deutsch. Sein Gott ist der momentan am meisten gerühmte Poet der Deutschen, ist Benn, der ein Gedicht: ‹Alter Kellner› schrieb, das mir Ganymed gestern übersetzte, weil wir sehr Bezügliches erlebt hatten. Daß der Junge dichtet, hat ihn wie die dichtende Österreicherin Bachmann zu Wittgenstein geführt, der sein Doktorvater wurde. Nicht die Mathematik brachte den Jungen zu ihm, in Mathematik ist Ganymed so schwach wie Wittgenstein, der sich aber mit Philosophie behelfen kann, so daß ich dem Jungen rate, Mathematik sein zu lassen ... Ich notiere mit Kummer, daß er Lyriker, auch Philosoph werden wird, dieser schöne Student, mit dem ich mehr lachen, also mich erholen kann als mit jedem Menschen sonst ... Vielleicht ist mein Leben bald zu Ende, so daß ich unbewußt Ausschau halte nach einem Erben, zum erstenmal. Ich habe Sehnsucht nach diesem Jungen *auch* verspürt, weil sein Gesicht, sein kluges Sprechen mir eine Verheißung waren, er werde geistig mein Erbe, so wie ich ihn mir leiblich zum Sohn wünschte. Doch beides geht nicht, ich kann ihn weder geistig adoptieren, weil er für Mathematik kein Organ hat, und leiblich nicht, weil er Eltern hat. Die sind so betucht, daß er mich – ich hatte ihn gewarnt – gestern einlud in Italiens teuerstes Lokal. Und was mir dort geschah, veranlaßte ihn, mir später im Bett ‹Alter Kellner› zu übersetzen.

Denn bei Kellnern hatte ich einen Schock mit Hirnlähmung ausgelöst, weil ich ohne Jackett eingetreten war. Oh, nicht, daß mein pfauengrüner Schlips gefehlt hätte zum gestärkten Hemd mit Kragenstäbchen; und auch meine admiralsblaue Hose, soeben gebügelt im *Plaza*, war des Hauses würdig; alles Geschenke des Jungen, gekauft in der Via Veneto, denn es genierte ihn, wie schäbig angezogen ich an seiner Seite (und Hand in Hand mit ihm, sofern wir nicht schwitzten) Rom durchstreifte. Und so genierte ihn auch, da ihm als sehr reichem Erben das noch nie geschehen ist, daß ich – was mir ja ganz selbstverständlich war – seine Fahrkarten und alles sonst auf dieser Reise bezahle.

Doch ich hatte, der Abend war fast so heiß, wie der Tag gewesen war, meinen Rock daheim gelassen, welche Majestätsbeleidigung. Blickaustausch des schockierten Personals: so geschockt wie Kassierer, wenn Bankräuber mit gezückter Pistole eindringen. Endlich der Ober, in fließendem Englisch, ich könnte mir ein Leihjackett aussuchen. Also für 5000 Lire Trinkgeld war ich endlich kein Prolet mehr, sondern anständig angezogen.

Das *Hassler*, der siebte Stock im Grande Albergo Villa Medici über der Spanischen Treppe, läßt sich verständlicherweise den reizvollsten Blick auf Rom bei Sonnenuntergang mitbezahlen – aber nur drei Tische besetzt am ganzen Freitagabend, schon das war deprimierend. Doch was mir fast das Essen verdarb, war die hündische Beflissenheit derer, die selber hier niemals ein Essen bezahlen könnten, mich erst so perfekt anzuziehen, wie ihre Ausbeuter gekleidet sind, ehe sie mich zuließen zum Studium der Speisekarte – ein Täßchen Suppe zwei Pfund!

Keine Frage: dieser Eifer, das Protokoll zu wahren, ja keinem zu servieren, der nicht ‹standesgemäß› berockt ist – ist zum *Trieb* dieser Kellner geworden, zu ihrem innersten Antrieb. Sie verlangen das nicht nur vom Gast, weil ihr Chef – da war kein Chef – von ihnen verlangt, daß sie dem Gast das abfordern. Sondern sie finden selber schon in Ordnung, daß dieser Quatsch die Ordnung der Dinge ist – und also auch sie, ordnungsgemäß, nach Dienstschluß in ihre verglichen mit dem Pomp an ihrem Arbeitsplatz hundehüttenhafte Wohnung heimkehren. Satte Sklaven sind die eifrigsten Verteidiger ihrer Unfreiheit. Menschen sind abzurichten wie Tiere und unterscheiden sich allein darin von ihnen, daß sie sich selber noch ‹begründen›, warum sie sich abrichten lassen. Daß sie nicht auch noch über einen hingehaltenen Spazierstock springen, liegt nur daran, daß solche Sprünge in ihrem Ausbildungsplan nicht mehr vorgesehen sind, seit ihre Bosse keine Spazierstöcke mehr bei sich führen.

Das Gesicht des Pianisten, dem keiner zuhörte und der bestimmt einst davon träumte, woanders zu spielen als vor Fressenden, erweckte meine Sympathie. Es zeigte den Widerwillen gegen seinen Zwangsaufenthalt hier, den auch ich empfand, wenn ich nicht auf Rom im Abendlicht blickte, sondern auf den Diensttrieb der Weißbejackten oder im Frack Servierenden, die zweifellos jeden die Treppe hinunterwürfen, der sich etwa aus ihrer eigenen Sphäre hier herauf verirrte. Doch der Pianist litt, hier seine Perlen vor die Säue – eine der Säue war ich – werfen zu müssen; auch für diesen Musiker, dem nie einer zuhört – und für wie viele noch –, sind die Benn-Zeilen geschrieben:

> Ein anderer konnte er nicht werden,
> geschaffen in das Nichts, das Menschenlos.
> …
> Wenn eins ihn seiner Kinder sähe:
> Er möchte wohl ein anderer sein …

Ludwig behauptet, logische Technik sei «nur» – dies «nur» allein ärgert mich, sonst hat er ja recht, doch wo wären wir ohne die logische Technik –, sei nur eine Hilfstechnik, die uns die spezielle mathematische Technik vergessen lasse, so daß wir geneigt seien, am Ende das Leimen schon für das Tischlern zu halten. Das klingt noch so allgemein, daß er es für Philosophie ausgeben kann; die betreibt er, um zu tarnen, wie dünn seine mathematische Substanz ist. Doch schreibt er gezielt gegen mich; listigerweise in Frageform: «Kann man von dem, der eine Regel des Entzifferns anwendet, sagen, er vollziehe mathematische Operationen? Und doch lassen sich seine Umformungen so auffassen. Denn er könnte doch sagen, er berechne, was bei der Entzifferung des Zeichens ... gemäß dem und dem Schlüssel herauskommen müsse. Und der Satz: daß die Zeichen ... dieser Regel gemäß entziffert ... ergeben, ist ein mathematischer.»

Immerhin, also Mathematik denn doch. Aber diese fachbegrenzten Stänkereien! Wittgenstein gefällt sich darin, zu erörtern, sogar schriftlich, man solle annehmen, daß man die Geometrie des vierdimensionalen Raums betreibe zu dem Zweck, die «Lebensbedingungen der Geister kennenzulernen». Solche Glasperlenspiele sind angesichts des Krieges ruchlos gewesen und sind heute, angesichts der Bombe, zurückzuweisen, wie ich das neulich drastisch bei Jaspers ausgesprochen fand: «In den meisten Wissenschaften kehrt der selbe Fehler wieder: sie verlieren sich ins Endlose. Erkenntnis entsteht, wenn die Dinge im denkerisch entworfenen Zusammenhang zugleich mit Bewährung durch Realitäten gesehen werden. Das geschieht nur durch die unvorhergesehene Erfindungskraft des Forschers. Nur wo man der Endlosigkeiten Herr wird, da ist Erkenntnis.»

Selber Denker, scheint Jaspers, vielleicht weil er zugleich Psychiater ist, die Kontrolle des Denkens durch den Forscher, der gleichsam erdet, was der Denker in den Sternen erblickt, für nötig zu halten. Recht hat er zweifellos insofern, als seine strikte Weigerung, sich dem Endlosen zu überlassen, allein humanes Denken ist, will sagen: Denken, das sich selbst befestigt an dem Grundsatz, der Mensch sei das Maß des Denkens wie der Dinge. Denn, was immer der Mensch ist – ich rede nicht von der Menschheit, die ein Abstraktum bleibt –, der einzelne ist gewiß nicht endlos, weder in seinem Raum noch an Jahren, noch an Verfügungsgewalt. Und ist er nicht vor allem auch so bedroht, daß ein Denker für *Menschen* Lebensbedingungen erforschen und deuten sollte – statt wie Wittgenstein denen von Geistern seine Aufmerksamkeit zuzuwenden?

Sehr dünkelhaft muß sein, auch borniert, wer nicht bereit ist, das, was Jaspers von der Wirtschaft sagt, auch auf die Wissenschaft auszudehnen und sogar auf die eigene Person: «Wir müssen einsehen: Die Wirtschaft oder irgendeine ihrer Gestalten ist nicht das Absolute. Sie ist nicht der Maßstab für alles, was wir sind und sein können. Sie ist zwar so unentbehrlich wie das Wasser für das Leben, das ohne Wasser sofort stirbt. Aber sie ist so wenig wie das Wasser schon das Leben. Die Wirtschaft empfängt ihren Sinn erst durch das, wofür sie stattfindet und was nicht Wirtschaft ist.»

Während ich das hinschrieb, fiel mich aber doch der Verdacht an, daß zwar zutrifft auf alle Gebiete, was Jaspers von der Wirtschaft sagte, die keinen Sinn aus sich selber holen kann – daß aber vielleicht der Mensch den Sinn sogar aus sich selber holen muß. Gibt es für seine Existenz eine außer ihm gelegene Rechtfertigung? Braucht es die? Ja, vielleicht. Sein Fürsorgetrieb für andere könnte seine Existenzberechtigung sein.

Ich werde über meinen nächsten Essay als Motto das Sprichwort schreiben ‹Denken ist noch nicht Wissen› … denn dieses freischwebend-folgenlose Sich-‹irgend-etwas›-Ausdenken so vieler meiner Freunde beginnt mir als verantwortungslos zu erscheinen.

Wozu soll eine Maschine dichten können – mein

Unmut, Russell dort weiterzulesen, wo er ausgeht von der Tristram-Shandy-Voraussetzung, einer lebe ewig, ist kaum berechtigt, wenn ich ausgehe von meiner Forderung an mich selber, die Maschine so weit zu entwickeln, daß sie Gefühle hat, ja Gedichte macht. Ist die zu bauen zweckvoller – vom Sinn nicht zu reden – als Russells Angriff auf die überlieferten Unendlichkeitsvorstellungen, indem er mit der Phantasie spielt, ein Autor könne Tausende von Jahren an seiner Biographie schreiben? Wie schleiche ich mich vorbei an der Selbstverdächtigung, daß ich mich nur deshalb so hartnackig auf meine idée fixe konzentriere, eine Maschine müsse sogar Gefühlsleben entwickeln, ja zum Beispiel ein Gedicht ‹zeugen› können, um der Frage auszuweichen, warum ich will, daß es eine solche Maschine gibt. Will ich ein künstliches Kind, weil ich kein natürliches haben kann, da meine Jungen mich nicht zum Vater machen?

Carnevale heißt laut Encyclopaedia Britannica: Fleisch lebe wohl, lateinisch carne vale. Und da genau diese Forderung mit fast tötender Gewalt hier voriges Jahr an mich ergangen ist, wäre ich nie nach Venedig zurückgekommen, hätte nicht Ganymed mich gezwungen. Der Ältere gibt nach. So selbstverständlich es mir gewesen war, Venedig zu meiden für den Rest meiner Tage, nach meiner Carnevale-Tragödie – so selbstverständlich war es für Ganymed, auf unserer Heimfahrt Venedig kennenzulernen. Einem *das* Recht abzusprechen, hat keiner das Recht! Also sind wir hier, in einem Albergo, das schon auf einem Canaletto zu sehen ist. Doch da ich den Jungen angefleht hatte, mich dieser Stadt nicht auszusetzen, fragte er natürlich: warum?

Und so erzählte ich ihm denn von diesem Tatort, wie wir Mord-Stätten nennen. Denn wie ein Ermordeter kam der mir vor – ich selber –, den ich, als Charon meiner selbst, dem Toten zuschauend, damals abtransportiert habe nach Manchester. So wie mich Alten damals der Junge ausgebootet hatte, ausgegondelt, muß man hier sagen, so wurde ich auch jetzt durch Ganymed zum Nachgeben genötigt. Stürmisch setzte er durch, gerade deshalb als Sieger, denn «jetzt hast du doch mich!», daß ich wieder herkam, weil ich vernichtet von hier abgereist war.

Das kennzeichnet exakt die Lebensverfassung des Alten wie die des Jungen. Er beharrt: wo man geschlagen wurde, dort nimmt man den Kampf erneut auf, *gerade* dort; er ist jung. Ich gebe nach, obgleich mein Gefühl warnt: wo man geschlagen wurde, dorthin kehre man nicht zurück; so alt bin ich.

Ganymed ‹verordnete› mir, wie man von Ärzten sagt, kaum daß wir in Venedig eingetroffen waren – Ostern –, ich solle allein losziehen, um die Geister zu bannen, die mir ein Wiedersehen mit dieser Stadt bisher verwehrt hatten. «Geh und suche deinen Schmied, ich bin ganz gelassen. Denn so selten Blitzschlag das gleiche Haus zweimal entzündet, so selten erlebt man durch einen Menschen zum zweitenmal den Coup de foudre: geh! Ferienmachende sollten sich zuweilen für Stunden trennen, das läßt Aggressionen ab, die jedes, auch das friedlichste Zusammensein aufhäuft; wir trennen uns ja», es bezauberte mich, wie er dabei lachte, «nicht für die Nacht … oder doch? Siehst du, erst wenn du ihn gesucht und gefunden hast und dennoch zurückgekommen bist, kann ich doch wissen, daß du in Venedig nicht nur deshalb bei mir liegst, weil du nicht *ihn* fandest! Nie sollst du dir sagen müssen (oder ich mir sagen), du habest meinetwegen verzichtet, ihn wiederzusehen.»

Wir waren aus dem Café *Florian* gekommen, waren unter den Säulen der Prokurazien, ich zog ihn in die Tür eines – mittags – geschlossenen Ladens und küßte ihn, und so ging er denn, und ich stieg (und erhielt auf diese Weise meine Warnung) zunächst auf den Glockenturm, der sich übrigens schon wieder senkt. Die Narren erbauten in meinem Geburtsjahr 1912 den neuen Campanile genau an der gleichen Stelle, an der 1902 der alte eingestürzt war; nun ist er bereits wieder um fünf Zentimeter leewärts eingesunken – nur nach Lee hin, steht also schief; Lee sage ich wie auf Schiffen, weil es die dem Wind abgekehrte Seite ist, nach der er wieder umfallen wird. Wie hieß in der Schweiz das Bergdörfchen, in dem mir erzählt wurde, als ich Ski laufen lernte, die Alpenclowns hätten vor Jahrzehnten einen Gasthof an der gleichen Stelle errichtet, an der ein Menschenalter zuvor eine Lawine ein Gehöft vernichtet hatte; ‹Ingenieure› hatten inzwischen ‹errechnet›, das könne nie wieder passieren. Doch auch das neue Gehöft samt allem, was darin gelebt hat, bis auf wenige Hühner, wurde dann wieder durch eine Lawine erdrückt. Menschen gehen, Berge bleiben: daran hatten die Techniker nicht gedacht.

Während ich hochliftete zum Rundgang unter dem Helm des Campanile – abwärts zu Fuß –, fragte ich mich: Ist das nun Zufall oder ein Wink des Geschicks, daß ich mir das Ungeschick erspare, wieder nach dem Schmied zu suchen? Denn ich darf doch nicht darüber reflektieren, warum Menschen so gottlos dumm sind, mit einem Neu-

bauprojekt auf *die* Fundamente zurückzukehren, in die ein –
leichterer! – Turm eingestürzt ist, und darf dann selber
freiwillig an den Ort zurückkehren, der mich schon einmal
zerstört hat bis in den Grund. *Nicht* also zu dem Jungen
gehen ... tu's nicht, so sprach's in mir; und ich gehorchte.
Und war erleichtert. Lehrgeld ist das einzige, das man nicht
umsonst ausgegeben haben *muß* – wenn man will. Ich sage
nicht, daß ich's will. Ich sage nur, ich ginge ein, müßte ich's
noch einmal bezahlen. Ich suchte nicht meinen Schmied,
zum Arsenal lief ich und sah mir das Modell des letzten,
eines herrlich gebauten ‹Bucintoro› an, wie des Dogen
Prachtgaleere hieß, auf der er alle Jahre zur symbolischen
Vermählung Venedigs mit dem Meer hinausfuhr und einen
schweren goldenen Ring den Fluten, sie günstig zu stimmen, geopfert hat. Napoleon, liest man da, hat die letzte
Dogen-Prachtgaleere vernichtet – nicht etwa im Kampf,
sondern um zu vernichten. Sie war, Hochbarock vom Kiel
zur Mastspitze, 1726 gebaut worden; 1797 hat der Korse sie
kaputtgemacht.

Ach, wäre ich meinen Schmied suchen gegangen, statt
ahnungslos, was es da *auch* noch zu sehen gäbe, ins Arsenal!
Es ist das italienische Marine-Museum auch des Zweiten
Weltkriegs; das hatte ich nicht gewußt. Ihre heroische Tat
haben sie dort verewigt: Kleinst-U-Boote sind zu sehen
wie jene, mit denen Italiener im Hafen von Alexandria, in
den sie am 19. Dezember 1941 todverachtend eingedrungen
waren, teils noch im Boot, teils schwimmend, außerhalb
ihres Bootes schwimmend (!), Dynamitladungen an zwei
unserer Schlachtschiffe: ‹Valiant› und ‹Queen Elizabeth›
befestigten und sie für viele Monate kampfunfähig schlu-
gen; ebenso wie dann wir, doch erst nach Jahren, den Deut-

schen ihr Ungetüm, die ‹Tirpitz›, durch Kleinst-U-Boote in einem norwegischen Fjord auf Zeit k.o. gehauen haben.

Doch tappte ich da im Arsenal auch einem der zehntausend in die Arme, die mit mir in B.P. gearbeitet haben. Das ist normal, in Venedig und Florenz sind immer ungefähr die Hälfte aller Touristen – Briten. *Der* aber war kein Tourist wie ich. «Alan, kehrst du an deinen Tatort zurück?» fragte plötzlich vor einer Museumsvitrine Henry. Er grinste – krebskrank – wie ein Totenkopf. Da ich in Venedig ja nicht das Gefühl habe, der Mörder zu sein, den ‹es› angeblich – was ist ‹es›? – zum Tatort zurücklockt, sondern der Ermordete, war ich verwirrt: Konnte der Kriegskamerad aus Hütte 4 von meinem venezianischen Schmied wissen? Nichts wußte er. Aber wußte doch alles von meiner ‹Arbeit› zur Entschlüsselung auch des Funkverkehrs im Mittelmeer, wo wir zwar sehr viel weniger herausgefunden haben als im Atlantik, schon deshalb, weil Italiener bei weitem nicht so geschwätzig funken wie Deutsche. Aber doch genug – ach: viel zuviel – entschlüsselten wir, so daß wir auch – erfuhr ich heute – mehrere tausend *Briten*, die als Gefangene auf italienischen Schiffen von Nordafrika nach Italien unterwegs gewesen waren, durch *britische* U-Boote und Flugzeuge im Mittelmeer umgebracht haben. Warum mußten die Verbrecher in unserer Admiralität – diese Frage trieb Henry, den Sterbekranken, nach Venedig ins Archiv, haßentstellt, denn sein Sohn war als Gefangener auf einem der italienischen Dampfer und wurde durch Briten getötet –, warum mußten die in Whitehall auch solche Schiffe torpedieren lassen, die aus Afrika nach Italien fuhren, also nichts als Gefangene und Verwundete an Bord gehabt haben *konnten*. «Unsere U-Boote können ja nicht vermutet haben», sagt tonlos Henry und hat recht, «Rommels Afrika-Korps, das ohnehin aus Mangel an Benzin und Waffen vor seiner Kapitulation stand, bringe aus Nordafrika Benzin und Waffen nach Italien. Warum also griffen wir auch Dampfer an, die in *dieser* Richtung fuhren? Siehst du, Alan, Krebs gibt den Mut, vor meinem Tod noch das Gedenkwort für die von Briten ermordeten Briten zu schreiben. Auch für meinen armen Jungen – den sie killten, bevor er gelebt hatte: neunzehn war er –, umgebracht durch ein britisches U-Boot, bevor er auch nur einmal mit seinem Mädchen hatte schlafen dürfen. Was glaubst du, wie ernst ich angesichts einer solchen gemeinen Posse jetzt noch unseren Staatspopanz, die sogenannte Geheimhaltungspflicht, nehme! (Für die es ja eine sachlich-praktische Begründung ohnehin seit Kriegsende nicht gibt.) Das muß ans Licht, diese Niedertracht.»

Wie er das sagte, erinnerten mich seine Augen an früher, entflammbar durch Leidenschaft, doch wie rasch waren sie dann wieder resignationsgrau, krank wie er selbst. Ich fragte: «Wo willst du das loswerden zum Druck? Du weißt, in unserem angeblich ach so freien Land riskiert nicht einmal eine Zeitung – geschweige ein Buchverlag, zu verstoßen gegen den ‹Official Secrets Act›. Das kann den, der das druckt, 100 000 Pfund Strafe kosten, ergo druckt's keiner!» Er lächelte: «In den USA wird's gedruckt, und auch hier in Italien. Einmal ans Licht gekommen, ist es dann nie mehr zu unterdrücken … Und hier treffe ich jetzt, wenn du wartest, dann stelle ich ihn dir vor, einen blutjungen italienischen Kapitänleutnant, der eigentlich Historiker ist und nur Reserveoffizier. Sobald der die Marine hinter sich hat, schreibt er sein Buch über den Mittelmeer-Krieg allein im Hinblick auf das, was wir zu dessen Entscheidung von B. P. aus beigetragen haben! Den Titel hat er schon: ‹Il vero traditore›. Er heißt Alberto Santoni – nun, es wäre ja töricht, dich mit ihm bekannt zu machen, nur damit dir Scherereien in London daraus erwachsen. Wenn er jetzt kommt, verschwindest du einfach. Für diesen jungen Offizier, das merkte ich an seiner Leidenschaft für dieses Thema, ist es eine Frage der nationalen Ehre: ob tatsächlich, wie ja auch die verdammten Hunnen behaupten, alle Geleitzüge aus Palermo und Neapel nach Nordafrika durch einen oder mehrere Angehörige der römischen Admiralität an uns verraten worden sind. Nun habe ich diesem ganz unbestechlich ehrlichen Santoni einen Tausch vorgeschlagen. Er liefert mir aus dem Archiv der römischen Admiralität – und verletzt damit nicht einmal Geheimhaltungsbestimmungen, die haben vernünftigerweise keine für Ereignisse, deren praktische Bedeutung abgelaufen ist – die Namenslisten der britischen, polnischen, indischen Gefangenen, die auf den italienischen Schiffen durch britische U-Boote umkamen; ich liefere ihm – wofür ich natürlich Gefängnis in London bekäme, wäre ich nicht längst eingesargt, bevor Santoni sein Buch schreiben kann – aus unserem Archiv deine Entschlüsselungen der Avisos, mit denen die Italiener in Neapel, Genua, Palermo jene Dampfer aus Afrika ankündigten, die Alliierte als Gefangene an Bord hatten. Es ist absolut verbrecherisch», Henry sprach langsamer, Haß schnürte ihm die Stimme fast ab, «daß wir diese Schiffe versenkten, obgleich die Italiener gefunkt hatten, Gefangene seien an Bord; sie nannten immer sogar die *Zahl* der Briten, Polen, Inder, Kanadier, die sie an Bord hatten, tief, tief unter Deck, dort, wo man eben Gefangene aufbewahrt, damit ja auch keiner lebend davonkäme, würde ein solches Schiff torpediert. Das machte mich wahnsinnig, stürbe ich nicht ohnehin bald. Daß Whitehall manchmal *tagelang* vorher wußte, britische Gefangene seien an Bord, und dennoch unsere U-Boote im Mittelmeer nicht zurückpfiff, sondern *hinschickte*, diese Dampfer zu versenken! Sogar die exakte Geschwindigkeit der Dampfer gaben unsere Verbrecher den U-Boot-Kommandanten … Hier, lies zum Beispiel diesen italienischen Funkspruch, den wir in B. P. am 14. Februar '42 für Whitehall entschlüsselt haben, nur damit er zum Todesurteil würde auch für meinen Jungen …» Henry gab mir die Fotokopie: «Die ‹Atlas› und die ‹Ariosto›, vom Zerstörer ‹Premuda› und dem Torpedoboot ‹Polluce› gesichert, sind am Nachmittag des 13. aus Tripolis nach Palermo ausgelaufen, wo sie am 16. um 01 Uhr 00 eintreffen sollen, Geschwindigkeit 9 Knoten. Sie haben 150 bzw. 300 Kriegsgefangene an Bord.» Henry nahm mir die Kopie aus der Hand, ich konnte auch nichts sagen, wir saßen auf einer der lederbezogenen Museumsbänke; er schwieg. Dann kommentierte er: «Ausgelaufen sind diese beiden am 13. Februar, doch von uns in B. P. wurden sie schon beobachtet – alle Funksprüche habe ich lückenlos hier und gebe sie dem Italiener –, seit dem 7. Februar fast täglich … am 14. dann wurden beide Dampfer beharrlich von uns aus der Luft angegriffen. Schließlich hat unser U-Boot P 38 um 22 Uhr die ‹Ariosto› torpediert und 135 Briten gekillt, auch meinen Sohn. Kannst du mir sagen – besser, erklären, denn ich würde so gern nicht verrückt, bevor ich sterbe, warum unsere Flugzeuge und U-Boote nicht den Zerstörer und das Torpedoboot angegriffen haben, die diese beiden Gefangenentransporte begleiteten? Und warum erst am 20. November '42 in Whitehall, also fast nach einem Jahr, hier ist das Blatt, das Problem diskutiert wurde, was unsere U-Boote mit Schiffen tun sollten, die Briten als Kriegsgefangene transportieren? Mußten diese Schweine in unserer Admiralität zum Beispiel – hier, lies den von uns in B. P. entschlüsselten Funkspruch – auch noch am 14. November den Dampfer ‹Scillin› versenken mit 806 von 830 britischen Kriegsgefangenen? Mehrmals, kann ich nachweisen, und deshalb bist du, Alan, auch total unschuldig an dieser Tragödie, nein, an diesem Schurkenstück unserer Etappenschweine in Whitehall, daß die *vier Tage* Zeit gehabt haben in London, unseren Schiffen im Mittelmeer zu sagen, dieser oder jener italienische Dampfer stecke voller gefangener Briten. Sie haben es *nicht* gesagt ... Warum! Warum überhaupt – ich fragte das vorher schon – statt der Begleitschiffe die Dampfer angreifen, die nur leer – oder mit Gefangenen und Verwundeten, doch nie mit Kriegsgütern – unterwegs sein *konnten* von Afrika nach Italien!»

Ich sah den zum Männchen geschrumpften, verkrebsten Vater vor mir, kaum daß seinen Wissenschaftlerschädel – die mächtige Stirn war ja nicht wie das übrige Gesicht auch schon kleingeschrumpft – das ganz dünn gewordene Hälschen noch hielt; und ich sah in diesem Vater in diesem Augenblick alle Väter, deren Söhne durch meine Mitschuld umgebracht worden waren ...

«Laß uns was trinken», mehr brachte ich nicht heraus. Doch er sagte: «Morgen um drei in Harrys Bar – jetzt mußt du verschwinden, denn gleich kommt dieser Italiener, und da ja du hoffentlich noch vierzig Jahre lebst, soll der dich hier nicht sehen, denn wenn er dich als das Entschlüsselungsgenie kennt und dich dann natürlich in seinem Buch erwähnt, dann kämen die in Whitehall noch auf die Idee, du seist sein Informant gewesen.» Er schwieg.

Dann, bis Tränen ihm verwehrten weiterzureden: «Das ist nun seit Jahren so, daß ich morgens nach dem Aufwachen – oder werde ich davon wach, ich weiß es nicht – immer vor Augen habe, wie bei der Einschiffung in Afrika mein gefangener Junge ... wie er an der Schiffswand hochschaut und dann ... wie er hinabsteigen muß unter Deck, immer tiefer hinab unter Deck, und auf jeder Treppenstufe spürt – ich spüre, daß er das spürte, ich *weiß* das; und dieses Wissen, das mich vernichtet, ist das letzte, das ich mitnehme von dieser Welt, hoffentlich bald, daß der Junge *gespürt* hat, er steige hinab in seine Totenkammer, in seinen Hinrichtungsraum. Er war zu glücklich gewesen, als er uns – sein letzter Gruß – aus deutscher Gefangenschaft die Karte schrieb: ‹Nichts passiert als meine linke Hand zerschossen›. Und dann brachten Briten ihn um, Briten, weil sie Dampfer statt Zerstörer angriffen und ...» Ich legte – so hilflos war ich nie – meine Hand auf seine Linke. Sagen konnte auch ich nichts. Endlich brachte er hervor: «Geh – hau jetzt ab, da kommt der Santoni. Also um drei, morgen!»

Zwischen den Vitrinen mit den schönen Schiffsmodellen aus sechs Jahrhunderten sah ich einen noch sehr jungen Mann, elegant wie nur italienische Marineoffiziere sind – und wie die auf dem Petersplatz diensttuenden berittenen Polizisten –, auf meinen Kriegskameraden zugehen. Sonst sah ich nichts mehr, ich ging wie ein Automat, die Füße allein funktionierten noch, nicht mehr mein Hirn. Wie blutig auch meine Hände im Krieg geworden waren – ich hatte das immer zu gut verdrängt. Dies aber war eine andere Kategorie: Etappenkrieger in Whitehall hatten Tausende von Landsleuten umgebracht. Als ich ankam im Albergo, war da schon Ganymed. Während ich ein großes Zahnputzglas Osborne-Veterano-Brandy heruntertrank, als sei er nur Bier, reichte mir der Junge – und ich dachte aggressiv: wie glückverdummt *die* sind, die allein dank ihres Jahrgangs nicht Kriegsverbrecher wurden wie wir dank unseres Jahrgangs –, reichte er mir, sichtlich ebenso befriedigt wie nach dem Akt, strahlend ein Blatt. Und fröhlich rief er: «‹Ostern› nenne ich dieses Gedicht – für dich geschrieben heute nachmittag! Wirklich sah ich den Kardinal *rennen* vom Dom zum Palast, und uns beide habe ich auch eingraviert: schwule Briten … Wenn ich's nicht reime, das weißt du ja, kann ich sogar in Englisch ein Poem machen.»

Ostern

Straußens Walzer auf San Marco,
komponiert in jenen Jahren,
da Venetien Wien gehörte.

Fiatflitzer, Pizzaesser
hagere Katzen, Filmkritiker
Lehrerinnen, schwule Briten
Inder, Sari, roter Turban
Nonnen, wegsehend, weil ein Terrier
stämmig einen Pudel stößt.
Dort Höchstselbst der Patriarch,
der bis eben fasten mußte,
stürmt vom Hochamt an die Tafel.

Früh im Dom, der Räuberhöhle
– was dort Kunst ist, ist gestohlen –,
glaubt man an die Auferstehung.
Die Piazza glaubt dem Umsatz,
den Muranos greller Glaskitsch
zweimal wöchentlich erzielt.

Natürlich spürte er, schon an der Hast, mit der ich mich betrank, daß ich down war, und fragte: «Weil du deinen Schmied nicht gefunden – oder wieder so schön gefunden hast, daß ich euch jetzt störe in Venedig?» Ich sagte, ich hätte ihn *nicht* gesucht: «Ich war im Marine-Museum. Doch wenn dich in einer Stadt die Nemesis hetzt, hört sie offensichtlich nicht auf damit und erwischt dich sogar in einem Museum!» Da ich ja keinem sagen darf, was ich im Krieg getrieben habe, tarnte ich schon gewohnheitsgemäß, was mir soeben zugestoßen war: «Da stehen ja auch Schiffsmodelle aus dem Zweiten Weltkrieg – und so erfuhr ich, daß ich geholfen habe, im Mittelmeer italienische Schiffe zu versenken, die voller Briten waren: Gefangene der Italiener und Deutschen aus Nordafrika … Frag jetzt, bitte, mit keinem Wort danach!»

Er sagte nichts, er küßte mich: «Du Armer …» Und ich dachte: «Armer»? Ich, der Mörder! … Wieso ich – wieso nicht die von uns Getöteten?

Wie konnte ich mir je einreden, keine blutigen Hände zu haben, wenn es mir doch schmeichelt, sooft Freunde sagen, ich hätte Geschichte gemacht? Wie selten bedenken wir Wissenschaftler die Folgen unseres Tuns! Otto Hahn: und wie der sich dann einredete, «mit Waffen hatte ich zeitlebens nichts zu tun». Er hatte, als ihm die Kernspaltung ‹geglückt› war und er erfuhr, daß andere daraus die Hiroshima- und Nagasaki-Bomben gemacht hatten, buchstäblich *vergessen* – denn er war ein ganz und gar ehrlicher Mensch –, daß er schon im Ersten Weltkrieg seinem Chef Fritz Haber geholfen hatte, sogar praktisch an der Front, im Schützengraben, die ersten Giftgas-Angriffe der Geschichte zu leiten. Wer spricht noch davon, daß Habers Frau, eine Chemikerin, sich totgeschossen hat, weil ihr Mann ihre Drohung, sie werde sich töten, wenn er fortfahre, diese Verbrechen zu begehen, nicht ernst nahm?

Ich arbeitete über Computable Numbers und Hilberts Entscheidungsproblem – und heute steht da in Manchester, in meinem Laboratorium, eine Maschine, die – unausweichlich – eine Heerschar elektronischer Sklaven gebären wird, die schon in einigen Jahrzehnten Millionen arbeitslos machen! Und *ich* werde bedauert – und bedauere mich selber ... Und ich sah wieder dieses von Haß und Qual und Krebs verzerrte Vatergesicht vor mir – und setzte gleich die Flasche an und trank noch einen Viertelliter Osborne Veterano. Ganymed nahm mir die Flasche weg: «Da weiß ich Besseres, dich abzulenken. Guck da, ‹Coperta da felze› nennen die, glaube ich, die sehr wenigen Gondeln, die noch diesen schwarzen Kabinenaufbau haben: so eine habe ich für uns gemietet, das zahlt mein Alter, oder genauer, eine seiner Firmen, diese sündhaft teure Überfahrt per Gondola zum Lido. In so einer Kabine – zieh auch deinen langen Regenmantel an – können wir uns lieben wie im Bett. Wetten, daß wir's fertigbringen, doch noch die Gespenster zu verscheuchen, die dich hetzen in Venedig!» Seine Energie riß mit. Er stand am Fenster und hatte das Fernglas und zeigte mir eine dieser seltenen Kabinengondeln. Gott, wäre das ein Abend geworden in dieser Stadt ohne ihn! Er rettete mich. Schon liefen wir wieder über Piazza und Piazzetta, unter den Säulen des Dogenpalastes entlang, abermals am Arsenal vorbei, dem Museo Storico Navale, bis dorthin, wo uns die Kabinengondola erwartete. Neunzig Minuten gegen den Wind anzustaken, die noch kalte April-Bora macht erhebliche Wellen, dazu die von den entgegenkommenden Vaporetti und Passagierschiffen aufgeworfenen, sie haben den hart arbeitenden Gondoliere so intensiv und schweißnaß ausgewrungen – endlich am Lido angelangt, luden wir ihn zu Tisch, doch nahm er nur einen Drink –, wie wir in der Kabine unter dem flachen Dach auf der niedrig-breiten, mit schweren Kissen und unseren Trenchcoats belegten Bank uns liebten. Eros – einziger dem Thanatos gewachsener Gott! Hände, die sich bewährten beim Töten – wie sie dann, ihre Unschuld zurückzuerlangen, Liebe machen *müssen*! Lippen, die entschlüsselte Funksprüche diktierten, aus denen Todesurteile für Kameraden wurden, durch eigene Torpedos geopfert – wie diese Lippen dann spielen, zuerst mit Worten und zuletzt mit dem, wohin das Wortspiel sie führte: Felicita = Glück; Felino = Raubkatze; Fellone = Verräter; fello = grausam, verrucht; Fellatio. So im Wortsinn wieder her-‹gestellt›», spürte ich endlich in mir verebben, was mich so oft hatte sagen lassen: «Totensonntag – zweiundfünfzigmal im Jahr!» Und so schmolz denn, wie ich selber in seinen Fingern, seinem Mund, was seit vierzehn Monaten wie ein scharfkantiger Eisblock mir in der Brust Bedrückung gemacht hatte. Der Dichter, wie er da noch neben mir lag auf seinem Mantel, entnahm dessen Tasche einen Zettel, während er sagte: «Ich hab dir nicht nur das Gedicht gemacht, ich hab dir einige Zeilen Goethes übersetzt – du wirst dich wundern und freuen: der hat schon 1786 hier in Venedig notiert, daß nicht mehr meinesgleichen, Dichter, sondern deinesgleichen, Naturwissenschaftler, jetzt an der Zeit seien – unglaublich!» Und Ganymed übersetzte mir:

«Auf dieser Reise hoff ich, will ich mein Gemüt über die schönen Künste beruhigen, ihr heilig Bild mir recht in die Seele prägen und zum stillen Genuß bewahren. Dann aber mich zu den Handwerkern wenden, und wenn ich zurückkomme, Chemie und Mechanik studieren. Denn die Zeit des Schönen ist vorüber, nur die Not und das strenge Bedürfnis erfordern unsere Tage.»

Wie dieser Satz Existenzen wie meine rechtfertigt und gegenüber jenen verteidigt, die jedem Maler oder Filmer ehrfurchtsvoll begegnen, meinesgleichen aber mit dünkeldummer ‹Kulturkritik› abtun, weil wir angeblich Banausen sind, nur Techniker. Doch Goethe, der Dichter, spürte schon vor 150 Jahren, daß Chemie und Mechanik «die Zeit des Schönen» ablösen. So meinte Spengler, wer unter dem Eindruck seines Buches sich entschließe, Ingenieur zu werden, obgleich er bisher hatte Maler werden wollen – der tue genau das, was die Forderung des Tages sei. Ich weiß wenig von ihm, was nicht Bertrand Russell mir erzählt hat, der ihn mir darstellte als einen, an dem gemessen unser Toynbee, Spenglers Schüler, nur ein Schönredner sei. «Wie jeder Gläubige denkt und sieht er nur, was diesen Glauben respektiert, Spengler aber sah auch in den Religionen historisch entsprungene und fixierte Zeiterscheinungen, die ebenso verblühen wie die Suffragettenbewegung und die Dramen Ibsens und wie der Kaktus auf seinem Fensterbrett.» Dieser Worte erinnerte ich mich beim Anblick angebröckelter Canal-Grande-Fassaden, kaum daß ich zum erstenmal vom Bahnhof zum Markusplatz schiffte ...

Mich Mechanikern statt Künstlern zuzuwenden: es hatte dieses Rates nicht bedurft. Ein Handwerker, ein Schmied war es gewesen, der vor einem Jahr für mich der Inbegriff der Schönheit in dieser Stadt wurde und es auch blieb. Obgleich er mich nach wenigen Tagen schon zugrunde gerichtet hatte, woran er so unschuldig ist, wie ich's war, als ich ihm anheimfiel. Liebe ist ja nicht Treue; absurd von Älteren, sie Jungen abzufordern – wie wir's dennoch tun.

Wie ich den Dichter gleich Ganymed nannte – so damals schon bei meinem ersten Blick auf ihn, den Schmied, den ich verzweifelter geliebt habe als jeden anderen, Hephaistos. Verzweifelter: mit Sterbe-Sehnsucht. Denn soeben erst hatte ich mich der viehischen Hormon-Kur entzogen, zu der – «Alternative»: zwei Jahre Gefängnis! – ich vom Gericht verurteilt worden war. Ich hatte die Brüstchen einer Sechzehnjährigen, auch deren ‹süßen› – doch bei Männern höchst lächerlichen – runden Popo und war oft impotent und wünschte nichts als tot zu sein. Dieser Venezianer, grazil proportioniert wie von Donatello, hatte den schönsten Leib, der mir je geschenkt wurde. Und ein Leuchten in den Augen wie Neuschnee in der Mittagssonne, weil – was ich sonst bei keinem Menschen gesehen habe – seine Augäpfel bei achatschwarzen Pupillen so weiß blitzten wie seine jungen Wolfszähne, die so gefährlich aussahen, wie sie zärtlich und behutsam waren beim Liebeslecken. Ihn sah ich, nur in Jeans und Ledersandalen am offenen Schmiede-Feuer in der Gondelwerft, der letzten Venedigs, denn das *eine* Stück Metall neben den

Messingschrauben, das die Gondel hat, schmiedete mein Freund, den eisernen Schnabel; er symbolisiert den Hut des Dogen und die sechs Stadtviertel Venedigs. Da aber nur noch drei Gondeln im Jahr gebaut werden, zuweilen nur zwei, sie kosten 6000 Pfund, so schmiedet Hephaistos nur selten in dieser letzten von einst hundert «Squeri», wie nach einem griechischen Dialektwort die Gondelwerften heißen. Immer kann den Jungen diese einzige Werft, der Squero di San Trovaso, nicht ernähren, denn nur selten werden die Schnäbel der vierhundertfünfzig Gondeln Venedigs (früher gab es zehntausend Gondeln zur Blütezeit der Republik) beschädigt durch das verätzende Industriewasser und vor allem durch die Wellen der Vaporetti und die Abgase der noch schwereren Motore der für zweihundert Passagiere gebauten Canal-Grande-Schiffe. Das Holz wird rasch zerstört; früher hielt es fünfzig, heute hält es nur noch zwanzig Jahre. Gondeln entstehen aus sieben verschiedenen Hölzern: Eiche, Lärche, Kiefer, Ulme, Linde, Nuß, Kirsche. Fünf Holzkenner schreinern an den reparaturbedürftigen oder an den neuen Gondeln, deren jede 280 Holzteile hat, bei 11 Meter Länge und 138 bis 142 Zentimeter Breite. «Um den Rechtsdrall des Ruderers auszugleichen», unterwies mich Hephaistos, es aufzeichnend, «hat die Gondel eine Krümmung nach links; die rechte Wand ist 12 Zentimeter höher als die linke. Das Holz wird gebogen, gestreckt über einem Binsenfeuer, früher waren sogar die Nägel, jetzt durch Messingschrauben ersetzt, aus Holz.»

Wie unüberwindbar schien mir der Abgrund, der mich trennte von dem Jungen, als ich ihn traf. Hephaistos – der Name des Schmiedegottes war sofort da; seit mir Churchill warnend von Prometheus gesprochen, kaufte ich mir den Ranke Graves, ein Buch, das uns hinlenkt auf uns selbst, auf unsere mythische Herkunft, durch die wir programmiert sind. Hephaistos hat eine Mutter, die unseren Müttern, denen der Schwulen, sehr ähnlich ist; sie fand ihn abstoßend und schmiß ihn weg aus dem Olymp: doch das Kleinkind fiel ins Wasser und überlebte. Immer fand ich, meinesgleichen hätten überdurchschnittlich bemerkenswerte Mütter gehabt – kluge und kalte, so daß schon unsere Väter meist als Trottel neben ihnen hinkümmerten. So auch Hephaistos, den seine Mutter erst wieder annahm, als er bei den anderen etwas geworden war, Kunstschmied, der schließlich – bei Homer nachzulesen – die ersten Roboter schuf: mechanische Frauen aus Gold, die ihm helfen konnten in seiner Schmiede. (Warum schuf er sich dazu Frauen – nicht Männer?) Es müssen schon Turing-Maschinen gewesen sein. Sie konnten «sogar sprechen». Natürlich erfand auch die ersten Automaten Hephaistos. Homer nennt sie dreibeinige Tische mit goldenen Rädern, die «allein zu den Versammlungen der Götter fahren und wieder zurückkehren können». Daß kaum aus einem Mann etwas wurde, der nicht eine überdurchschnittliche Mutter hatte – doch war die Mutter des armen Schmiedes: Hera, nicht: Athene –, scheint auch in dieser Überlieferung auf: «Die Göttin, die verschwinden läßt», habe sein Name: he apaista gleich Hephaistos bedeutet. Die eigentliche Erfinderin aller Mechanik ist ja Athene – und zur Bronzezeit schrieb man jedem interessanten Werkzeug – sicher nicht jedem Faustkeil – Magie zu …

Dort an der Accademia vorbeizugehen, den halbnackten Jungen am Schmiedefeuer zu erblicken – es war der Gefahrenmoment, den Goethe in Rom als Voraussetzung für Liebe in ihrer radikalsten Zuspitzung beschreibt. Er steht auf dem Corso, in Erwartung der pfeilschnell und halsbrecherisch vorbeirasenden Pferde beim Carneval-Rennen, und folgert aus dem «gewaltsamen, blitzschnellen, augenblicklichen Eindruck, auf den so viele tausend Menschen gespannt warten, und wenige können sich Rechenschaft geben, warum ... daß die lebhaftesten und höchsten Vergnügen, wie die vorbeifliegenden Pferde, nur einen Augenblick uns erscheinen, uns rühren und kaum eine Spur in der Seele zurücklassen, daß Freiheit und Gleichheit nur in dem Taumel des Wahnsinns genossen werden können, und daß die größte Lust nur dann am höchsten reizt, wenn sie sich ganz nahe an die Gefahr drängt und lüstern ängstlich-süße Empfindungen in ihrer Nähe genießet».

Er mußte es wissen; Goethe-Bemerkungen finde ich in einem der vielen Guides; die schönsten, die gründlichsten über Florenz und Venedig schrieb Mary McCarthy. «Ganz nahe an die Gefahr drängen und lüstern ängstlich-süße Empfindungen in ihrer Nähe genießen»: was drängt uns dahin? Genießen ist übrigens ein durchaus nicht hierhergehöriges Wort ... Elend war ich, den Jungen zu sehen, ihm lange, sehr lange zuzuschauen, was ja kein Aufsehen machte, weil jeder Tourist, gerät er beim Gang durch die Gäßchen zur Gondelwerft, zur letzten, die es noch gibt, natürlich stehenbleibt in ihrem offenen Tor. Ich aber wußte, ich würde verkrüppeln für den Rest meines Lebens, dürfte ich nie diesen Nacken, diesen Hals, diesen Hintern küssen! Gefahr sagt auch nicht viel; Todesdrohung war's, die mich umgab; dazu, die Hoffnungslosigkeit zu erhöhen, mein ganz und gar unzulängliches Italienisch. Wenn die

Natur uns Homosexuellen immerhin *eine* Mitgift nicht verweigert hat, so die, zu spüren, daß auch der Fremde spürt, unausgesprochene Solidarität der Parias, daß man sein Outcastsein teilt.

Wie, unter welchem Vorwand sprechen mit ihm?

Endlich *mußte* ich mich losreißen. In eine der vielen Trödel-Höhlen, die noch keine Antiquitätengeschäfte sind, um irgendeinen Gegenstand aus Eisen aufzutreiben, der reparaturbedürftig wäre, und müßte man ihn erst, damit er es wird, kaputtmachen … Was ist schon noch aus Eisen? Ich hätte in meiner Not ein ganzes Parktor gekauft, hätte ich nicht schönes, altes Kamingerät gefunden, nach zwei Stunden vergeblichen Suchens: Schürhaken, Kohlenzange, einen Holzscheite-Eisenkorb, lädiert genug, daß allenfalls ein Gang zum Kunstschmied zu motivieren war. Doch die Werft war geschlossen. Siesta! Und auch am Nachmittag war der Junge nicht da: wie wenig an einer Gondel bedarf der Hand des Schmiedes. Ein Landsmann mußte dolmetschen, ehe ich zu der ordinären «Kunst»-Schlosserei hinfand, erst nach Tagen, in der Hephaistos arbeitet. Tage, die ich – dunkel um 17 Uhr – bei Schneetreiben immer so lange auf San Michele verbrachte, bis der Friedhof geschlossen wurde. Leg dich dorthin, dachte ich oft, da neben das Grab, bis du erfroren bist; doch zum Erfrieren war der Februar nicht mehr kalt genug. Die Plastiksäcke mit Müll in den Gassen – Streik der Müllmänner – rochen sogar, statt zu gefrieren. Die Groteske: den Jungen endlich mit einem Maskenfest in einem der vornehmsten Palazzi anlocken; Besitzer ein ehemaliger Finanzminister Italiens. Ich, da in England meinen Mantel vergessen, in einem rasch gekauften schwarzen Cape, Dreispitz, kalkweiße Halbmaske mit spitziger Advokatennase. Erst gegen 23 Uhr holt man uns ab in der Trattoria da Ignazio, Rua Saoneri – aber als wir endlich ankommen am Palazzo, stehen da, neben einer sehr Schönen in schwarzem Samt ohne Maske, die üblich als Harlekin, Pantalone, Pirat, Pulcinella Kostümierten: «Verschwinden», sagen sie, «sofort verschwinden, oben ist die Steuerfahndung!» Die pflegt hier gar nicht so selten mitten in der Nacht zu kommen! «Un magro martedi», sagt Hephaistos – aber lacht. Er will in diesen Tagen versuchen, bei den Japanern Arbeit zu finden, die sich darum bewerben, eine Weltfirma, den Schutzdamm zu bauen, der Venedig vor Hochwasser bewahren soll (gestern war wieder der Markusplatz vier Stunden unter Hochwasser). Die das Geld verschieben, statt endlich den Auftrag an die Japaner, die längst Modelle lieferten, oder an wen immer zu erteilen, geben als Begründung an, die zu erwartenden Nebeneffekte seien noch nicht hinreichend getestet – ja, die Japaner hätten die Erfahrung gar nicht, die sie vorgeben, sondern wollten nur in Venedig ausprobieren, ob zu Hause verwendbar sei, was sie erst einmal den Venezianern verkaufen. Recht so: Nur der Dumme lernt aus Erfahrung; der Kluge aus der Erfahrung der andern!

Wie ‹weise› ich solchen Unsinn sage, nach dem ich nie handelte; als seien Erfahrungen nicht genau das, was man selber machen *will*. Sonst hätte doch einmal eine Generation von der vorangehenden gelernt – hat aber keine! Wer wohnt schon weiterhin in den Möbeln seiner Eltern und wie die sie gestellt haben – und seien die noch so elegant. *Meine* Erfahrung, um die ich herumrede: ich habe sie ja keineswegs zum erstenmal gemacht und wußte, so müsse es wieder kommen und war doch nicht zurückzuhalten, sie neu zu machen, trotz der leben-abtötenden Bitterkeit, *Voraussehbarkeit* dieser Erfahrung. Hephaistos ging mit, wir fickten wie die Götter – und blieb dann fort, blieb einfach fort, versprach, er komme wieder, und ließ mich sitzen oder stehen; und morgen bestimmt und wieder kam er nicht und dann aber sicher – und wieder nicht! Er hätte mich *sterben* lassen, wäre ich nicht abgereist; durchaus kann man als Toter, ich hab's gemerkt, noch eine Fahrkarte lösen, Rückfahrkarten sowieso. War ich so närrisch gewesen, zu vermuten, dieser Strahlende, schön wie Michelangelos David, habe auf mich *gewartet*? Nein. Gewartet auf einen durch Hormone Aufgedunsenen, der ungefähr so alt ist wie der Vater, den der Junge daheim hat; nach Venedig reisen, Hephaistos erblicken – und sich einbilden, der habe auch nur eine Stunde für unsereinen, wenn nicht zufällig der weg ist, für den, *mit* dem er sonst lebt! Ja so blöd sein, sich ein-zubilden, ein Venezianer komme vielleicht sogar mit einem Alten nach Manchester, der unfähig ist, auch nur *ein* Stück Musik, das der Junge liebt wie seine ganze Generation, auch zu lieben! Natürlich war dieser herrlich Erfahrene zu ver-wöhnt, um auch nur einmal noch zu mir zu kommen. Und woher nehme ich, über vierzig, das Recht, an diesen Acht-zehnjährigen anders zu denken als – dankbar!

Was hätte er mit mir sprechen sollen, fragte ich Ganymed, als ich ihm alles – nein: nicht alles – erzählt hatte am Lido. Aus dieser Frage machte er in dem Gedicht, das er mir schrieb zum Trost – er brauchte zwei Tage, ich kann's nur übersetzt verstehen, offenbar ist es sehr streng im Reim dann den Vorwurf des Jungen, der ja passend ist zu ‹Carne vale!›: «Nie meine Seele – nur Fleisch besessen.» So ist das wohl lyrisch zu «übersetzen» – Seele, das ist der Geist *seiner* Generation; das, was die Schwingungen zwischen zweien erzeugt, das Mitsprechenkönnen, weil der andere die Welt auch *so* kennenlernte, *so* sieht – nicht wie sein Vater und wie ich als abgetakelte Zweite-Weltkrieg-Veteranen, die ja nicht einmal mehr tanzen könnten wie die heute in ihren cocacolaschwarzen Tanzhöhlen …

Il Carnevale

Aus Glück wurde Angst
Venezianerin:
entziehst Dich, verlangst
– daß ich gehe! Wohin?

Maskenzug ohne
Dich durch die Gassen?
Ab zur Stazione
– sitzengelassen!

Drohst wie auf San Michele
Zypressen:
«Hast nie meine Seele
– nur Fleisch besessen!»

«Nur»! Klischee an Karneval
Fleisch zu denunzieren:
Gibt's Elternliebe überall,
gibt's sonst in Menschen, Tieren

«Nur» Seelen, die Leiber lieben!
Behauptest ohne Federlesen,
seit Du mich abgetrieben:
«Liebe ist das nie gewesen!»

Nahmst Dir den Jungen
– wird der Dich behalten?
Resigniert, notgedrungen
wie stets wir Alten

Steige ich ein …
gondele durchs Labyrinth.
Gehörst Du dem Ragazzo *allein?*
Bora nennen sie Meeres-Wind.

Heut treibt Scirocco aus Triest
– ich todlahm bis ins Mark,
bahnwärts statt zum Rialto-Fest
meine Gondel – meinen Sarg.

Unser Zug ist fast schon in Zürich, da sehe ich Henry
wieder vor mir, den kaputtgemachten Vater. Seinen Sohn
habe ich nie gesehen, außer auf dem Foto, das er im Dos-
sier hatte, als er mir die Fotokopien der entschlüsselten
Funksprüche zeigte, die er im Marinemuseum an Santoni weitergeben wollte. Ein ganz normaler Britenjunge,
lachend, klug, Sommersprossen – zerrissen von einem britischen Torpedo. Dies Kindergesicht vor sich sehen heißt:
die Schnauze halten, ja sich schämen, zu klagen, wenn man
in der Liebe – von der dieser Junge überhaupt nichts abbekam wie so viele seiner Jahrgänge – zu kurz gekommen ist.

XI   Balmé und Lemp

Empörung ist besser als Kummer, der nur lähmt – regt sie auf, regt sie an, jedenfalls hoffe ich das: Vor einer Stunde betrat ich in der Piccadilly die Buchhandlung, vor der ich deshalb stets die Schaufenster studiere, weil da mein Bus hält; sie hat den Folgeband der neuesten *Encyclopaedia Britannica* im Fenster – den Buchstaben T. Nun finde ich doch hoffentlich einen Alan Turing-Artikel, dachte ich, denn 1963 hatte ich wütend der Redaktion geschrieben, sie habe in der Neuauflage Turing nicht einmal erwähnt! Damals erhielt ich einen höflichen Dankbrief: meine Reklamation sei nicht die erste und werde selbstverständlich berücksichtigt, in der nächsten Auflage. Jetzt wurde Alan gebührend herausgestellt als Logiker und Schöpfer der Turing-Maschine, selbstverständlich; doch seine bedeutendste Leistung, die ihn wie vermutlich keinen *anderen* einzelnen außer Churchill zum Retter gemacht hat, sie wird mit keiner Silbe erwähnt! Eine solche Heuchelei hätte ich selbst hierzulande nicht für möglich gehalten; entsprechend schreiben sie auch, zwar habe er das Gift selbst genommen, vermutlich aber nicht in Selbstmordabsicht, sondern experimentierend. Seinen Homosexuellen-Prozeß erwähnen sie nicht … Doch mit keinem Wort zu schreiben, daß Turing Enigma aufbrach, ist der Gipfel der Niedertracht. Immerhin ist Hitler nicht nur seit fast vierzig Jahren weg von der Erde, sondern seit fast einem Jahrzehnt ist durch Winterbothams *The Ultra Secret* doch auch endlich weltbekannt, wie der Krieg mit Hilfe von Bletchley Park gewonnen wurde. Doch über Alan wird gesagt: «1939–45 im Dienst des Auswärtigen Amtes.» Im Klartext heißt das: Der nicht einmal Dreißigjährige hat es fabelhaft verstanden, sich vor der Front zu drücken während des ganzen Krieges, als seine Jahrgänge fielen … Das ist so widerlich, daß man zunächst verstummt. Ich fürchte, eine Unterschlagung im geistigen Bereich ist kein Delikt; kriminell wäre eine positiv falsche Aussage: niemand dürfte schreiben, Alan habe Enigma nicht aufgebrochen, wenn er über Turing schreibt; niemand aber, der über ihn schreibt, kann gezwungen werden zu sagen, daß er das getan hat. Absurd wie nur Gesetze sind …

Da ich schon den Turing-Artikel überprüfte, prüfte ich gleich mit, ob jene zwei Männer in der *Encyclopaedia* vorkommen, die das – wie König Georg VI. formuliert hat – «bedeutendste Einzelereignis des ganzen Krieges» ausgekämpft haben: Julius Lemp und David Balmé. Ich schlug also nach und fand beide nicht. So trage ich denn heute in mein 40 Jahre altes Journal noch ein, was am 8. Mai 1941 südlich von Grönland Weltgeschichte gemacht hat. Und was bis 1974 von Großbritannien wie alle Enigma-Geheimnisse der Geschichtsschreibung unterschlagen wurde; dreizehn Jahre nach Kriegsende wurde zwar die Eroberung des deutschen U-Bootes 110 bekanntgegeben, 1958. Nicht aber, daß Leutnant Balmé das Boot deshalb geentert hat, um endlich Alan Turing das erste Exemplar einer neuesten, jetzt im Einsatz benutzten Enigma von Bord zu holen: das kostbarste aller Beutestücke, den Schlüssel zum Aufmachen der geheimsten Geheimnisse Hitler-Deutschlands ... Es stellt dem Instinkt der Historiker kein blendendes Zeugnis aus, daß ihrer *keiner* auch nur geargwöhnt hat bei seinen Forschungen und in den hunderttausend Büchern über den Zweiten Weltkrieg, während der Schlachten sei die Genesis einiger spektakulär bedeutender Ereignisse – gelinde gesagt: nur schwer nachvollziehbar!

Der 7. und 8. Mai sind keine Glückstage in der deutschen Geschichte: Am 7. Mai 1915 versenkte ein törichter kaiserlicher U-Boot-Kommandant die ‹Lusitania›, das größte britische Passagierschiff, das – stolz, vier Schornsteine, auffallend langsam fahrend – der irischen Küste zusteuerte. «Unser 45 000-Tonnen-Lebendköder» nennt Churchill den seit 1913 bewaffneten Luxusliner. Auch hundert Bürger der gerade noch neutralen USA kommen um und über tausend Briten, die entscheidende ‹Leistung› der zweitstärksten Flotte der Welt, der deutschen, dem Vaterland 1917 die Kriegserklärung Amerikas auf den Hals zu ziehen! Auf den Tag 30 Jahre später, am Nachmittag des 7. Mai 1945, unterschreiben Hitler-Generale die bedingungslose Kapitulation Deutschlands, die eine Minute nach Mitternacht, am 8. Mai, in Kraft tritt. Und zwischendurch, wieder an einem 7. Mai, 1941, enterten Briten im Nordmeer das deutsche Wetterbeobachtungsschiff ‹München›, dessen Funker noch rasch seine Enigma hatte ins Wasser werfen können – nicht aber mehr die Verschlüsselungsunterlagen, die es erstmals gestatteten, im Juni *zeitgleich*, das heißt: in der Stunde, in der die Deutschen funkten, schon in ‹Heimische

Gewässer› einzubrechen, wie die Nazi-Marine jenen Code nannte – ab 1. Januar 1942 taufte sie ihn um in ‹Hydra›, in dem sie ihre Befehle in der Schlacht um den Atlantik funkten. Daß die ‹München› hatte entdeckt, überrascht und ausgeplündert werden können, war wiederum der Funkaufklärung zu danken und dem Entern – am 4. März 1941 – des deutschen Vorpostenbootes ‹Krebs› bei den Lofoten. Auch hier war die Enigma noch rasch über Bord geworfen worden, doch erbeuteten die Prisen-Männer des Zerstörers ‹Somali› noch einen Kasten mit Reserve-Schlüsselwalzen für Enigma und einige Schlüsselanweisungen, die es ab 10. März gestatteten, rückwirkend – was freilich keinen praktischen Wert mehr hatte – den deutschen Funkverkehr vom Februar teilweise zu entziffern. Das übte den alsbald glückenden Einbruch, den ich in keiner Gesamtdarstellung des Krieges – das Ganze ist das Unwahre – auch nur erwähnt fand. Und den ich jetzt so detailgetreu aufschreiben will, wie der Protagonist, der einundzwanzigjährige Leutnant David Balmé ihn mir erzählen durfte, nachdem der König ihm das sehr hohe ‹Distinguished Service Cross› 1941 persönlich überreicht hatte. Der *Times* durfte er es erst 36 Jahre später erzählen, 1977. Ich hatte zu denen gehört, die in Scapa Flow die Beute in Empfang genommen und mit der Bahn, um sie nicht durch einen Flugzeugabsturz zu gefährden, nach Bletchley Park gebracht hatten ...

Somerset Maugham läßt eine Schauspielerin sagen, junge Liebhaber kämen für sie nicht mehr in Betracht – und so fehlten ihr in modernen Stücken die Partner, weil Autoren aufgehört hätten, «jene Art von Rollen zu schreiben, die früher die Franzosen den Raisonneur genannt haben». Meine Darstellung von Ereignissen mit Räsonnements zu retardieren, ist aber meinem Alter gemäß. Ich muß mich im Chaos des Geschehens reflektierend sammeln, um nicht mitgerissen zu werden. Der Mitgerissene ist kein Beobachter mehr. Schreibe ich nur für Zeitungen, kann ich nicht reflektieren.

Aber hier und anläßlich Turings sowieso, doch auch im Hinblick auf David Balmé, überlege ich zunächst, was überhaupt Einzelkämpfer noch bewirken können in einer Weltkrise, die wie der Hitler-Krieg ab Herbst 1940 durch Entschlüsselung des deutschen Funkverkehrs natürlich nicht allein – doch in hohem Maß *mit*entschieden wurde. General Eisenhower, im Gegensatz zu unseren britischen Feldmarschällen ein anständiger Mensch, schrieb sofort bei Kriegsende den großen Dankbrief an C., unseren Chef General Menzies, mit der Aufforderung, uns in Bletchley Park zu danken, denn: «Ultra war entscheidend!» (Ultra war das Tarnwort für unsere Entschlüsselungstätigkeit.) Unser Empire-Stabschef Alanbrooke wird denn auch von Winterbotham nicht einmal im Register erwähnt – weil er offensichtlich verzerrt von Dünkel gegenüber den Mathematikern nie ein Wort der Anerkennung für uns gefunden hat, zweifellos deshalb nicht, weil er der Hauptnutznießer von allen Nachrichten aus B. P. gewesen ist: Man hüte sich vor jedem, der einem dankbar sein muß! Während Alanbrookes Untergebener Montgomery sich von Winterbotham vorwerfen lassen muß, wesentliche Nachrichten aus B. P. oft so ungenügend ausgewertet zu haben, daß ‹seine› Soldaten diese Feldmarschallseitelkeit, es lieber ‹allein› zu machen, nicht als Kenner feindlicher Nachrichten, sondern als ‹Stratege›, mit Blut bezahlen mußten ... Aber gerade *weil* Ultra «entscheidend» war, bleibt das Problem:

Was kann der einzelne noch tun in Krisen? Zum Beispiel die klassischen Spione, die Admiral Canaris noch in Mengen aus Deutschland herüberschickte zu uns: ohne jede praktische Wirkung. Die Geschichte dieser armen Teufel – allein im Tower haben wir über dreißig von ihnen aufgehängt – ist nie geschrieben worden; auch in den USA endeten sie fast alle, ohne irgendeine Wirkung gehabt zu haben, auf dem elektrischen Stuhl, weil sie dort ebenso wie hier auf der Insel durch Turings Entschlüsselung schon avisiert waren, bevor noch deutsche U-Boote sie an Land gesetzt hatten. Während jene Art von Spionage, die Turing zur Meisterschaft brachte, uns die Geheimnisse des Feindes preisgab, als ständen sie in der Zeitung.

Doch Einzelkämpfer, wie der blutjunge Balmé mindestens für eine Entscheidungs*stunde* im Krieg war, sie faszinieren mich, weil sie in ihrer Person den *Widerstand* gegen den Zeitgeist verkörpern! Sie schützen uns vor der Versuchung, den einzelnen nicht mehr zuzulassen in unserer Anschauung der Welt. Wir überlassen uns der Illusion, weil über viele entschieden wird, müßten auch viele es sein, die entscheiden. Im Gegenteil: Im selben Maß, in dem die Zahl derer wächst, über die entschieden wird, nimmt die Zahl derer ab, die entscheiden: Das ist entsetzlich. Das entwürdigt uns – jeden einzelnen von uns. Brauchte es früher dreißigtausend Soldaten, eine Stadt von hunderttausend Einwohnern zu belagern, zu stürmen und die Menschen dieser Stadt zu massakrieren, bedarf es heute der Entscheidung *eines* Mannes oder dreier Männer, eine Handvoll Piloten in ein Flugzeug zu setzen und Hiroshima und Nagasaki mit ungefähr einer Viertelmillion Unbewaffneter wegzuradieren.

Wir wollen nicht wissen, daß nie so wenige wie heute über so viele die Macht hatten ... So wie ja heute auch nur noch zwei Staaten die Macht über alle anderen Staaten haben. Es bleibt dabei, die Erbeutung der Enigma durch Balmé ist das «bedeutsamste Einzelereignis des ganzen Krieges». Denn von nun an besaß der neunundzwanzigjährige Alan Turing die absolute Herrschaft über den gesamten militärischen und diplomatischen Funkverkehr Deutschlands – auch auf den Meeren, neuerdings, wenn auch nicht für alle noch kommenden Monate des Krieges; zuweilen verbesserten die Deutschen ihre Codes, dann mußten sie erneut entschlüsselt werden. Am 9. Mai 1941 hat tölpelhaft der bereits genannte deutsche U-Boot-Kommandant Julius Lemp den Briten das letzte technische Gerät ausgeliefert, das Alan Turing noch gefehlt hatte, um seinem Einblick – seit einem Jahr – in die Funksprüche der deutschen Luftwaffe und die des deutschen Heeres noch die Kenntnisse des deutschen Marine-Funkverkehrs hinzuzufügen. Und Leutnant Balmé hat am 9. Mai aus Julius Lemps zum Auftauchen gezwungenem U-Boot die Enigma ausgebaut.

Wieso war Balmés Gegner Julius Lemp schon berühmt bei seinem Chef Dönitz und bei Hitler als Günstling des Mißgeschicks? Weil er bereits am 3. September 1939, also am Tag der britischen Kriegserklärung an Deutschland, den auf hoher See durch den Krieg überraschten Passagierdampfer ‹Athenia› versenkt hatte – fatale Parallele zur Versenkung der ‹Lusitania›. Lemp bringt am ersten Kriegstag 28 neutrale Amerikaner um, die unter den 112 Opfern sind. Ohne Vorwarnung hat er die ‹Athenia› torpediert ... Natürlich *weiß* Lemp, daß 24 Jahre zuvor die Versenkung der ‹Lusitania› die USA auf Kollisionskurs gegen das kaiserliche Deutschland gebracht hat – dennoch läßt sich der tatkräftige Idiot nicht abhalten, einen auf See durch Krieg überraschten Passagierdampfer zu torpedieren! Sogar Hitler ist derart verärgert – denn unbedingt will er die USA aus dem Krieg heraushalten –, daß er seinen Cheflügner Goebbels anweist, in die Welt zu trompeten, Churchill selbst habe das Schiff durch Zeitzünder versenkt, um nach dem Musterfall ‹Lusitania› abermals die USA in den Krieg zu locken. Julius Lemp und alle seine Besatzungsmitglieder müssen vor Dönitz schwören, nie darüber zu reden, daß sie die ‹Athenia› torpediert haben; die Eintragung im Bordbuch wird herausgefälscht. Günstling des Mißgeschicks – wie sonst sollte dieser Lemp zu nennen sein, als er zwei Jahre später verabsäumt, dem weitaus wichtigsten aller Befehle nachzukommen, nämlich Enigma ins Wasser zu werfen, ehe er mit der Besatzung sein zum Auftauchen gezwungenes Boot verläßt, um in Gefangenschaft zu schwimmen. Fast auf den Tag genau vier Jahre vor der totalen Kapitulation Deutschlands ...

Dieser Julius Lemp – wie hat der *eine* Mensch dazu beigetragen, die Wechselfälle des Krieges mitzubestimmen. Er und ebenso unsere List, geheimzuhalten, daß wir Lemps Boot geentert hatten: eine Schicksalsnacht, diese Nacht vom 8. auf den 9. Mai. Lemp hatte südlich von Grönland die Verfolgung eines Geleitzugs begonnen; gegen Mittag kam er zum Torpedoschuß, versenkte den Dampfer ‹Esmond› und noch ein weiteres Schiff, insgesamt 7585 Bruttoregistertonnen ... ahnungslos, natürlich, daß diesmal ein Kampf um das Leben von aber Millionen Soldaten beginnen sollte, die entweder fielen, wenn sie auf

Hitlers Seite kämpften – oder aber gerettet wurden, weil sie Alliierte waren, geschützt durch die britische Kenntnis der deutschen Funkschlüssel ... Denn Lemps Boot, es wurde nun gejagt, mit Wasserbomben – mit Serien von Wasserbomben. Und stundenlang. Eine ganze Nacht lang – und das zum Glück der Briten. Denn als endlich Lemp zum Auftauchen gezwungen wurde, weil sein Boot beschädigt worden war, waren der Konvoi und die Hunnenboote, die ihn noch verfolgten, schon so weit entfernt, daß deren keines irgend etwas mitbekam von dem, was U 110 jetzt zustieß. Als Lemp auftaucht, schießt die englische Korvette ‹Aubrietia›, bis Lemp und seine Besatzung aufgeben und ihr torkelndes Boot schwimmend verlassen, dessen Sprengung sie vorbereitet haben, befehlsgemäß ... Der Zerstörer ‹Bulldog› dreht bei, die Deutschen aufzufischen – vor allem aber, ihr Boot zu entern. Denn U-Boot-Besatzungen werden gerettet, wenn möglich, obgleich U-Boote – auch britische – grundsätzlich ihre Opfer, die Schiffbrüchigen, aus Mangel an Platz ertrinken lassen. Uns Briten ist mit dem Aufbringen des Bootes kein Zufallstreffer geglückt – geglückt ist endlich, was wir seit Monaten systematisch angezielt haben: alle unsere Schiffe haben den Befehl, deutsche Schiffe nach Möglichkeit nicht zu versenken, sondern zu entern, um sie nach dem Marine-Funkschlüssel, den Code-Büchern, der Enigma und allem Zubehör abzusuchen. Lemp aber vertraut auf seine – dann doch nicht detonierenden – Sprengladungen. Als er – noch schwimmend – entdecken muß, das britische Prisenkommando, das schon in einer von fünf Männern geruderten Jolle naht, werde sein Boot entern, bevor es explodiert, versucht er, wieder zurückzugelangen an Bord. Aber Briten schießen den Schwimmenden tot, bevor er sein Boot wieder betreten kann. Lemps Besatzung bringen sie erst unter Deck ihres Zerstörers, *damit kein Deutscher sieht,* was Leutnant Balmé und seine Begleiter in den nächsten vier Stunden so umsichtig wie todverachtend tun: sie bauen – bis sie die Zeitzünder in Lemps Boot beseitigt haben, unter höchster Lebensgefahr, denn jede Sekunde kann (und sollte ja) das verlassene U-Boot in die Luft fliegen – alle Geheimunterlagen aus. Ich bringe nicht übers Herz, den Einundzwanzigjährigen zu fragen, ob er selbst den schwimmenden Lemp erschossen hat, um ihn daran zu hindern, sein Boot doch noch zu sprengen; einen Soldaten, der ja Töten noch nicht gewohnt sein kann, dies fragen?

Wir waren hoch erregt, wir fünf aus B.P., die der Schatzkiste nach Scapa entgegengereist waren. Der sonst so nüchterne Dr. Lewin, schließlich Mathematiker, nicht Pathetiker, brachte dennoch über die Lippen, so uralt dieses Klischee auch ist: «Die Geschichte hielt den Atem an!» Geniert setzte er hinzu: «Spricht die Geschichte sonst nur von Schlachten wie bei Trafalgar und Jütland: an jedem Standard gemessen ist dieser Beutezug ein Sieg, der noch weiterreichende Konsequenzen haben *muß* als Trafalgar!» Ängstlich fragten wir, ob tatsächlich keiner der deutschen Gefangenen gesehen haben könne, daß Balmé und seine vier Kameraden die Enigma mit allem Zubehör ausgebaut haben. «Aber die waren doch unter Deck – als sie am nächsten Tag wieder herausdurften, momentweise, war das von uns abgeschleppte Hunnenboot ja bereits abgesoffen. Das wird auch noch dazu beitragen, die Gefangenen vermuten zu lassen, wir hätten nichts von Enigma gesehen; und *wenn* einer der Gefangenen ahnt, wir hätten Enigma doch, so muß man eben ihre Post nach Deutschland zensieren ...» Er wurde beruhigt: Das geschehe.

Kaltblütig kletterte Balmé, die Pistole entsichert in der Hand, als erster über den Turm ins Boot, mit dem er doch jede Sekunde in die Luft fliegen konnte. Der Mut dieser Männer in dieser Stunde! Vier Stunden sogar bauten sie das Boot leer ... Wie alle, die tun und handeln, war der Leutnant ein karger Erzähler. Doch so muß das zugegangen sein:

Als das deutsche U-Boot beschädigt auftauchen mußte, war der britische Zerstörer ‹Bulldog› sehr nahe beigedreht, riskant nahe an das vermutlich sogleich explodierende U-Boot. Auf nur hundert Meter Entfernung. Und setzte sein längst vorbereitetes Prisenkommando ab. Balmé: «Es ist nicht leicht, eine Jolle längsseits eines abgerundeten Unterseebootrumpfs inmitten einer leicht bewegten, eisigen Mai-See zu rudern ... Wir tasteten uns auf dem hart schwankenden, wellennassen U-Boot-Rumpf entlang. Als ich die Leiter des Turms hinunterstieg, war die Atmosphäre unten im verlassenen Boot drohend ... Ich hatte Angst: beim Sehrohr Stille, Schwärze, ein bißchen durch drei blaue Lampen der Notbeleuchtung aufgehellt. Die Geräusche von außerhalb, die Explosionen von Wasserbomben, als der Geleitschutz des Konvois, den Lemp angegriffen hatte, die Angriffe weiterer U-Boote abwehrte. Ich befürchtete, daß die Druckwellen dieser Explosionen die Sprengladungen im verlassenen U 110 durch Detonationsübertragung auslösten. Wie konnten wir wissen, ob wir alle Sprengvorrichtungen finden und entschärfen würden? Wir suchten genau im ganzen Rumpf. Wir fanden rasch die Regale mit den Codebüchern, während ein Techniker, der sich als Funker auskennt, die Verschlüsselungsmaschine der Hunnen aus dem Wandgestell, dem Eisenrahmen schraubte. Nun war noch die menschliche Kette die Turmleiter hinauf und am U-Boot-Deck entlang zur Jolle zu bilden. Diese Menschenkette reichte die Unterlagen und die Enigma von Hand zu Hand weiter. Jeden Moment konnte einer von uns, oder, schlimmer, konnte eines der Beutestücke ins Meer fallen, das Deck war glitschig und ohne Reling. Doch wir hatten Glück. Drei Stunden des Hin- und Herfahrens zwischen der ‹Bulldog› und U 110, und das gesamte Schlüsselmaterial, die Seekarten und viele andere Ausrüstungsgegenstände waren ins Trokkene gebracht ... Das deutsche Boot war ein schönes neues Schiff, mit einer Hunger machenden Kombüse: ehrlich, die essen verdammt gut! Unser Ingenieur kam herüber, er wollte die Maschine des U-Bootes in Gang bringen, doch es gelang ihm nicht. Deshalb ist es uns leider im Schlepptau am nächsten Tag weggesoffen ... Immerhin, man verlange nicht zuviel: Die Enigma M, die noch in den drei nächsten Monaten geltenden aktuellen Codesätze, das Kenngruppenbuch, das U-Boot-Kurzsignalheft, die wichtigen Schlüsseleinstellungsanweisungen auf wasserlöslichem Papier, ein Kasten voller Schlüsselwalzen und daneben die Funkkladde haben wir erwischt. Und vor allem den Plan für die zweimal täglich vorschriftsmäßig zu ändernden Einstellungen der M-Walzen!»

«Ja, bis Jahresende haben wir ihre Geheimnisse, vorausgesetzt, sie haben nicht gesehen, daß ihr Boot geentert wurde. Denn sonst müßten sie ihren Code radikal umstellen», setzte Lewin hinzu.

Für die «Geistes»-Haltung von Lemps Offizieren und also für seine eigene ist die Charakterisierung interessant, die Besatzungsmitglieder Lemps den britischen Verhörern im Juni 1941 vom Ersten Offizier des Bootes gaben; er sei «bei der Besatzung verhaßt ... ein engstirniger, gefühlloser Schinder, intolerant gegenüber jeglicher Kritik am Naziregime, das er leidenschaftlich verteidige».

Turings Geniestreich darf nicht vergessen machen, daß die Schlacht um den Atlantik auch für uns Alliierte *dennoch* eine der grausamsten der Geschichte war. Wie viele werden in brennendem Öl – bei torpedierten Tankern – langsam gestorben sein? Oder in unaufgefundenen Schlauchbooten verdurstet?

Im Mai hatte Balmé die Enigma erobert, schon im gleichen Monat konnten britische Flugzeuge über Deutschland ein Flugblatt abwerfen mit der Frage: ‹Wo ist Prien?› Auch stehen die Namen der zwei – außer Prien – geschicktesten, gefährlichsten deutschen U-Boot-Kommandanten Schepke und Kretschmer auf dem Blatt: Auch deren Boote wurden bereits im April vernichtet, wie dann Priens Boot im Mai.

Doch im Frühjahr 1942 hat die deutsche U-Boot-Leitung durch Komplizierung der Enigma Turings Dechiffrierkünste wieder lahmgelegt, der Blackout dauert Monate, und die Schiffsverluste der Alliierten stiegen erschreckend – stiegen bis zum März 1943. Noch im Februar 1943, also 21 Monate, nachdem Balmé die deutsche Marine-Enigma Turing aushändigen konnte, versenken deutsche U-Boote 68 Handelsschiffe, verlieren allerdings zwanzig eigene Boote. Vom 17. bis 20. März versenken U-Boote aus zwei gemeinsam fahrenden amerikanischen Konvois im Nordatlantik 21 Schiffe, wobei nur ein deutsches Boot vernichtet wird. Denn auch Dönitz kann mit seinem sogenannten B-Dienst sehr oft die Funksprüche der Alliierten auffangen und teilweise entziffern. Am 16. März verlieren die Alliierten zwölf Schiffe aus zwei Konvois.

Endlich, im März, um den 20. herum, bricht Turing auch wieder in den Marine-Funkverkehr ein, während er den der zwei anderen Waffengattungen ja seit Spätsommer 1940 stets lückenlos im Klartext lesen konnte. Und nun werden die U-Boote aus Jägern die Gejagten. Jürgen Rohwer, ein Deutscher, stellte eine beeindruckendere Erfolgsbilanz für Bletchley Park auf als jeder Brite: «Immerhin gelang es den Briten, von den insgesamt 174 Nordatlantik-Konvois, die zwischen Mitte Juli 1942 bis Ende Mai 1943 planmäßig verkehrten, 105 um die deutsche U-Boot-Aufstellung herumzuführen, ohne daß sie erfaßt wurden. Von 69, die teilweise von den wartenden U-Booten planmäßig erfaßt, teilweise aber auch nur zufällig gesichtet wurden, entkamen 23 ohne Verluste, 40 erlitten geringe Verluste, zum Teil nur Nachzügler. Nur 16 der Konvois verloren mehr als vier Schiffe.» Im Mai 1943 waren die U-Boote besiegt.

‹Meine› Männer, redete der so borniert wie fanatische Nazi Dönitz die U-Boot-Fahrer an und glaubte niemals, was Admiral Raeder ihm durch Admiral Darían, den England-hassenden Franzosen, schon am 28. Januar 1942 als Warnung hatte zukommen lassen: daß seine Funksprüche abgehört werden! Allein durch Tod wird Dönitz zwei Drittel aller U-Boot-Fahrer verlieren; über 28 000, nach einer anderen Statistik sogar 32 000, von 39 000 Jungen – die meisten sind noch Jungen! – und Männern; der Rest – fast komplett – gerät in Gefangenschaft; nie sind Soldaten unbarmherziger verheizt worden – und diese Matrosen sogar für den Installateur von Auschwitz ...

‹Hydra› hat Dönitz seinen Chiffrierschlüssel genannt: Hybris hätte er ihn nennen sollen ...

XII   Ein Apfel voller Zyankali

Nie werde ich begreifen, daß Menschen auf die Idee kommen, einen zu richten, der sich getötet hat – «richte nicht, auf daß du nicht gerichtet werdest», oder Schwäche, Versagen, Angst ausgerechnet einem Menschen zu unterstellen, der *das* Quantum Wille, Energie und Mut aufbringt, das die Selbstvernichtung voraussetzt. In der Tat gibt es keinen Lebensakt, der ein ähnliches Maß an Stärke und Kühnheit bedingt wie der freiwillige Abschied von dieser Welt, in absoluter Ungewißheit, ob eine andere uns erwartet – oder «nur ein Mund voll Erde», wie ich eine Neunzigjährige sagen hörte.

Denkbar ist allerdings, einen Selbstmörder der Untreue zu bezichtigen – ich könnte das nicht, begreife es aber –, der Menschen zurückläßt, die von ihm abhängig waren. Das hat Alan Turing nicht getan. Und wer weiß, ob nicht – umgekehrt – genau dies die Ursache seines Weggehens schon mit 42 Jahren war: daß niemand dagewesen ist, dem er seinen Fürsorgetrieb – einen der stärksten lebenserhaltenden Triebe – hat zuwenden dürfen. Dazu kam, daß seine Mutter nun finanziell unabhängig geworden war, seit sie zu ihrer Pension noch 5000 Pfund geerbt hatte, so

daß Alan nicht lange vor seinem Tode die 500 Pfund strei-
chen konnte, die er bisher – wie auch sein Bruder – der
alten Frau jährlich überwiesen. Sie hat ihn ohnehin beerbt,
der auch geerbt hatte. Und er war nie arm, so daß es ihm
erspart blieb, je zum Geld irgendeine Beziehung zu entwickeln. Sollte er fähig gewesen sein, einen Scheck auszu-
füllen – ich sah das nie –, so bestimmt nicht, einen ein-
zulösen; geradezu komisch, zu denken, er hätte sich dazu
überwinden können, eine Steuererklärung abzugeben. Der
Staat, dessen Beamter er war als Professor der Universität
Manchester, zog ihm ab, was er von Turings Gehalt bean-
spruchte.

Doch wie ein edles, starkes Pferd zuweilen an einem Huf-
eisen verendet, so kam eben deshalb, weil Alan nie eine
Beziehung zum Gelde hatte – denn Geld steht für die All-
täglichkeit –, so kam durch eine geradezu kränkende und
Turings Geist verhöhnende Lappalie der Anfang vom Ende:
Alan ging zur Polizei, weil ihm ein Hemd, einige Fischmes-
ser, eine Hose, ein Kompaß und ein Rasierapparat gestohlen worden waren. Sicher hatte der Dieb auch Geld mitgenommen – doch davon redete Alan nicht, weil er das nicht
wußte, da er ja niemals wußte, ob, wo und wieviel Geld in
seiner Wohnung war, so daß er zuweilen einen Jungen, der
mit ihm geschlafen hatte, verdächtigte, Geld aus der Brief-
tasche entwendet zu haben, während Alan das Frühstück
machte … Nichts hat seinen Bruder, den Anwalt, so sehr
entsetzt wie die Tatsache, daß Alan *um nichts* zur Polizei
gegangen war, die dann in Minutenschnelle – da ja Alan
auch viel zu stolz war, zu lügen – schon gewußt hat, warum denn ein Knabe ihm den Hinweis auf einen anderen

gegeben hat, der angeblich der Dieb war. Doch was ist das: «um nichts»? Für andere kann das alles sein. Alan, der den zwei Bullen, die zuvorkommend waren, übrigens in Zivil, Wein einschenkte und später irische Volkslieder vorfiedelte, denn er geigte wie Einstein, erlag dem Trieb: Verlogenes, Überholtes, Heuchelei in den Orkus zu treten. Man muß das auch so sehen: Turing hatte durchaus einen Maßstab für das, was er für die Nation geleistet hatte.

Bereits 1942 ahnte ich, ‹ewig›, wie sich der Staat – jeder Staat ist kriminell – das so denkt, könne unterschlagen werden, was Turing tat. Denn da war er mit Welchman und mit Hugh Alexander ins Foreign Office beordert worden, wo man jedem 200 Pfund schenkte, weil man ihnen aus Geheimhaltungsgründen keine Orden geben könne. Im Krieg verständlich – doch als der entschieden war und Hitlers Enigma so tot wie er?

Und nun war vom achtzigjährigen Churchill – wieder Premierminister – der sechste, der letzte seiner Doppelbände über den Zweiten Weltkrieg erschienen und gekrönt worden mit dem Nobelpreis für Literatur. Und in diesen zweimal sechs Bänden samt Dokumenten kam nicht nur Alan Turing nicht vor, sondern nicht *einmal* Bletchley Park! Wenn Churchill gar nicht umhinkonnte, zuzugeben, daß einer seiner Siege einmal nicht *ihm* zu verdanken war, dann schrieb er: «Zu jener Zeit hatten wir einen Spion dicht bei Rommels Hauptquartier, der uns genaue Nachrichten über die fürchterlichen Schwierigkeiten von Rommels selbstbewußter, aber gefährlicher Lage gab.» Nun, diesen Spion hat es nie gegeben – sondern es gab Bletchley Park! Und nun sollte der Haupteinbrecher in die geheimste Kommandozentrale Nazi-Deutschlands auch noch ins Gefängnis gehen, weil er zur Polizei gegangen war, um einen anzuzeigen, der ihn bestohlen hatte – und sollte erfahren, daß nicht der Dieb ins Gefängnis kam, sondern der Bestohlene: weil er zuweilen einen Jungen, der das ebenso wollte wie er, und der das ebenso diskret der Gesellschaft zu wissen erspart hat wie Turing, mit in sein Bett genommen hatte. Es war zuviel. Und so überkam denn den Gedemütigten, den um seinen Ruhm niederträchtig Bestohlenen das, was Biographen sein ‹Bilderstürmertum› nennen. Es ganz falsch so nennen! Turing hatte vielmehr die Souveränität, einer von Heuchelei entstellten Gesellschaft zu *sagen*, sie sei entstellt, ihr das zu schreiben, obgleich er natürlich wußte – wie nicht? –, dafür komme er ins Gefängnis! Und so geigte er nicht nur den zwei Polizisten irische Volkslieder vor – sondern bat sie, fünf Seiten mitzunehmen, die er hastig herunterschrieb. Und die ihm weniger zu einem Schuldbekenntnis gerieten (so nannte dann nur der Staatsanwalt diese Seiten, die bis heute kein Mensch zu sehen bekommt, der nicht Gerichtsperson ist; denn der Staat findet immer – *alle* Staaten – eine sogenannte Begründung, auf Kosten des Individuums Wahrheit zu unterschlagen!). Sondern diese Seiten – das ist sparsamen Äußerungen des Bruders zu entnehmen, dessen Londoner Anwaltsbüro einen Partner in Manchester hatte, der gemeinsam mit einem anderen Anwalt Alan verteidigte –, diese Seiten, an den Staat gerichtet, waren Alan Turings freiwillig abgegebenes, also provokatives Bekenntnis für die Freiheit des Individuums. Eine Streitschrift, so radikal abgefaßt, daß sie ihm, der demnächst vor Gericht stehen würde, dort enorm schaden sollte. Denn sie demonstrierte das, was Gerichte die ‹Unbelehrbarkeit› eines Angeklagten nennen, seinen Mangel an

Reue, das heißt: die Unantastbarkeit seiner Menschenwürde durch ein wie immer ‹geartetes›, von ihm aber nicht anerkanntes Gericht. Keine Frage, hätte Turing nur *für sich* streiten wollen, er hätte die grundsätzliche Auffassung zum Recht auf Homosexualität für alle die, die nun einmal homosexuell sind, nicht ausgerechnet einem Gerichtshof vorgelegt, vor dem er selber demnächst stehen mußte.

Mit Vermutungen, warum Turing es satthatte, sich einem Gesetz zu beugen, das er absurd fand, will ich nicht kommen – sein *Stolz* und seine Prometheus-Natur, wie Churchill das hellsichtig-warnend genannt hatte, nahmen nicht länger hin, daß er sich selbst verleugnen sollte, nur weil die Natur ihm auferlegt hatte, Jungen statt Mädchen zu lieben. Und da Gerichte unter dem Vorwand, die Persönlichkeit zu schützen, auch die Papiere *derer* der Öffentlichkeit vorenthalten, die vor dieser Öffentlichkeit rehabilitiert werden müßten, da man sie vor Gericht geschleift hatte – so können wir nicht einmal mit Sicherheit bestreiten, daß sogar Turing geglaubt haben kann, vorübergehend, eine Hormonbehandlung sei keine chemische Kastration. Der Kanzler der Universität und auch Turings Freund und Kollege Professor Newman traten für Alan in die Schranken der Justiz, ihr zu sagen, es geschehe nicht zum Wohle Englands, diesen Mathematiker – einen der *bleibenden* des Zeitalters – für zwei Jahre einzulochen.

Turings Mitangeklagter verließ das Gericht als freier Mann – sein Anwalt hatte nicht nur Turing als dem Älteren die Schuld des Verführers zugeschoben, sondern auch geltend gemacht, daß ein Zwanzigjähriger, dessen Vater als Schichtarbeiter ihm nie etwas Besseres als Marmelade und Margarine hatte zu essen geben können, deshalb zur

Beute der Homosexualität geworden sei, weil allein *sie* dem Armen Zugang in eine gesellschaftliche höhere Klasse eröffnet habe; er wurde Gitarrist in London. Turing, vom Gericht vor die Wahl gestellt, zwei Jahre sitzen oder sich einer Hormonbehandlung unterziehen zu müssen, wählte die Universitätsklinik. Er beseitigte jedoch vor Ablauf eines Jahres das in seinen Oberschenkel implantierte Hormonpräparat. Keiner seiner Freunde hielt ihm nicht die Treue, der weiterhin seinen Lehrstuhl besaß, Mitglied der Royal Society blieb und durch die Presse Manchesters geschont wurde. Sehr schwer war ihm nur gefallen, seine verwitwete Mutter auf den Prozeß vorzubereiten; er hatte versucht, seinen Bruder vorzuschicken, der das abgelehnt hat – so hilfsbereit er auch sofort angereist gekommen war, als Alan ihm den Prozeß in einem Brief mit dem Satz ankündigte: «Ich nehme an, Du weißt, daß ich homosexuell bin …» In Wahrheit hatte der Bruder keine Ahnung gehabt, sich nur gewundert, daß der Frauen so stark beeindruckende schöne Junggeselle offenbar nur zögernd bis gar nicht auf deren Huldigungen einzugehen pflegte.

Die Mutter setzte, sofern sie nicht seit Jahrzehnten wußte, daß Alan Männer liebte, spätestens 1952 jenen Verdrängungsmechanismus in Bewegung, der sie bis zu ihrem Tode im Jahre 1976 davor bewahrt hat, jemals nur für möglich zu halten, ihr Sohn habe sich selber getötet. Sie veröffentlichte ein Buch über ihn, unentbehrlich als Grundlage aller ihm folgenden Bücher, das weder seinen Prozeß erwähnte noch dessen Anlaß. Das Verhalten dieser Frau belegt wieder einmal die alte Erfahrung, daß nicht der Verstand, sondern das Gefühl unser Denken und Handeln bestimmt. Ihr Verstand war beträchtlich, half aber auch zu bemänteln, was ihr Gefühl als unschicklich bedeckt zu halten wünschte. Nichts spricht dafür, daß sie eine Heuchlerin war. Selbstironie ist keine spezifisch weibliche Eigenschaft, ich schreibe das ungern als Frau. Doch ich habe von Alans Mutter zu meiner Bestürzung niemals, sooft ich sie sprach, gehört, sie habe bedauert, daß sie ihre zwei Söhne jeweils unmittelbar nach der Niederkunft – was für ein Wort – in fremde Hände ausgesetzt hat und nach Indien abgedampft ist, weil der Vater der Jungen die wahrhaft originelle Auffassung hatte, das indische Klima lasse die Aufzucht europäischer Kinder nicht zu. Verleumdung wäre, dieser Frau anzuhängen, sie sei kalt oder herzlos gegen die Kinder gewesen – sie war nur gar nicht vorhanden. Denn als das Ehepaar Turing nach der Frühpensionierung des Mannes Wohnsitz in Europa nahm, waren die Söhne auch nicht bei ihnen, sondern blieben in Internaten. Turing senior hatte sich vorzeitig, wenn auch mit auskömmlicher Pension verabschieden lassen, weil ein Rivale rascher als er befördert worden war. Der Titel Sir, üblicherweise an Kolonialbeamte wie Turing verliehen, blieb Alans gekränktem Vater vorenthalten, weil er nach zu wenigen Dienstjahren ausgeschieden war. Das kann die Zufriedenheit des Mannes nicht gesteigert haben. Seines Vaters Frührentner-Nörgelsucht war Alans beste Nummer, sooft er mit großer Begabung Leute parodierte. Dem vorzeitig gealterten Vater durfte bis zu seinem Tode niemals anvertraut werden, auch ihm nicht, daß sein Sohn einer der Retter Großbritanniens gewesen war …

Und doch ist ohne Krampf Alans Vergiftung des Apfels, den er aß, um sich zu töten, als ein letzter Liebesdienst an seiner Mutter zu deuten: Daß er starb, weil er einen von ihm mit Zyankali gespritzten Apfel aß – einige Bissen, dann fiel schon der Apfel vors Bett –, hat der alten Frau bis zu *ihrer* letzten Stunde die Illusion geschenkt, Alan sei während eines Experiments an einem Unfall gestorben. Das vertrat sie auch vor den Leuten. Vielleicht auch deshalb, damit seine Mutter glauben konnte, Alan habe sich nicht selbst getötet, hat er auf einen Abschiedsbrief verzichtet. Möglich, daß er ein letztes Mal die Loyalität Englands, dem er so unschätzbare Dienste geleistet hat, überschätzte – und geglaubt hat, sein vor der Polizei abgelegtes schriftliches Bekenntnis werde nach seinem Tode vom Staate nicht unterschlagen ...

Selbstmord, in der Antike mit Gelassenheit, ja Hochachtung von den Überlebenden betrachtet, wird von Christen und Juden verdammt, besonders aber, wie Schopenhauer mit Entsetzen schrieb, «im pöbelhaft bigotten England ... wo dem schimpflichen Begräbnis noch die Einziehung des Nachlasses» folgt, weshalb «fast immer Wahnsinn» unterstellt werden muß, wie noch bei Außenminister Castlereagh. Schopenhauer: «Die gründlichste Widerlegung der Gründe gegen den Selbstmord, welche von den Geistlichen der monotheistischen, d.h. jüdischen Religionen und den ihnen sich anbequemenden Philosophen aufgestellt werden ... hat *Hume* in seinem ‹Essay on Suicide› geliefert, der ... von der schimpflichen Bigotterie und schmählichen Pfaffenherrschaft in England sogleich unterdrückt wurde; daher ... wir die Erhaltung dieser und einer andern Abhandlung des großen Mannes dem Basler Nachdruck verdanken ... 1799 ...»

Ich erinnere daran, weil immerhin Alans Mutter fromm genug war, die Verlobung ihres Sohnes durch das Abendmahl zu feiern. Auch Toleranz gegenüber den religiösen Empfindungen seiner Mutter mag also Turing bewogen haben, ihr die Möglichkeit zum Selbstbetrug zu lassen. Doch habe ich die Unterdrückung, ja Vernichtung von Essays des großen Hume und deren – zufällige – Rettung durch einen Schweizer Nachdruck festgehalten, weil die Unterdrückung der historischen Wahrheit und damit der entscheidenden Lebensleistung Turings sich einreiht in die Tradition hierzulande: So hat denn auch S. O. E., jene Abteilung unseres Geheimdienstes, die verantwortlich war für «Sabotageakte, Ermordungen und ähnliche Unternehmungen», wie Sefton Delmer General Sir Colin Gubbins Gruppe charakterisierte, immerhin offen zugegeben, nach dem Kriege die Mehrzahl ihrer Akten vernichtet zu haben: auch das ist eine Art, Geschichte zu schreiben ... Wie denn ja auch in der Graphik und in der Autobiographie nicht selten die schlagendsten Effekte durch Weglassen erzielt werden. Daß aber auch ein siegreicher Staat beschließt, in seiner Geschichtsschreibung den Beitrag eines Genies zu seiner Errettung ‹wegzulassen›! Das macht die Rückschau so bitter, die Frage so quälend, was Alan zuletzt gedacht haben mag ...

Der Gedanke an seine letzte Stunde ist mir so unerträglich, weil er am vorletzten und letzten seiner Tage vergebens bei mir angerufen hat ... (Ich war im Mittelmeer.) Mir ist, als sei er in den Tod nur gegangen, weil er allein war, oder gab es andere Gründe? Womit ich nicht sagen will, Alleinsein sei nicht Grund genug, wegzugehen von dort, wo man allein ist. Der medizinische Versuch, seine Persönlichkeit zu liquidieren durch chemische Kastration, war möglicherweise gescheitert. Oder hatte er seine Fähig-

keit, die zu lieben, die er liebte, nicht zurückgewonnen?
Daß Spontaneität bei seinem Absprung aus dem Leben
im Spiel war, dafür sprechen Theaterkarten, die er gekauft
hatte, und eine Zusage, in Kürze vor der Royal Society
eine Rede zu halten. Ein leichter Gemsentritt kann dort,
wo Schneemassen sich aufgestaut haben, eine Lawine
auslösen. Eine ihm sehr befreundete Familie in nächster
Nachbarschaft zog aus; Alan hatte dem Ehepaar und dessen Kindern ein Abschiedsdinner gegeben in einem Lokal,
wenige Tage zuvor – sehr lustig waren sie alle gewesen.
Alan hatte versprochen, sie zu besuchen in ihrer neuen
Wohnung. Nun waren auch diese Leute weg ... Kaum aber
wagt man, solche Alltäglichkeiten in Erwägung zu ziehen, wenn man Mosaiksteinchen nebeneinanderreiht bei
dem unmöglichen Versuch, sich zu veranschaulichen, was
zuletzt äußerlich und innerlich bei einem Menschen vorge-
gangen ist, der genug – oder der zuwenig hatte vom Leben.
    Durch Professor Hodges, den ersten Mathematiker-
Kollegen, der Turings Biographie schreibt, weiß ich auch,
daß Alans norwegischer Freund aus Bergen bei seinem
Versuch, 1953, Alan zu besuchen, ihn nicht zu Gesicht
bekam, weil die britischen Einreisebehörden den Jungen
zurückschickten nach Norwegen! Warum? Dieser Kjell,
ungefähr zwanzig, war bald nachdem Alan den Prozeß
hinter sich und in Norwegen Urlaub gemacht hatte, sein
Geliebter geworden, was immer die Alan damals zwangs-
weise zugeführten Hormone dieser Liebe noch erlaubt
haben; wir müssen noch, Hodges und ich, versuchen herauszufinden, warum Alan den Freund nicht sehen durfte –
ich werde Kjell finden! Obgleich ja unsere Einreisezenso-
ren durchaus ohne Angabe von Gründen an den Grenzen

heimschicken dürfen ... und mir der Norweger vielleicht auch nicht sagen kann, warum er abgewiesen wurde. Tatsache ist auch, daß in den USA ein vor Gericht Gestandener – wegen Homosexualität vor Gericht Gestandener – nicht mehr zugelassen wird auf der Liste der Geheimnisträger; und Anfang der fünfziger Jahre, auf dem Höhepunkt der von Senator Joseph McCarthy inszenierten Hexenjagden gegen «Kommunisten und Schwule», wie das amtlich genannt werden durfte, fanden einige von Turings speziellen Entdeckungen ihre praktische Verwendung bei Nuklearsprengköpfen und den von Wernher von Braun in den USA weiterentwickelten Raketen ...

Von seiner letzten, seiner Griechenland-Reise, kam Turing seelisch und körperlich entspannt nach Hause, mit Adressen junger Griechen, die mit ihm auf Korfu zusammengewesen waren – was nichts daran änderte, wie immer, daß er in Manchester allein war, offenbar radikal allein – keineswegs nur in seinem allein von ihm bewohnten Haus. Warum ging er an diesem Nachmittag ins Bett mit den zwei Versen – ob er sie nun vor sich hin summte, wie er das so oft, so Hunderte von Malen getan hatte oder nicht –, mit den zwei Zeilen aus Walt Disneys Film *Schneewittchen*, den er 1938 gesehen und immer geliebt
und bewundert hatte:

«Tauche den Apfel in des Giftes Brühe,
lasse den schlafenden Tod eindringen»

Wie oft erwähnte er die Szene, in der die Hexe den Apfel vergiftet. Ein homosexueller Freund wollte, als wir über Alans Ende sprachen, von *Schneewittchen* nichts wissen, sondern brachte die Tatsache, daß es ein Apfel war, in Zusammenhang – ich finde: gewaltsam – mit der Frau, die den Apfel vom Baum der Erkenntnis bricht und ihn dem Mann hinhält, mit Eva. Doch gerade vor Erkenntnissen wäre dieser geborene Wissenschaftler am wenigsten zurückgeschreckt; hätte auch nicht zugestanden, daß ausgerechnet eine Frau zu ihnen den Zugang eröffnet hat: Diese Geschichte war, wie ich Alan kenne, eher eine von denen, um derentwillen er die Bibel verabscheute …

Er war '42. Sehr groß war der Dienst, den er seinem Vaterland, ja Europa geleistet hatte, die Freiheit zu erhalten und die schlimmste Tyrannei der Geschichte zu beseitigen. Er war allein – trotzdem. Warum soll man eigentlich am Leben hängen? Diese Frage: erweist sie sich nicht schon in jenem Moment als zu schwer für *jeden*, in dem sie sich stellt? Und ist nicht, keine Antwort auf sie zu wissen, schon Grund genug, die Situation herbeizuführen, in der sie sich erübrigt?

XIII   Der schwarze Spiegel

Anruf von David: Monica ist gestern abend gestorben.
Gegen Mittag anscheinend überraschend kam die Agonie;
sie hatte seit Wochen mit Davids Mutter, die ja Ärztin ist,
kein einziges Wort mehr über ihre Krankheit gesprochen,
offensichtlich, um der Freundin das Lügen zu ersparen; so
auch nicht mit ihren beiden Söhnen. Hatte sie also ‹akzep-
tiert›, dieser vermutlich schrecklichsten aller Arten von
Krebs anheimgefallen zu sein? Blasen-Karzinom mit Bek-
ken-Metastasen und pathologischen Frakturen, und dieses
Zerbrechen der Knochen verursacht Schmerzen, die so
entsetzlich sind, daß auch stärkste Spritzen sie keineswegs
zureichend betäuben. Dazu der Gestank, selbst bei stünd-
licher Pflege; es ist jene Krankheit, die den Menschen bei
voller Klarheit des Weiterdenkens zum Zuschauer seiner
Auflösung macht. David berichtet: «Ungeheuer groß, sagt
meine Mutter, in den letzten Wochen ihre Augen im klei-
ner gewordenen Gesicht. Groß und sehr leuchtend …»
Während wir uns fragen, David und ich, was denn das
heißen soll: «akzeptieren», daß man vernichtet wird, zitiert
er ein zwischen uns seit zwanzig Jahren geflügeltes Wort,
pikant, da von einem Komödiendichter, von Menander:

«Nun ist ja der Mensch an sich schon ein hinreichender Grund zur Traurigkeit.»

In diese Kategorie gehört auch die Redensart, jemand sei ‹gefaßt› gestorben, die mir von Grund auf vergangen ist, als ich dem Schwager einmal sagte, tröstlich sei doch immerhin, daß Sterbende nie weinen. Darauf seine Antwort, der so viele sterben sah, schon seit er sich das Medizinstudium mit Nachtwachen verdient hat, und die meisten sterben ja nachts: «Daß Sterbende nicht weinen, beweist leider nur, daß sie nicht mehr weinen *können*: wenn die Depression, und wer sollte nicht depressiv sein, wenn er merkt, daß er stirbt, endgültig wird, dann erreicht sie jene Tiefe, in der die Tränen versiegen: das Sicca-Syndrom.» Also auch das wird einem zuletzt noch weggenommen von der Natur: Die Erleichterung, die zeitweilige, durch Weinenkönnen. Dies erklärt, warum auch zur Hinrichtung die meisten ‹gefaßt› gehen, wie beobachtet wurde – nur weil sie Tränen nicht haben, nicht mehr. Nie war mir Monica, wenn ich ihre Kriegshefte las, so nahegekommen wie auf jenen Seiten, auf denen sie vom ‹schwarzen Spiegel› spricht, ihrem D-Zug-Fenster, in dem sie nachts mit ihrem Reisegefährten sich sieht. Und vom Fenster ihrer Bürohütte in B. R, als sie weiß, auch dieser Mann muß heute nacht in den Tod. Nun wird sie sich Nacht für Nacht, schlaflos, wenn das Morphium nicht mehr ausreichte, im schwarzen Spiegel gesehen haben. Denn einmal erzählte sie mir, ihr Fenster neben dem Bett, zimmerbreit, habe keine Scheibengardinen, nur eine bunte Übergardine. «So daß ich nachts genau sehen kann in dem schwarzen Spiegel: die Abgehagerte da war ich nie und bin ich auch jetzt nicht.» So begehrte sie auf – und wechselte sofort das Thema. Sie wollte nicht reden über das, «was die lieben Leute auch dann noch beschönigend Krankheit nennen, wenn es längst schon das Sterben ist. Schweigen wir – nur ein Zustand, kein Thema.»

Ich sage zu David, daß mir widerstrebt, Nutznießer von Monicas Tagebüchern zu sein, ohne ihren Namen zu überliefern. David antwortet: «So war's ihr Wunsch; mindestens solange ihre Söhne leben, hast du den zu beachten. Kannst ja zu ihrem Originalmanuskript die Verfügung legen, daß in fünfzig Jahren bekanntgemacht werden darf, wer sie war.»

Hundebellen hat wie meist das Telefonat gestört, ich bitte meinen Sohn: «Bring doch endlich das Viehzeug in den Garten!» Aber Sascha, keine Schule, Samstag um elf, liegt der Länge nach auf dem Teppich und spielt mit seinem Schach-Computer, den er für spannender hält als Bücher – oder gar als Bitten seines Vaters. Er wird also die Hunde nicht in den Garten bringen, bevor sie durchdrehen. Es ist ganz offensichtlich, daß Turings Erfindung der Generation der heute Achtzehnjährigen so selbstverständlich den Partner beim Schach – nicht nur beim Schach – vollauf ersetzt, daß diese ‹Herren› von morgen gar nicht mehr auf den Gedanken kommen, da könne ein Mensch fehlen. So wie wir nie mehr an Pferde dachten, die einst den Wagen zogen, seit Autos da waren; meine Großeltern haben zweifellos noch oft an Pferde gedacht, in einem Auto; meine Eltern schon nie mehr ... Mein Jüngster hat mich neulich wissen lassen – obgleich er auf der Penne gar keine Neigung zu Naturwissenschaften zeigt, daß Weihnachten dieser Schach-Computer durch einen Computer ersetzt werden muß, der, wie er sagt, «nicht so ein Fachidiot ist wie dieser hier, der nur Schach kann». Er bedient das Ding wie ich mein Rad, ohne auch nur noch zu bemerken, daß er's bedient. Als ich das George klage – wie sentimental albern, «begegnen wir der Zeit, wie sie uns sucht», heißt es im *Coriolan* –, antwortet George: «Für euren Sohn ist ein Computer schon ein Fachidiot, wenn er nur auf *einem* Sektor den Mitspieler ersetzt – miß daran die Skepsis sogar Turings, der noch 1946 zum Lord Louis Mountbatten gesagt hat, daß wir ‹in hundert Jahren sicher experimentell die Frage klären können, wie man einen Computer zum Schachspielen bringt›. Doch nicht hundert, ein wenig über dreißig Jahre hat's nur gedauert!»

Das beschäftigt mich, als ich nun selber die Hunde ausführe. Und auch dies: ob nicht die Eröffnung des Computer-Zeitalters und die Erfindung der Pille und die Weltseuche Aids deshalb fast gleichzeitig geschehen sind oder verhängt wurden, damit die in der Industriegesellschaft durch die Computer ausgelöste Massenarbeitslosigkeit wenigstens teilweise abgefangen wird. Ganze Berufe hat der Computer vernichtet, so das ehrwürdigste aller Handwerke, das des Schriftsetzers. Lese ich nun – fast getröstet –, daß dank der Pille (hier setze ich dank nicht in Anführungsstriche) und ‹dank› Aids die Völker mindestens Westeuropas in dreißig bis fünfzig Jahren nur mehr halb so viele Menschen umfassen werden wie heute; so läßt auch das noch Hoffnung übrig, die Katastrophe, die auf Turings Erfindung auch – *auch* – zurückgeht, werde wenigstens teilweise verhindert oder doch ausgeglichen durch eine uns nicht erforschbare weltgeschichtliche Ökonomie.

Ich habe das auch noch in den zwei letzten Telefonaten mit Monica besprochen – sie rief an, wollte nicht zurückgerufen werden, sondern sagte: «Ich kann besser beurteilen als Sie, wann's mir so geht, daß ich aufgelegt bin zum Reden!» War sie schmerzfrei, überkam sie dazu durchaus die Lust. Sie sagte: «Turing ahnte nichts von der Kehrseite des Segens, den er brachte. Der Großes schafft, kann nicht der sein, der es auch fragwürdig findet – sonst schaffte er's nie! Heute, vierzig Jahre später, sehen wir, wie der Computer so unendlich vielen Menschen die ‹Last› – ach, es war ja ihr Glück! –, denken zu müssen oder zu arbeiten, abnimmt. Und daß dies zur Qual von Millionen wird. Der nun alte Weizenbaum, der so vehement geholfen hat, die Welt mit Computern zu überziehen, witzelte neulich: ‹Wir Informatiker waren alle von einer Art Geisteskrankheit gepackt … Schwer, etwas wirklich Sinnvolles für die Computeranwendung zu finden … Sieht fast so aus, als habe man mit dem Computer eine Lösung gefunden, für die man jetzt Probleme sucht.› In Warenhäusern habe ich noch gesehen, ehe ich ins Spital ging, umstehen Hausfrauen eine am Computer, die eintippt, was sie tragen – damit der Computer ausdruckt, was sie zum Schminken kaufen sollen. Jedes Zeitalter ist anders geisteskrank. Und symbolisch ist auch dies: Europa hat so wenig von der Auswertung der Erfindung dieses Europäers Turing, wie er selbst davon hatte; Zufall, daß IBM seinen Sitz nicht bei uns in London hat, nicht Briten Arbeit gibt, nicht ihnen die Milliardengewinne aus aller Welt zukommen – sondern einer der zwei Vormundschaftsbehörden, die über die Alte Welt befinden? Konnte diese nicht mehr aus sich selber die schöpferischen Kräfte entwickeln, ein Unternehmen wie IBM aufzubauen? *Benötigen* wir Schotten die Amerikaner, um das Öl vor unserer Küste aus der Nordsee zu holen?»

Diese Klage war das letzte, das Monica zu mir sagte – ich jedenfalls hatte keine Ahnung, daß wir nicht wieder miteinander telefonieren würden. Dem denke ich jetzt nach – und mir fällt ein und aufs Gemüt, was neulich, als in Genf die Herren des Weißen Hauses und des Kreml miteinander konferierten, ohne ein einziges Mal Europa, um das man Angst haben muß, zu erwähnen, ein pensionierter NATO-General sagte: «Für beide Großmächte scheint Europa, da es nicht erwähnt wurde, problemlos, gesichtslos und sprachlos zu sein …, wir spielen keine Rolle.» Aber Kontinente, die keine spielen – werden bespielt.

Dietmar Dath

Ausgerechnet:
Die Grenzen der Wahrheit

Geboren wurde der britische Logiker und Mathematiker
Alan Turing am 23. Juni 1912. Das abstrakte Prinzip des
Computers und ein neuer Begriff von Intelligenz sind zwei
der Schätze, die sein Erbe birgt.

Köpfe mit Sinn fürs Abstrakteste stehen in Menschen-
gemeinschaften häufig abseits. Nicht selten gehen sie uns
ganz verloren. Manchmal aber hat das, was nur sie sehen
können, Einfluss aufs Schicksal von Millionen. Hätten
zum Beispiel ein paar arbeitsame Engländer unter der
Anleitung des ungewöhnlich abstraktionshellsichtigen
Logikers Alan Turing einer Signalverschlüsselungsma-
schine von Hitlers Streitmacht nicht deren Geheimnisse
entrissen, dann wäre der Zweite Weltkrieg in Europa
womöglich ein paar grauenvolle Monate später beendet
worden. Atombombenabwürfe auf hiesige Städte gehören
zu den Möglichkeiten, die das einschließt.

Turing und seiner Arbeitsgruppe im Spionagezentrum
Bletchley Park verdankt die Welt das Bewusstsein von
der Waffenfähigkeit formalisierter und automatisierter
Folgerungsketten, die heute nicht nur zwischenstaatliche
Konflikte, sondern auch die sich im Minutentakt ver-

vielfältigenden Fronten asymmetrischer Kriegsführung bestimmen. Schicksale einzelner, dem Alltag scheinbar in Regionen platonischer Idealität entrückter Leute können also auskristallisierte Geschichtsmomente sein – im Erfolg wie im Scheitern. Der einzige Turing in seinem Fach auch nur entfernt ebenbürtige Deutsche jener Zeit, der Beweis-theoretiker Gerhard Gentzen, zog sich, während Turing den Seekrieg mit entschied, als Funker eines Luftnachrich-tenregiments der Wehrmacht ein Nervenleiden zu, das man als Mikro-Allegorie des Gesamtirrsinns der «deut-schen Wissenschaft» lesen kann, in deren Namen die Nazis die deutsche Wissenschaft seinerzeit verheerten.

Gefängnis – oder Therapie mit Hormonen

Ihr Regime hat man aus der Welt geschafft. Alan Turings krypto-analytischer Anteil daran wurde ihm schlecht ent-lohnt. Denn dieser Mann, der Männer liebte und dafür unter den Nazis um sein Leben hätte fürchten müssen, fand sich von 1952 an von Gesetzes wegen auch in England als Sexualdissident verfolgt. Man stellte ihn vor die Wahl: Gefängnis oder Therapie mit Hormonen. Eine Vergiftung, die ein Selbstmord gewesen sein mag, brachte ihm den Tod – man muss das Leben eines Liebes- oder Denkab-weichlers nicht erst mit dem Schaftstiefel zertreten, um es ihm unrettbar zu verleiden.

Noch in seinen letzten Wochen war Turing, den die gesetzliche Festschreibung einer krude, eng und grau-sam bestimmten biologischen Norm um Glück und Gesundheit brachte, damit beschäftigt, die Vielfalt des

Biologischen besser zu verstehen. Gerade erst traten die Lebenswissenschaften aus dem beschreibenden ins exakte Stadium, und Turing half an der Universität von Manchester seit 1949 dabei mit. 1952, zwei Jahre vor seinem Tod und im Jahr des Beginns seiner Drangsalierung durch den britischen Staat, skizzierte er in seinem Aufsatz «The Chemical Basis of Morphogenesis» eine Theorie über Instabilitäten in homogenen chemischen Medien, formgebende Wellenmuster und andere neue Einfälle, die zusammen die Umrisse ganzer Großbezirke heutiger Forschung, von den Nichtgleichgewichts-Phasenübergängen der Synergetik bis zur bioinformatischen Enträtselung der Genetik und Proteomik ahnen ließen.

Um ein abtötendes Reduzieren des Formenreichtums der lebendigen Welt, um normierende Vereindeutigung, ging es bei der Sorte Wissenschaft, für die Turing gelebt hat, keinen Augenblick. Die Grenzen reduktionistischer Zugriffsweisen auf Welt, Leben und Denken abgesteckt zu haben gehört vielmehr zu seinen Hauptverdiensten. Wie Kurt Gödel vor ihm gezeigt hatte, dass es niemals ein formallogisches System geben kann, das zugleich vollständig und widerspruchsfrei ist, fand Turing heraus, dass es notwendig Zahlen gibt, die sich nicht berechnen lassen. Seine Funde wiesen Nachfolgern wie Gregory Chaitin, dem Erfinder der algorithmischen Informationstheorie, den Weg. Chaitin konnte zeigen, dass es selbst tief in der Arithmetik, dem gewöhnlichen Zahlenrechnen mit zehn Fingern, Bleistift und Papier oder Kieselsteinen, irreduzible mathematische Information, also Zufälliges, auf keinen Determinismus zu Zwingendes gibt und dass man nie beweisen kann, dass ein Programm, das aus einer

bestimmten Eingabe ein bestimmtes Resultat macht, notwendig das eleganteste, also kürzeste Programm für eben-
diese Aufgabe ist.

Quasiphilosophische Überreaktionen

Egal, was du weißt, es bleibt ein Rest, den du ebendeshalb
nicht wissen kannst. Rund zweihundert Jahre vergingen
zwischen D'Alemberts Vorwort zur «Enzyklopädie», dem
großen Buch der Aufklärung, das dem großen Buch der
christlichen Religion die Grenzen seines Gewissheits-
anspruchs setzen sollte, und Turings epochalem Aufsatz
«On Computable Numbers With an Application to the
Entscheidungsproblem» (1936). Die wertvollste Lektion, die
der Menschheit in diesen zweihundert Jahren zugestoßen
ist, lautet: Gewissheit ist unwissenschaftlich.

Koryphäen der Wissenschaftstheorie des zwanzigsten
Jahrhunderts wie Karl Popper, Imre Lakatos, Paul Feyer-
abend und einige besonders radikale Konstruktivisten
zeigten sich von der bis zu dieser Einsicht zurückgelegten
Lerngeschichte dermaßen beeindruckt, dass sie sich bei
allen sonstigen Differenzen untereinander mit manchen
Formulierungen gefährlich nah an einer törichten Idee
entlangbewegten: «Wenn Gewissheit unwissenschaftlich
ist, dann ist Ungewissheit wissenschaftlich.» Dieses Fieber wird wohl im 21. Jahrhundert vorübergehen wie einige
Exzesse der bürgerlichen, aber auch der forciert antibür-
gerlichen Wissenssoziologie des letzten Jahrhunderts, die
den negativen Abdruck alter metaphysischer Gewissheits-
sehnsüchte als maßlosen Relativismus kultivierten.

Weil derlei Überreaktionen der quasiphilosophischen Schriftstellerei auf einen neuen Stand menschlicher Erfahrung zumindest kurzfristig erhebliche Verwirrung stiften, hängt das Fortschreiten über sie hinaus entscheidend davon ab, ob Köpfe mit Sinn fürs Abstrakteste die nötige definitorische Kleinarbeit leisten, aus der sich erst das scharf aufgelöste Bild des Neuen schälen kann. Das Doppeljahr 1936 und 1937 erlebte solch ein Fortschreiten mit zwei fast gleichzeitigen Schritten: Der Amerikaner Alonzo Church benutzte das Instrumentarium der sogenannten rekursiven Funktionen – mathematische Gegenstände aus Variablen, Konstanten und Pforten der Selbstreferentialität von Informationsverarbeitungsprozessen – zur präzisen Bestimmung dessen, was wir mit «Berechenbarkeit» überhaupt meinen. Alan Turing wiederum fand ein geniales anschauliches Bild, das dieser Bestimmung als ihr physisches Modell äquivalent war (und sich daher bauen ließ – als Apparat, den wir heute Computer nennen).

Mathematik ist alles. Wirklich?

In diesem Augenblick kollabierte der Unterschied zwischen den seinerzeit diskutierten drei Sorten von Versuchen, die Mathematik selbst mit mathematischen Mitteln zu beschreiben, also sozusagen einen Knoten in sie zu drehen, der sie vor dem Zerfall bewahren, der ihre Letztbegründung in ihr selbst finden sollte: dem formalistischen Versuch (Mathematik ist alles, aber auch nur das, was mit mathematischen Zeichen nach mathematischen Verfahrensvorschriften gemacht werden kann), dem logizistischen Versuch (Mathematik ist alles, aber auch nur das, was in der Logik steckt) und dem intuitionistischen Versuch (Mathematik ist alles, aber auch nur das, was wir intuitiv erfassen können müssen, um zu rechnen – Beweise unter Berufung auf unendliche Größen scheiden dann zum Beispiel aus, denn die erfasst niemand intuitiv).

Mit Staunen (und einem Schock, von dem sich manche bis heute nicht erholt haben) sahen die Verfechter der drei Schulen 1937 bei der Geburt einer vierten zu, der automatischen. War sie die als Apparat verwirklichte Erfüllung des alten Leibniz'schen Traums von der lingua characteristica universalis, einer buchstäblichen Sprache der Wahrheit, deren Ausdrücke unabhängig von ihrem Inhalt schon äußerlich verraten, was stimmt und was nicht? Im Gegenteil: Sie war, als zivilisationsveränderndes Nebenprodukt von Turings Berechenbarkeitsforschung, der praktische Todesstoß für jede derartige theoretische Bestrebung.

Deren letzter, größter Vorkämpfer vor Gödels, Churchs und Turings dreifachem Vernichtungsschlag war David Hilbert gewesen, als er zunächst die Frage gestellt hatte, ob es ein eindeutiges Verfahren gibt, mit dem man beliebige diophantische Gleichungen, also bestimmte mathematische Ausdrücke mit gewissen Variablen und angenommenen ganzzahligen oder rationalen Lösungen, in jedem Fall lösen kann. 1928 erweiterte Hilbert die Frage zum sogenannten Entscheidungsproblem: Gibt es ein Verfahren, in das man einen beliebigen, in Abhängigkeit von einem System mit ein paar unumstößlichen Axiomen formulierten Satz nur einzuspeisen braucht, damit einem dieses Verfahren dann sagt, ob dieser Satz für alle Strukturen wahr oder falsch ist, die sich in derselben Abhängigkeit von denselben

Axiomen jemals formulieren lassen? Church und Turing entschieden das Entscheidungsproblem: Nein, so ein Verfahren kann es nicht geben. Rund ein Menschenalter später, in den siebziger Jahren, wurde dann auch die Hoffnung auf einen Lösungsdetektor für diophantische Gleichungen beerdigt – von einer internationalen Gemeinschaft, zu der unter anderen der russische Mathematiker Juri Matjasewitsch, die amerikanische Mathematikerin Julia Bowman Robinson und ihr auch als Philosoph profilierter Kollege Hilary Putnam gehörten. Alle drei, und wer immer sonst noch half, benutzten dazu Turings begriffliche Vorrichtungen, die heute alle Welt als körperliche kennt, mit denen man sogar telefonieren kann.

Mitschüler hänselten den Rätselhaften

Ein Gerät, das einen Eingabetext lesen, nach Regeln manipulieren und so einen Ausgabetext schreiben kann, eignet sich dazu, alles zu berechnen, was wir überhaupt «berechenbar» nennen dürfen: Diese Überlegung hatte Turing von einer geistigen, eben der Hilbertschen Fragestellung zu einer maschinellen Lösung geführt. Schon als Schulkind beschäftigte ihn das Übersetzen der Gegenstände scheinbar entgegengesetzter Gesichtskreise ineinander: Experimentell verdampfte er stumpfes Wachs zu raffinierten Farbspielen; aus robusten Regeln leitete er zur Verblüffung seiner Lehrer halsbrecherische Zahlenfolgen ab. Was vor seiner Nase lag, die zuhandene Konkretion, interessierte ihn wenig; mit Nachteilen für die Zensuren wie für die Anpassung – Mitschüler hänselten den Rätselhaften.

Die Frage, was Intelligenz eigentlich sei, musste ihn, der seiner eigenen Intelligenz Räusche wie Einsamkeiten verdankte, dazu verlocken, einen weiteren seiner funkensprühenden Kurzschlüsse zwischen dem Griffigen und dem Erhabenen zu riskieren. 1950 veröffentlichte Turing in der Zeitschrift «Mind» den Aufsatz «Computing Machinery and Intelligence», der das Wesen des Denkens nicht mehr im Innenraum der Psychologie, im mentalen Hinterland der Unterscheidung «denkend/materiell» suchte, sondern an der Schnittstelle dieser beiden. Sein «Turing-Test», mit dem sich sagen lassen sollte, ob eine Maschine denken kann, lebt – wie etwa auch der recht junge Begriff der «emotionalen Intelligenz» von Peter Salovey und John Mayer – von Kommunikation: Wenn wir uns mit einem Rechner mit Zeichen-Waffengleichheit unterhalten und dabei nicht mehr erkennen können, dass unser Gegenüber kein Mensch ist, haben wir es mit einem denkenden Rechner zu tun.

Dies als reduktionistisches Modell des Mentalen missverstanden zu haben statt als eines, das die Begriffe öffnet und beweglicher macht, ist die Erbsünde, mit der die modernen Kognitionswissenschaften sich derzeit ins zweite Jahrhundert ihrer Existenz schleppen. Dass das Hirn womöglich «nur» eine Maschine ist, geht als These auch dann, wenn allerlei aus der Physik oder der Neurobiologie zusammengeklaubte Zusatzannahmen über irgendwelche Unschärfen und evolutionäre Parameter als Girlanden darum herumgehängt werden, an Turings tiefem Respekt vor Maschinen vorbei. Was hielte man von einer Literaturwissenschaft, die den Satz als Entdeckung empfände, Gedichte seien «nur» aus Wörtern gemacht?

Die Maschinen verstehen

Einwände gegen den Turing-Test als Eichmaß des Denkens verirren sich nach wie vor im alten mentalistischen «Innen»; Entgegnungen darauf aber graben sich allzu oft in vulgär-mechanistischen Feuerstellungen ein. Turing indes suchte seine Antworten weder im Subjekt noch im Apparat, sondern in ihrer beider Beziehung.

Als er im Zweiten Weltkrieg die deutsche Enigma-Codemaschine knackte und Geburtshilfe beim Computer-Prototyp Colossus leistete, beschäftigte ihn ein Theorietyp, der heute als «Bayesianismus» von der Grundlagenphysik bis zur Finanzwelt seine Anwendungen findet.

Thomas Bayes, nach dem diese Denkweise benannt ist, ein Mathematiker des achtzehnten Jahrhunderts, war, während die französischen Enzyklopädisten sich gerade damit abmühten, die alten metaphysischen Gewissheiten durch neue naturwissenschaftliche zu ersetzen, bereits mit dem beschäftigt, was in der seither zu sich selbst gekommenen Wissenschaft den Popanz Gewissheit ersetzen sollte: Wahrscheinlichkeiten. Ihr Schillern, wie die Farben im Waschdampf, mit denen Turing als Junge spielte, vermittelt zwischen den Extremen 1 und 0, ja und nein.

Können wir diese Vermittlung lernen? Turing wollte wissen, ob Maschinen mit Sinn fürs Abstrakteste verstehen können, wie die Menschengemeinschaft denkt. Sein Erbe fordert, umgekehrt, von der Menschengemeinschaft, wenn sie denn eine Zivilisation bleiben will, die Maschinen zu verstehen, die er möglich gemacht hat.

Frankfurter Allgemeine Zeitung

Otto F. Beer

Krieg der Geheimnisse

Man spricht nicht gerne von ihnen: Militärhistoriker wie
auch kriegführende Mächte lassen gerne (oder auch man-
gels Information) im dunkeln, welche Rolle die Entzifferer
und Nachrichtenaufklärer bei den kriegerischen Entscheidungen gespielt haben. Schon um die Tätigkeit der eigenen
Kryptologen geheimzuhalten, stellt die Militärgeschichts-
schreibung gewisse überraschende Aktionen so dar, als
hätten Spione der klassischen Sorte wertvolle Nachrichten
ausgekundschaftet. In England weiß man davon zumindest seit Winterbothams Buch über das Geheimnis der
Aktion Ultra. Seltsamerweise sind wir über die Geheimnisse der Sieger besser informiert als über diejenigen der
deutschen Wehrmacht, obwohl doch deren Dokumente
den Alliierten in die Hände gefallen sind. Über eines der
spannendsten Kapitel in diesem Krieg der Geheimnisse
hat nun Rolf Hochhuth ein Buch geschrieben, das zwar an
kriegsgeschichtlichen Fakten orientiert ist, aber eben doch
eine freie literarische Schöpfung darstellt, und zwar eine
sehr gut gelungene.

Sein Held ist den Mathematikern als ein Genie, der
Öffentlichkeit aber kaum bekannt. Alan Turing hatte als

blutjunger Wissenschaftler 1936 seine Abhandlung «On Computable Numbers» veröffentlicht und die «Turingmaschine» erdacht, die wir heute einen Vorläufer des Computers nennen würden. Als die Engländer in Bletchley Park ihre Nachrichtenaufklärung etablierten, war Turing der Star der Entzifferer. In Hochhuths Erzählung ist es das (erfundene) Tagebuch einer Sekretärin, das uns diese bohemienhafte Gelehrtenfigur nahebringt, die mit der äußeren Realität in einem hoffnungslosen Kampf liegt. Die Dame ist in den gutaussehenden Gelehrten verliebt, aber auf Distanz, denn er ist homosexuell und soll später daran zugrunde gehen.

Über den Krieg der Schlüsselmaschinen ist viel Romantisches geschrieben worden. Aber auf Diebstahl oder Kriegsbeute war man nur beschränkt angewiesen, denn solche Apparate konnte man, vor allem in Schweden, kaufen. So ganz einseitig, wie hier dargestellt, war auch der Kryptologenkrieg nicht. So wie die Engländer die deutsche «Enigma» besaßen und mitlasen, hatten auch die deutschen Entzifferer das britische Gegenstück in ihren Entzifferungsstuben stehen. Nur hatte jede Militärmacht andere Einstellungen und andere Walzen, und hinter deren Geheimnis zu kommen war eben Aufgabe der Kryptologen. Auf deutscher Seite arbeitete man damals noch mit Hollerithmaschinen, konnte zwar in den Chiffriertext «einbrechen», aber eben mit Zeitverzögerung, wenn der strategische Sinn solcher Botschaften oft schon überholt war. Turing aber hatte schon eine Art frühen Computer gebaut und konnte damit Wehrmachtsbefehle oft so rasch mitlesen wie die deutschen Führungsstäbe. Eines der spannendsten Kapitel in Hochhuths Erzählung behandelt einen Besuch Churchills in Bletchley Park, bei dem er den Anteil Turings an strategisch wichtigen Entscheidungen bewundert, zugleich aber deren Existenz im Dienste der Geheimhaltung so sehr im dunkeln läßt, daß man dem bedeutenden Mathematiker nicht einmal einen Orden zu verleihen wagt, obwohl dieser wohl der Hauptgewinner der Schlacht um den Atlantik war.

Hinter diesem Krieg im Dunkeln entwickelt Hochhuth mit großer Einfühlungskraft auch das private Drama Turings. Seine homosexuelle Neigung wird in einer Italienreise nach dem Kriege entwickelt, wenn er mit seinem «Ganymed» Rom und Venedig besucht, wobei er auch noch einem früheren Geliebten, einem Schmiedegesellen, begegnet. Daß der geniale Gelehrte Dingen des täglichen Lebens eher hilflos begegnete, hat seinen Untergang herbeigeführt. Weil einer seiner Freunde ihn bestohlen hat, läuft er zur Polizei und provoziert damit eine gerichtliche Untersuchung, bei der seine Homosexualität offenbar wird. Man läßt Turing die Wahl: entweder Gefängnis oder eine «chemische Kastration» durch eine Hormonbehandlung. Er wählt die zweite Lösung, aber er geht darüber zugrunde. Er scheidet aus dem Leben, indem er einen mit Zyankali präparierten Apfel ißt – und dies alles knapp bevor in England die Homosexualität straffrei gestellt wurde.

Diese Tragödie eines mathematischen Genies, das man wohl zu den entscheidenden Kriegsgewinnern zählen muß, wird mit großer psychologischer Einfühlung entwickelt, immer vor dem Hintergrund einer Leistung, die im dunkeln bleiben mußte und erst viel später durch Öffnung der Archive durchschaubar geworden ist. Turing ist der Vater des Computers geworden, dessen Siegeszug er nicht mehr erleben durfte. Ein ungemein spannendes Kapitel der geheimen Kriegführung wird hier in literarisch brillanter Formulierung vorgeführt.

Der Tagesspiegel

Toni Meissner

Eine tragische Figur

Rolf Hochhuth hat sich für sein literarisches Heldendenkmal keinen strahlenden Sieger ausgesucht, sondern – wen wundert's? – eine tragische Figur: einen Zweifler und Grübler, dem die fragwürdige Rolle des in die Politik involvierten Wissenschaftlers nur allzu bewußt war. Alan Turing schrieb als 24jähriger eine Abhandlung («On Computables Numbers»), mit der er die Grundlage für den Computer schuf. Als man ihn 1940 in ein Team des englischen Geheimdienstes berufen hatte, gelang es ihm mit Hilfe eines primitiven Computers die deutsche Chiffriermaschine «Enigma» (griech. = das Geheimnis) zu «knacken». Und fortan konnten die Engländer den Funkverkehr der deutschen Wehrmacht und Marine im Klartext mitlesen.

Doch das allein hätte den unerbittlichen Moralisten Hochhuth natürlich nicht zur Feder greifen lassen. Herausforderung war für ihn die Tatsache, daß der geniale Professor fast völlig in Vergessenheit geraten ist. Kein Lexikon erwähnt ihn, nicht einmal die kapitale «Encyclopaedia Britannica», in keinem der zahllosen Bücher über den britischen Geheimdienst taucht sein Name auf. Auch Churchill, der ihn und seine Leistung sehr gut kannte, verschweigt den Namen Turing in seinem vielbändigen Memoirenwerk und bucht Erfolge à Konto von mysteriösen Spionen und Verrätern, die es in jenen Fällen gar nicht gab.

Der Spitzenkryptologe Turing, dem zunächst alles gelang, scheiterte an den Vorurteilen einer Gesellschaft, die Homosexualität damals noch als Verbrechen bestrafte: Als der Professor von einem jungen Freund bestohlen worden war, zeigte er den belanglosen Diebstahl naiverweise an und sah sich unversehens vor die Entscheidung gestellt, ins Gefängnis zu gehen oder sich, wie Hochhuth es formuliert, «chemisch kastrieren» zu lassen. Er wählte die Hormonbehandlung, litt unsäglich und schied ein paar Jahre später freiwillig aus dem Leben.

Rolf Hochhuth nahm Alan Turings aufregendes Schicksal zum Anlaß, einen vehementen Kommentar und eine leidenschaftliche Attacke gegen die verbrecherische Unbarmherzigkeit der Mächtigen und die Ohnmacht des Individuums zu schreiben. Seine Erzählung enthält mehrere moralphilosophische Exkurse und vor allem schier unglaubliche Details über den zynischen Umgang mit der Macht:

Etwa die Geschichte des Untergangs der Lusitania, deren 1200 ertrunkene Passagiere nur ein Köder waren, um die USA zur Kriegsteilnahme zu bewegen. Oder die 5200 Opfer der Wilhelm Gustloff, von denen viele hätten gerettet werden können, wenn der Kommandant des deutschen Kreuzers Admiral Hipper nicht davongedampft wäre. Die Pläne des russischen U-Boots, das das Flüchtlingsschiff torpedierte, stammten übrigens aus Deutschland …

Eine etwas fragwürdige Passage des Buches stellt jene Episode dar, in der sich die (erfundene) weibliche Hauptfigur im D-Zug einem kanadischen Offizier hingibt, von dem sie weiß, daß er am Strand von Dieppe (Normandie) zu Testzwecken geopfert werden wird. Allzu direkt formuliert Hochhuth hier Lust und Leidenschaft aus. Hätte er die Liebenden doch lieber denken als reden lassen ...

Die schwachen Stellen schmälern freilich nicht die Gedankenleistung dieser auf jeder Seite spannenden und mitreißenden Ehrenrettung eines mißachteten Genies. Hochhuth hat sich damit abermals als einzigartiger «Aufklärer» und als ein nichts als der Menschlichkeit verpflichteter Moralist erwiesen.

Abendzeitung

Lucien F. Trueb

Ein englischer, atheistischer, homosexueller Mathematiker
Zu einer Biographie des Computer-Pioniers
Alan Turing

Unbekannter Unsterblicher

Der Naturwissenschaftler, dessen Name mit einem Effekt
oder einem Prinzip verbunden ist, kann für alle Zeiten als
unsterblich gelten. Wer aber zum eigentlichen Begriff wird
(Abelsche Gruppe, Riemannsche Mannigfaltigkeit) dringt
in das wissenschaftliche Kollektivbewusstsein ein und
erreicht annähernd den Status eines vom Körper abstrahierten Geistes. Es ist dies eine Auszeichnung, die nur ganz
wenigen zuteil wird und weit über den Nobelpreis oder
die Fieldmedaille hinausgeht. *Alan Turing* gehört zu diesen
Auserwählten: das Konzept der *Turingmaschine* gehört für
jeden Logiker, Kybernetiker und Computerwissenschaft-
ler zum elementaren beruflichen Rüstzeug. Turings universelle Maschine, mit der jede andere Maschine simuliert
werden kann, blieb aber nicht wie im Falle seiner genialen
Vorgänger *Charles Babbage* und *Ada Lovelace* ein rein abstraktes, mit den Mitteln der Zeit nicht realisierbares Gebilde.
Turing wusste seine Ideen in funktionierende Hardware
umzusetzen beziehungsweise umsetzen zu lassen. Drei
Jahrzehnte nach Turings Freitod gibt es in den Industrie-

ländern wohl kaum einen Menschen mehr, der nicht direkt oder indirekt mit dem Computer – der Turingmaschine – konfrontiert würde.

Turing hat es potentiellen Biographen äusserst schwergemacht. Er war nicht nur Mathematiker, sondern ein *Vollblutwissenschaftler*, der die Grundlagen der formalen Logik ebenso gut beherrschte wie die Elektronik und die Thermodynamik irreversibler Systeme. Seine Verdienste im Zweiten Weltkrieg wogen mindestens ebenso schwer wie diejenigen der britischen Feldmarschälle und Admirale, gelang es ihm doch, die Geheimnisse der *deutschen Chiffriermaschinen* zu ergründen, so dass fast der gesamte Funkverkehr der Wehrmacht im Echtzeitbetrieb vom Abhördienst entziffert werden konnte. Doch diese Tätigkeit war so geheim, dass Turing bis zu seinem Lebensende mit niemandem darüber sprechen durfte und dafür auch keine Orden erhalten konnte. Noch ärger: der von ihm entworfene Computer wurde gleich für die Entwicklung von Lenkwaffen und nuklearen Sprengkörpern eingesetzt; viele kritische Fäden der anglo-amerikanischen Zusammenarbeit auf dem Sektor strategischer Waffen liefen bei ihm zusammen. Und dann war er eben ein äusserst unkonventioneller und unbequemer Mensch, ein Ikonoklast, der Dummheit und Inkompetenz mit ähnlich zynischen Bemerkungen geisselte wie Religiosität und willkürliche, althergebrachte Moralbegriffe.

In England wird einem vieles verziehen, aber letzteres wurde ihm zum Verhängnis. Aus seinem Anderssein machte er ja kein Hehl und gab (nach dem Krieg) seine *Homosexualität* offen zu. Es war ihm unverständlich, wieso er für etwas bestraft werden sollte, das sich in seinen eigenen vier Wänden abspielte und niemandem zu Schaden gereichte. Er hatte das Pech, im England der fünfziger Jahre zu leben, wo Homoerotik noch als «crime unmentionable by Christian people» betrachtet und mit Gefängnis bestraft wurde.

Kein Wunder, dass Turing quasi zur *Unperson* wurde, dass man seinen Namen heute gebraucht, ohne zu wissen, wer er war und wie er lebte. Die Biographie dieses äusserst ungewöhnlichen Wissenschaftlers konnte also nur von einem Autor geschrieben werden, der sich in bezug auf Begabung und Neigungen auf derselben Wellenlänge befindet wie Turing selbst. *Andrew Hodges* erfüllt alle diese Bedingungen; ohne Turing gekannt zu haben, hat er dessen komplexe Persönlichkeit mit bemerkenswerter Akribie analysiert. Auch verstand er es, schwierige naturwissenschaftliche und psychologische Probleme auf verständliche und packende Weise darzustellen. Sein Buch[*] ist nicht nur eine meisterhaft geschriebene Biographie, sondern eine faszinierende Einführung in die Kryptographie 'grundlegender Probleme der Mathematik und das Prinzip des Computers mit seinen Hardware- und Software-Aspekten. Das Ganze ist zwanglos eingebettet in die Herrlichkeit britischer Eliteschulen der Vorkriegszeit, den grossartigen Sieg über Nazideutschland und den Aufbruch ins Computerzeitalter. Etwas irritierend ist vielleicht Hodges' Tendenz, sich metaphorisch auszudrücken, wobei er beim Leser (unter anderem) eine lückenlose Kenntnis der englischen Literatur voraussetzt.

[*]   The Enigma. Von Andrew Hodges. Simon & Schuster, Inc.,
      New York 1983.

Von den Kandelabernummern zur mathematischen Logik

Alan Turing (Jahrgang 1912) war der zweite Sohn eines Verwaltungsbeamten der britischen Kolonialbehörde, der viele Jahre in Indien diente. Die Vorfahren seiner Mutter waren Ingenieure, Offiziere und Ärzte, die ebenfalls in Indien tätig waren. Wie so viele ihrer Zeitgenossen wuchsen beide Turing-Söhne in englischen Pensionen und Privatschulen auf. Die Eltern sahen sie nur, wenn der Vater Heimaturlaub hatte; nach dessen Pensionierung lebte die Familie eine Zeitlang in Frankreich. Zahlen faszinierten Alan sehr früh: er kannte sie, bevor er sich das Lesen beibrachte; beim Spazierengehen blieb er vor jedem Kandelaber stehen, um dessen Nummer genau zu identifizieren. Als Schüler eignete er sich die Grundelemente der Naturwissenschaften anhand eines populärwissenschaftlichen Buches selbständig an. Dieses Buch beeinflusste ihn stark; er verdankte ihm eine tiefe Faszination für *Chemie* und *Biologie*, die ihn nie verlassen sollte. Noch wichtiger war aber die Entdeckung, dass die Welt verständlich ist und sich anhand von relativ einfachen Gesetzmässigkeiten beschreiben lässt. Kirchen hingegen verabscheute er und fand, dass es dort *übel rieche*.

Schon im Internat galt er als Eigenbrötler, fiel aber durch seine ganz ungewöhnliche mathematische Begabung auf. Die Mathematik-Schulbücher langweilten ihn; von den Grundprinzipien ausgehend konnte er sich stets alles benötigte Wissen ableiten. Dafür verschlang er die Werke *Einsteins* und *Eddingtons*. Dem scheuen, gehemmten Fünfzehnjährigen gelang es, sich einen brillanten Kommilitonen aus einer anderen Klasse als Freund zu gewinnen. Es war eine jener Knabenfreundschaften, deren Entstehung das britische System der *Public Schools* zu fördern scheint und die oft genug erotische Züge trägt. Christopher war ein *Primus*, wie er im Buche steht, und alles gelang ihm mühelos; er stammte aus einer vornehmen Gelehrtenfamilie und war trotz seinem schmächtigen Körperbau ein echter Mann der Welt. Zusammen führten die beiden Knaben chemische Experimente durch, beobachteten den Himmel mit ihren Teleskopen, bastelten einen Sternglobus und erfanden neue Spiele. Das Idyll sollte nur von kurzer Dauer sein: der Freund starb im Alter von 19 Jahren an Tuberkulose. Alan war nur ein mittelmässiger Sportler, entwickelte sich aber zu einem hervorragenden Langstreckenläufer. Durch Laufen erholte er sich von der geistigen Arbeit und lenkte sich von seiner starken Libido ab – dass diese dem *eigenen Geschlecht* galt, hatte er längst entdeckt.

Turing bestand die Eingangsprüfung für die Universität Cambridge und gewann ein Stipendium am *King's College*. Dort war er in seinem Element und konnte genau so arbeiten, wie er es gewohnt war; britische Elitehochschulen setzen ja von Anfang an ein hohes Mass an selbständiger Arbeit voraus. Zudem konnte er neben den Grössen des Hauses auch eine Reihe prominenter deutscher Physiker und Mathematiker hören, die Hitler verjagt hatte, darunter *Courant, Born* und *Schrödinger*. Mehr und mehr fühlte er sich zur mathematischen Logik hingezogen, wobei er aber stets auch deren praktische Anwendungen vor Augen hatte. Seine Diplomarbeit hatte die Gausssche Fehlerfunktion zum Thema, doch seine erste wichtige Publikation betraf Hilberts dritte Frage, das sogenannte *Entscheidungs-*

problem. Es gelang ihm zu beweisen, dass es keine Möglichkeit geben kann, im Rahmen eines gegebenen Satzes von Axiomen *alle* mathematischen Probleme zu lösen: es gibt (unendlich viele) grundsätzlich unlösbare Probleme. Dabei entdeckte Turing aber auch, dass eine *universelle*, durch ein auswechselbares Programm definierte Maschine denkbar ist, die jede andere Maschine simulieren und ersetzen kann. Insbesondere kann eine solche Maschine jede Rechnung durchführen, jedes lösbare Problem lösen, und zwar auf Grund elementarster Operationen. Damit war das Konzept des *elektrischen Gehirns* geschaffen, das Turing nach dem Krieg verwirklichen sollte. Mit dieser Arbeit errang er sich ein Sonderstipendium für einen Aufenthalt an dem Mekka der Mathematiker, der *Universität Princeton*, wo er sie zu einer Doktordissertation erweiterte. Fortan beschäftigte er sich intensiv mit den konkreten Aspekten seiner Maschine; es war ihm klar, dass sie im *Dualsystem* und auf der Basis der *Booleschen Algebra* arbeiten müsste. Dadurch unterschied sie sich von den *analog* arbeitenden Maschinen, die schon damals für astronomische Berechnungen und zur Voraussage von Ebbe und Flut verwendet wurden.

Denken mit Maschinen

Um 1938 war es klargeworden, dass ein Krieg mit Deutschland nicht mehr zu vermeiden war. Turing liess sich vom britischen Geheimdienst anwerben und wurde gleich mit dem als unlösbar geltenden Problem der deutschen Chiffriermaschine *Enigma* konfrontiert. Über diese Maschine und die Art und Weise, wie es Turing und Mitarbeitern gelang, deren Code zu knacken, ist schon viel geschrieben worden. Man muss sich aber bewusst sein, dass die Sache sehr viel schwieriger war, als gemeinhin angenommen wird. Nicht nur verwendeten die verschiedenen Abteilungen der Wehrmacht andersartige Versionen dieser Maschine; sie wurde auch während des Krieges im Sinne enorm gesteigerter Komplexität laufend modifiziert. Parallel dazu mussten also die britischen Dechiffriermaschinen stetig leistungsfähiger gemacht werden. Ein Team von brillanten Mathematikern musste zudem versuchen, auf Grund intelligenter Annahmen und unter Ausnutzung der kleinsten Fehler, die dem Feind unterliefen, die ungeheuer umfangreichen Operationen zum Durchrechnen aller von der Kombinatorik gegebenen Möglichkeiten auf ein tragbares und in kurzer Zeit durchführbares Mass zu reduzieren.

Dass dies gelang, dass zum Beispiel *Montgomery* in Nordafrika stets über die Absichten Rommels informiert war, dass die Schiffskonvois im Nordatlantik die Position der U-Boote kannten, ist das Verdienst Turings und seiner Kollegen. Bald hatten sie einen fabrikartigen Betrieb mit Hunderten von Mitarbeitern aufgezogen; die «Bomben» genannten Rechner liefen rund um die Uhr. Sehr hilfreich war natürlich die Mitarbeit der Amerikaner, die mit ihren gewaltigen Mitteln und Reihen von parallel arbeitenden Prozessoren die Arbeit wesentlich erleichterten. Auch wurden die langsamen Relais schliesslich durch *Elektronenröhren* ersetzt. Selbstverständlich stellten sich Turing in diesem Zusammenhang viele neue Fragen: ließen sich *Denkprozesse* «mechanisieren», zum Beispiel beim Schachspiel? Es wurde ihm klar, dass sich das Gehirn im Prinzip maschinell simulieren liess; wenn aber die Maschine so gut wurde wie das Gehirn, so konnte sie auch *denken*. Die Tätigkeit des Gehirns basiert ja auf einem *logischen System*: es ist völlig belanglos, ob es aus Nervenzellen, Elektronenröhren oder anderen Schaltelementen besteht. Darum beschloss Turing nach dem Krieg, ein *elektronisches Gehirn* zu bauen.

Er kehrte zuerst nach Cambridge zurück, wechselte dann aber zum *National Physical Laboratory (NPL)*. Die amerikanischen Arbeiten auf dem Gebiet der Elektronenrechner waren ihm wohlbekannt, insbesondere die ENIAC-Maschine mit ihren 19 000 Röhren. Turing war aber sicher, mit weit bescheideneren Mitteln ein erheblich leistungsfähigeres System bauen zu können. Sein Konzept basierte auf *Quecksilber-Verzögerungsleitungen*, die als Zwischenspeicher für duale Zahlen in der Form von elektrischen Impulsen dienen sollten. Die Mitarbeit am NPL erwies sich aber als unerfreulich: seine ungeregelte Arbeitsweise, sein System der *kreativen Anarchie* liess sich in eine bürokratische Organisation nicht integrieren. Darum ging er an die *Universität Manchester*, wo ein ganz einfacher, programmierbarer Computer mit Kathodenstrahlröhren als Speicher gebaut worden war, der im Juni 1948 erstmals funktionierte. Turing baute die Maschine nach und nach aus, entwickelte ihre Programme und koppelte sie mit einem Fernschreiber: er konnte nun im direkten Dialogbetrieb damit arbeiten, verfügte als erster über einen *Personal Computer*. Seine alte Faszination mit biologischen Problemen konnte er nun konkret ausleben: er zeigte auf Grund von Modellrechnungen, dass die Morphogenese des Embryos auf komplexen Wechselwirkungen *chemischer Konzentrationsgradienten* basiert. Diese Erfolge wurden 1951 durch seine Wahl in die *Royal Society* quittiert.

Von nun an ging es mit Turing rasch bergab; er begann eine Affäre mit einem *Neunzehnjährigen*, der in kriminellen Kreisen verkehrte. In der Folge wurde sein Haus ausgeraubt, und so kam Turings «gross indecency» ans Licht. Er wurde zu einer bedingten Gefängnisstrafe verurteilt und musste sich einer Zwangsbehandlung mit weiblichen Geschlechtshormonen unterziehen: man nahm an, dies würde seine Homosexualität kurieren! Turing ertrug dies alles mit Fassung, fand es sogar amüsant, dass ihm in der Folge *Brüste* wuchsen. Er durfte seine Stellung behalten, doch das Leben war für ihn unmöglich geworden; im Rahmen des kalten Krieges, als überall Verrat gewittert wurde, galt ein Homosexueller grundsätzlich als verdächtig, da er erpressbar war. Auch in die USA konnte der als «Perverser» gebrandmarkte von nun an nicht mehr reisen. Als Berater in Fragen strategischer Bedeutung schied er aus; er wurde noch verschlossener und einsamer als bisher und experimentierte nun oft in seinem Haus mit der Elektrolyse biologischer Substanzen. Im Alter von 42 Jahren nahm er eine tödliche Dosis Kaliumzyanid; er hatte das Gift in einen Apfel injiziert und diesen im Bette liegend gegessen. Seine Mutter akzeptierte dies zeitlebens nicht und nahm an, dass er das Opfer eines gefährlichen Experimentes geworden war. Eigentlich hatte sie recht: das Experiment hiess Leben.

Neue Zürcher Zeitung

Rolf Hochhuth, geboren am 1. April 1931 in Eschwege, war Verlagslektor, als er 1959 während eines Rom-Aufenthaltes sein erstes Drama «Der Stellvertreter» konzipierte. Es wurde 1963 von Erwin Piscator in Berlin uraufgeführt, in 28 Ländern gespielt und erschien als Buch in 22 Ländern. Hochhuth veröffentlichte seither weitere 18 Dramen, etwa 300 Gedichte und zahllose Essays. Er lebt in Berlin.